물보라

물보라

한승원 장편소설

문이당

작가의 말

 섬만 섬이 아니고 혼자 있는 것은 다 섬이다. 존재하는 것들은 모두 관계 맺은 것끼리 서로 갈등 대립하며 산다. 그때 각각 섬들이 된다.
 하늘 위와 하늘 아래의 드넓은 세상에 혼자만 동그마니 떨어져 있다고 여겨졌을 때, 그 어떤 것도 찬바람을 가려주지 않는다고 느꼈을 때, 몸을 웅크리고 이를 악문다. 결심을 하고 각오를 단단히 할 때, 오기나 객기를 부릴 때도 그렇다.
 하늘도 산도 바다도 사람도 벌레도 짐승도 새도 꽃도 불도 빛도 그림자도 모두 이빨을 가지고 있다.
 가령 물보라는 성난 바다의 이빨로 말미암은 것이다. 이빨은 스스로의 몸을 기르기 위해 먹이를 찢고 씹는 도구이자 상대의 몸을 물어뜯어 죽이는 무기이다.
 이빨은 무언가를 죽임으로써 자기를 살리는 도구이다. 사람들은 타인에게 복수를 꿈꿀 때 이를 악물기도 하지만, 못된 짓 한 자기 혹은 못난 짓 한 자기가 극도로 미울 때 이를 악문다.

  독사와 지네는, 물면서 동시에 독을 주입하는 관이 있는 이빨과 사슴뿔 같은 무기를 가지고 있다. 여타의 것들은 독이 없다 할지라도 모든 이빨에 침이 묻어 있으므로, 물게 되면 상대의 물린 자리가 부어오르고 썩어 문드러지게 된다. 먹이를 소화시키는 자기의 침이 남의 상처에는 치명적인 독인 것이다.

  슬프거나 불안하거나 두렵거나 울화가 치밀 때 정신없이 먹어 댄다. 죽음을 앞둔 것들은 미친 듯이 정사를 벌이기도 한다. 날카롭게 벼린 비수를 품은 자가 그것으로 은밀하게 무엇인가를 찔러 보고 싶어 손이 꼴리듯, 강한 이빨을 가진 자는 무엇인가를 씹어 보고 싶어 이 끝이 자꾸 근질거린다.

  원시 부족들이 밀림 속에서 창과 칼을 들고 다니듯이 코끼리와 멧돼지는 거창하게 발달한 송곳니로 무장하고 다닌다. 모든 것에는 보이지 않는 송곳니들이 있다. 그것은 자기 섬을 지키려는 무기이다.
 자기의 섬을 잘 지키는 일은 자기죽이기와 자기살리기를 잘하는 일이다.

 말로 인해서 늘 절망하곤 한다. 말로써 진실을 드러내려 하지만 말은 늘 그것의 변죽이나 허공에서만 맴돈다. 나는 이런 뜻으로 이렇게 짚어 보이는데, 독자는 엉뚱하게 저런 의미로 저렇게 받아들이기도 한다. 내가 한 말이 나와 독자를 동시에 배반한다. 말이 두렵다. 수도하는 스님들의 경우 말의 절망을 뛰어넘을 때 악〔할(喝)〕 하고 소리치지만, 소설가에게 있어서 그것을 극복하게 해주는 것은 어찌할 수 없이 또한 말일 뿐이다.

2002년 6월
해산토굴에서
한 승 원

1

 먼 바다에서 달려온 가로줄 무늬의 파도들이 토막토막 썰리는 연도(蓮島) 개오지 연안의 모래톱을 밟아 가면서, 해선은 오른쪽 아래의 송곳니를 왼손 엄지와 검지 끝으로 잡아 흔들었다. 오른손보다는 왼손이 더 잘 들었다.
 토요일 한낮이었다.
 선생에게서 동화를 잘 쓴다는 칭찬을 들었지만 즐거운 줄 몰랐다. 아버지 몰래 오른쪽 아래 송곳니를 뽑아야 하는 숙제가 앞에 놓여 있었다. 해가 중천에 떠 있었으므로 오종종해진 그의 그림자가 발에 거듭 밟혔다. 그림자는 그가 하는 일마다 흉내를 내고 참견을 하고 잘난 체하는 친구였다. 바보 같은 자식, 네가 혼자서 송곳니를 뽑을 수 있을 것 같냐? 하고 친구가 그를 쳐다보며 비아냥거렸다.

그래, 내기하자, 하고 그가 말했다. 그것 뽑지 못해서 덧니가 나가지고 입술을 젖히고 올라가 코를 꿰버리면 어쩔래? 그것은 영락없이 코끼리의 상아같이 되고, 멧돼지나 드라큘라의 송곳니같이 될 것이다, 하고 친구가 키드득거렸다. 친구는 악마 취미를 가지고 있다. 이 자식아, 기분 나쁘게 어디다가 비교하고 있어? 친구의 머리를 짓밟았다. 썰린 파도가 쓸고 지나간 모래톱 위를 물떼새들이 종종걸음치면서 어린 새우들을 사냥하고 있었다. 그 새들을 뒤쫓아 가면서 부지런히 송곳니를 흔들었다. 안간힘을 쓰며 모질게.

떡니 둘은 돌아가신 할머니가 실로 묶어서 뽑아 주었고, 아랫니 둘은 아버지가 뽑아 주었다. 술에 취한 아버지는 그의 뒤통수를 오른손바닥으로 받치고 왼손 엄지 끝으로 근들거리는 이빨을 사정없이 눌러서 안쪽으로 쓰러뜨린 다음 뽑아내 주었다. 우악스러운 아버지의 행위가 겁나서 나머지 이빨들은 모두 혼자서 뽑았다.

그런데 송곳니는 다른 이빨들과 달리 쉽게 뽑히지 않았다. 뿌리가 깊었다. 얼마 동안 흔들어 대다가 깜박 잊고 하루나 이틀쯤 지나서 다시 흔들면 이놈이 그사이에 생니처럼 단단하게 굳어 있었다. 송곳니가 그를 깔보고 있었다. 친구가 그의 송곳니보고 더 깊이 뿌리를 내려 버리라고 심술을 부리는지도 모른다. 이 자식, 누가 이기는가 보자, 하며 그림자의 머리통을 힘껏 짓이기듯이 밟아 주며 송곳니를 흔들어 댔다. 오늘 오후와 일요일인 내일 하루 내내 흔들어 대가지고 저녁 무렵까지는 결판을 내야 한다. 아버지 모르게.

송곳니 갈 때가 되었다는 사실을 알게 되면 아버지는 또 강제로 그를 부둥켜안은 다음 입을 벌리게 하고 엄지손가락 끝으로 그놈을 눌러 쓰러뜨린 다음 뽑으려 들 것이다. 갈 때가 된 이빨은 오랫동안 부지런히 흔들어 가지고 근들거리게 한 다음 뽑아야 덜 아픈 법인데, 아버지는 소주 냄새를 뿜으면서 아직 확실하게 익지도 않은 것을 뽑으려 들 것이 뻔하다. 아버지는 이해할 수 없는, 무지막지한 데가 있는 어른이다.

동전의 양면처럼 모양새를 달리하고 있는 두 개의 세계가 있다. 아버지가 가지고 있는 두 얼굴이 그것들을 설명해 준다. 여느 때 입을 굳게 다문 채 굼뜨고 시르죽은 몸짓으로 새우 양식장 일을 하는 무표정한 얼굴이 그 하나이고, 알 수 없는 이유로 말미암아 슬퍼져서 소주를 들이켜고 아들인 그를 끌어안은 채 히들거리거나 낄낄거리기도 하고 한숨을 내쉬며 같은 이야기를 거듭해 주기도 하는 얼굴이 다른 하나이다. 앞의 얼굴이 절벽처럼 차갑고 딱딱하고 거무칙칙하고 막막하다면, 뒤의 얼굴은 넉

녁하고 부드럽게 풀어지고 늘어진 채 볼그족족하게 화기가 돈다.

「자, 봐라, 이놈아, 아부지 돈 많다이. 어저께 멋을 산다고 했냐? 그것 살 돈 다 주께 말해라.」

웃음 사라지고 없는 앞의 얼굴이 소금기 어린 조약돌밭의 해초 비린내를 가지고 있다면, 취기로 말미암아 웃음이 헤퍼진 뒤의 얼굴은 구역질나게 하는 썩은 소주 냄새와 발 고린내와 잘못 곰삭은 바지락 젓갈 냄새를 가지고 있다.

알맞게 발효된 메주로 담근 된장은 향기롭고, 잘 곰삭은 바지락 젓갈은 고소하지만, 그렇지 않은 된장과 젓갈은 시궁창 냄새가 나지 않는가.

그 두 세계는 파도의 기복처럼 반복된다. 한 개의 주체가 두 얼굴을 보여 주는 것이므로, 화기 도는 분위기를 연출한다 해서 좋아할 일도 아니고, 분위기가 차가워지고 굳어 있다 해서 불안해할 일도 아니다. 시르죽은 채 차가운 분위기를 만들고 있을 때 아버지는 아들에게 당장 어떤 위해를 가하지 않고 발목에 쇠고랑줄 찬 노예처럼 묵묵히 일만 한다. 그러나 술에 취하여 화기 도는 분위기를 연출했을 때 해선은 조심해야 한다. 아버지는 스스로의 내부에서 끓어오르는 용암 같은 울분이나 걱정으로 말미암아 어느 한 순간에 미친 돌풍 몰아치는 구시월 바다의 변덕스러운 험악한 날씨처럼 돌변하기 일쑤이다.

　아버지는 아들에게 매질을 하고 싶으면 언제든지 한다. 아들을 강하게 키우려고 그런다는 이유로써 포장을 한 채. 동물의 제왕인 사자는 자식을 강하게 키우기 위하여, 절벽 아래로 떨어뜨려 놓고 스스로 기어 올라오도록 한다고 아버지는 말한다. 웃기는 소리다. 아버지의 말은 옳지 않다. 텔레비전의 '동물의 왕국'에서 사자들 사는 것을 수없이 많이 보아 왔지만 아직 한 번도 어미 사자가 새끼들을 절벽 아래로 떨어뜨려 교육시키는 것을 보지 못했다.

　아버지의 웃음 헤퍼진 얼굴을 대할 때 해선은 온몸에 소름이 돋곤 한다. 도저히 이해할 수 없는 아버지다. 아들에게 매질하고 나서는 때린 자리를 찾아 어루만져 주고 두 손바닥으로 감싸 주고, 끌어안고 그의 볼과 이마와 목에 얼굴을 비비면서 눈물을 흘리며 울곤 한다. 눈물 젖은 볼과 콧등이 해선의 이마와 눈과 목과 귀에 닿을 때 해선은 진저리를 치곤 한다. 그렇게 후회하고 짠해할 거면서 때리기는 왜 때린단 말인가. 때려 상처 난 부위를 쓰다듬어 주며 짠해하는 아버지와 악마처럼 이를 갈며 때리는 아버지는 전혀 다른 존재다.

　두들겨 맞은 자리는 멍이 들어 있기 일쑤이다. 해선은 멍든 곳을 감추어야 한다. 체육 시간에 이런저런 핑계를 대며 옷을 벗지 않아야 하고 수영도 삼가야 한다. 상처를 감추면서 해선은, 개자식 쓰팔놈, 죽어라, 양식장에 빠져 뒈져 버려라, 하며 아버지를 경멸하고 증오하고 저주한다.

그 상처를 어루만지면서 아버지는 말한다. 어린 너를 이렇게 때리다니, 이 애비 미쳤다이. 무자비한 나쁜 놈이다이. 천벌을 받아 마땅하다이. 이 나쁜 아부지는 죽어야 한다이. 죽어서 지옥에 떨어져야 한다이.

2

 바람이 있었다. 그 바람은 부엉새의 울음소리 같은 것이었다. 그것은 거인의 목소리같이 낮고 굵으면서 어웅한 동굴 속을 울려 나오는 것 같고 이슬에 젖은 듯 축축하고 스님들이 입는 옷처럼 묽은 오징어먹물색이었다. 그 바람이 어느 날 밤에 매봉산 머리에 우뚝 솟아 있는 바위 속으로 들어갔다. 투구를 쓰고 하늘을 향해 꼿꼿이 서 있는 남자 형상 같기도 하고, 어른들의 거무튀튀한 자지가 꼿꼿이 서 있는 것 같기도 한 바위 속으로.

 바람을 품은 투구 쓴 바위는 구름이 되었고, 쥐라기의 새 같은 구름장들하고 함께 구만리장천을 날아다녔다. 이 하늘 저 하늘, 이 산 저 산, 이 바다 저 바다, 이 강 저 강, 이 들판 저 들판, 이 마을 저 마을, 이 연안 모래밭 저 연안 모래밭, 이 물목 저 물목을 기웃거리다가 개오지 연안에 이르렀다.

그 무렵 그 연안에는 섬 하나하고 물너울 한 자락하고가 정답게 살고 있었다. 갯잔디밭 한가운데에 늙은 동백나무 한 그루가 우뚝 서 있을 뿐인 학처럼 생긴 섬과 그것을 싸고도는 물너울 한 자락. 그 물너울은 그 섬을 사랑했기 때문에 다른 곳으로 흘러가려 하지 않고 백 년 천 년 그 주위를 맴돌기만 했다. 그 섬 그 물너울이 그러는 데는 그럴 만한 슬픈 사연이 있었다.

중국 진시황이 얼굴 곱고 아리따운 동남동녀 1백 명을 뽑아서 조선 땅으로 불로초를 구하러 보냈다. 동남동녀를 뽑는 데는 엄격한 자격 기준이 있었다. 볼은 사과처럼 발그스름해야 하고, 눈은 샛별처럼 초롱초롱해야 하고, 볼우물이 깊게 패어야 하고, 몸은 강단져야 하고, 엉덩이는 실팍해야만 했다.

그 동남동녀들 중에 은밀하게 정이 든 한 쌍의 남녀가 있었다. 둘은 다른 동남동녀들의 눈을 피해 이 개오지 연안 밤나무숲으로 들어가 숨어 버렸다. 동료들이 모두 다른 섬으로 떠나간 뒤 둘은 바지락과 굴을 까먹고 물고기를 잡아먹으면서 살았다. 물에 들어가 멱을 감고 서로를 보듬고 사랑하며 살다가 빡빡 늙어 한날한시에 부둥켜안은 채 죽었는데, 동남은 섬이 되고 동녀는 물너울이 된 것이었다. 그 사연을 안 하느님이 용왕님에게 명하여 그 섬 하고 그것을 보듬고 맴도는 물너울하고를 다시 한 쌍의 남녀로 환생하도록 해주었다.

사람이 되어 개오지 연안 안쪽 산기슭에 굴을 파고 정착한 그들은 앞으로 태어날 후세를 위하여 양식장을 만들어 물려주기로 했다. 개오지 연안의 산기슭을 허물어다가 갯벌밭의 한쪽을 막아 바닷물을 저수했다. 그 일을 마칠 때까지는 아들딸을 낳지 않기로 했다. 남편은 낮이나 밤이나 갯벌밭 막는 일만 했고, 아내는 조개와 물고기를 잡고 해초를 뜯어다가 남편의 밥을 지어 주고는 양지바른 우물가에 앉아 머리를 빗기도 하고 얼굴 치장을 하기도 했다. 그 여자는 우물 속에 자신의 고운 자태를 비추어 보며 방글거리기도 하고 이런저런 교태를 지으며 볼에 패는 보조개에 스스로 홀려 가슴 아파하기도 했다. 남편은 그러한 아내의 모습을 바라보는 것이 한없이 즐거웠다. 아내는 하루 몇 차례씩 남편에게 자기의 얼굴이 예쁘냐고 물었고, 사랑하느냐고 물었고, 앞으로 다른 어떤 예쁜 여인이 나타나도 한눈팔지 않고 자기만 사랑하겠느냐고 다짐을 받았다. 그 여자가 남편에게 다짐을 받곤 하는 것은 그녀 영혼의 전생 때문이었다.

물너울이었던 그 여자는 환생하는 과정에서 마고의 혼령이 씐 것이었다. 마고는 지리산 여신이었다. 여신의 남편은 옥황상제의 사촌 동생이었다. 그는 별나라에 잠깐 볼일이 있다고 하면서 날아간 다음 석삼천년이 흘러도 돌아오지 않았다. 여신은 남편을 기다리면서 나무껍질을 벗겨 실을 만들고 그것으로 베를 짜서 남편의 옷을 지었다.

어느 날 유성이 떨어져서 된 쇠별꽃 한 송이가 마고에게 귀띔해 주었다. 당신의 남편은 오래전부터 하늘의 별 아가씨와 사랑에 빠져 있기 때문에 돌아오지 않는 것이라고.

그 말을 들은 마고는 혼절했다. 석삼년 만에 혼절에서 깨어난 마고는 미친 듯 날뛰어 다니기도 하고 나무껍질을 손톱으로 할퀴기도 했다. 이제는 실을 만들어 베를 짜서 남편의 옷을 짓기 위한 것이 아니었다. 남편으로부터 배신당한 울분을 그렇게 풀고 있었다. 이를 뽀드득 갈며 할퀴고 또 할퀴었다. 손톱이 모두 빠지고 닳아 손끝에서 피가 철철 흘러내렸다. 눈은 빨갛게 충혈되었고 몸은 깡말라 갔다. 껍질이 벗겨진 지리산의 나무들이 하나씩 둘씩 말라죽어 갔다. 두 활개를 벌리고 춤을 추는 귀신들의 형용을 한 채.

더 할퀴어 댈 나무들이 없어지자 마고는 심화를 이기지 못한 채 지리산 이 봉우리 저 봉우리를 건너 뛰어다니다가 죽어 한 자락의 증기가 되었다. 그 한과 원으로 찌든 마고의 혼령은 먹구름 속에 몸을 숨긴 채 떠다니다가 개오지의 한 섬을 싸고도는 물너울이 여자로 환생하는 순간에 그 여자의 몸속으로 들어갔다.

  그 여자의 남편은 세월이 흐르고 간척지가 조성되고 새우를 키울 양식장이 모양새를 갖추어 감에 따라 늙어 갔다. 살갗이 거칠어지고 주름살이 생기고 머리칼이 희어지고 마르고 눈이 퀭해졌다. 그와 달리 물너울이 된 여자는 세월의 흐름을 타지 않고 항상 갓 스물의 나이 그대로였다. 살갗은 부드럽고 희고 곱고 아름답고 탄력이 있었다. 속눈썹은 갯강구의 더듬이처럼 길게 휘어져 있고 눈동자는 별같이 반짝이고 입술은 산딸깃빛이고 볼은 사과처럼 붉고 머리는 흑갈색 미역 가닥 같았다.

  남편은 양식장 조성 작업을 힘들어했고 싱싱한 그녀를 버거워했다. 이때부터 남편은 아내에게 자기 닮은 아기를 하나 낳아 달라고 말했다. 아내는 남편의 말을 따르려 했다. 그런데 슬프게도 남편은 이미 늙어 있었다. 아내에게 아기를 가질 수 있게 해줄 정(精)이 없어져 버린 것이었다. 아내는 아기를 갖고 싶어 미칠 지경이 되었다. 묽은 안개 낀 바다 위로 몽롱한 금빛 달이 떠오르거나 노을이 핏빛으로 타오르거나 진달래꽃이 온 산에 불처럼 타오르거나 꾀꼴새, 휘파람새, 지빠귀, 소쩍새가 울고 파도가 들썽거리면 가슴이 술렁거렸다. 봄비가 보슬보슬 내리거나 가을 찬바람에 낙엽이 떨어지면 흐느껴 울면서 산과 들을 헤매었다. 그러다가 개오지 연안의 물너울로 되돌아가 모래밭을 미친 듯이 물어뜯다가 모래톱날에 온몸이 동강나 부서지고 또 부서지곤 했다. 나무껍질을 할퀴어 대던 지리산 마고의 성정이 나타난 것이었다.

그때 매봉산의 부엉이 소리가 된 구름장이 날아와서 그녀의 물너울 한가운데다 소낙비를 뿌렸다. 그 소낙비는 섬이 되었다. 물너울은 그 섬을 미친 듯이 할퀴어 댔다. 섬 주위로 맹렬한 물보라가 일어났는데, 그로부터 열 달이 지난 어느 날 그 물보라 속에서 아기 하나가 태어났다.

'꼭 우리 해선이 같은 아이.'

그 아이는 달같이 얼굴이 훤했는데, 비 온 뒤의 죽순처럼 쑥쑥 자라서 큰사람이 되었다.

해선은 아버지가 해준 그 이야기를 동화로 썼다. 그 뒤 끝에 다음 이야기를 덧붙였다.

그 아이는 장차 큰 배의 선장이 되어 멀고 먼 항구와 대양을 바람처럼 누비고 다니겠다고 하며, 바다를 두려워하지 않고 헤엄도 치고 잠수도 했다. 자기 아버지가 새우 양식장을 하고 있지만 그 아이는 아버지처럼 새우를 키우고 살지 않을 작정이다. 상어나 고래를 잡으러 나갈 참이다.

3

 동화 숙제를 보고 모두들 놀라워했다. 선생들은 설마 네가 이것을 썼겠느냐 하고 의심했다. 4,5,6학년 아이들은, 제 친척 가운데 누군가가 써주었거나 어디에서 베껴왔겠지, 하고 입을 비쭉거렸다. 그도 그럴 것이, 해선은 여느 때 집에 돌아와서 예습이나 복습을 하지 않는 것은 물론 숙제도 으레 하지 않는 아이로 소문나 있었다. 그림 그릴 종이나 크레파스 따위의 준비물을 제대로 가져오지 않곤 했다. 그러면서도 그것을 겁내지 않고 눈을 끔벅거리고 식식거리면서 몸으로 때웠다. 그날 숙제 검사, 준비물 검사를 하는 선생의 기분 내킴에 따라 종아리나 손바닥을 맞기도 하고 변소 청소를 하기도 하고 운동장 다섯 바퀴를 돌기도 했다. 매를 겁내지 않았고, 맞으면서는 엄살을 부리거나 눈물을 흘리거나 훌쩍거리지 않았다. 벌로 변소 청소를 하면서도 더럽다고 침을 뱉지 않았고, 물걸레질하기가 힘들다고 허리를 펴고 쉬는 법이 없었다.

여느 때 다른 아이들에 비해 땀을 흘리지도 않았다. 4학년 개코가 그의 살갗을 꼬집어 보면서, 너 시방 나한테 꼬집힌 이 볼딱지 아프냐? 잉? 너 감각이 있는 사람이여? 돌로 된 몸뚱이여, 나무로 된 살따구여? 잉? 하고 눈을 빤히 들여다보았다. 해선은 아프다는 말도 아프지 않다는 말도 하지 않은 채 멀거니 개코의 눈을 바라보기만 했다. 개코는 기막혀했다. 아따, 이 새끼 봐라이? 너 시방 내 말이 귀에 들리냐아, 안 들리냐아? 이잉?

그런 해선이 그 동화 숙제를 해온 것이었으므로, 그것은 전교생이 스물세 명뿐인 연도 분교 안의 큰 사건일 수밖에 없었다.

아니, 먼 일이냐!? 해가 서쪽에서 뜨겄다야! 미친년이 정신 채렸네이! 아이들이 지껄인 말들 가운데서 해선의 가슴을 가장 아프게 찌른 것은 미친 여자에 비유하여 한 말이었다.

학교 아랫동네에 미친 여자가 있었다. 그 여자는 물고기 가두리 양식장을 하다가 몇억 빚을 지고 도망쳐 버린 남자의 아내였다. 날마다 빚쟁이들이 쫓아다니면서 머리채를 잡아끌곤 했다. 이 빚쟁이 저 빚쟁이가 밤이면 데리고 자기도 한다는 소문이 났었다. 어느 날 그 여자는 울부 짖으면서 마을 골목길을 쓸고 다녔다. 악을 쓰기도 하고 히죽거리기도 했다. 학교에도 왔다. 운동장에서 혼자 그 네를 타기도 하고, 체육하는 아이들의 뒤를 따라 달리기 도 하고, 두 팀으로 나뉘어 차는 공을 잡으려고 쫓아다니 기도 했다. 날이 갈수록 여자의 옷과 몸은 더러워져 갔다. 치마와 스웨터가 찢어지고 머리가 헝클어졌다.

한데 어느 날, 까치집처럼 헝클어진 머리에 젖가슴과 하얀 다리통을 내놓은 채 걸레 같은 홑치맛자락을 펄렁거 리고 다니던 그 미친 여자가 갑자기 수줍어하며 맨살을 감추고 아이들이 던져 주는 과자를 주워 먹으려 하지도 않았다. 그때 아이들이 뱉어 낸 말이 그것이었다. 미친년 이 정신 채렸네이! 해선이 써낸 동화에다가 이 말을 적용 한 것은 4학년 개코였다.

4

 선생 둘이 해선의 집으로 찾아왔다. 그의 담임 선생과 1, 2학년 선생이었다. 그 갑작스러운 가정 방문을 두 가지 측면에서 해석할 수 있었다. 하나는 담임 선생이 학교 안에서 일어난 감동스러운 사건을 학부모에게 직접 알려 주어 학교 측과 학부모가 함께 기뻐하고 아이의 밝은 장래를 축하하고 격려하자는 것이고, 다른 하나는 이렇게 잘 가르쳐 주었으므로 그에 상응하는 어떤 보상을 학부모로부터 받아 가겠다는 것, 말하자면 엎어지게 해놓으면서 절받기 식으로 푸짐한 생선회에다 소주 대접을 받겠다는 것이었다.
 선생들이 찾아오자 해신은 가슴부터 죄었다. 써낸 동화가 마음에 걸렸다. 담임 선생은 이날 수업 중에 그것을 아이들에게 읽어 준 다음 그의 머리를 쓰다듬으면서 입이 닳게 칭찬했던 것이다.

선생들이 개오지 연안 머리에 모습을 나타냈을 때 해선은 뒤란 해송숲 속으로 들어가 버렸다. 빽빽한 숲 사이에는 진한 보랏빛 그늘이 진을 치고 있었다. 숲 속에서는 송진 냄새가 났다.

친구가 잽싸게 그를 따라왔다. 이 자식아, 잘 숨어라, 니놈 때문에 들킨다이, 하고 친구에게 소리쳤다. 내 걱정 말고 니 걱정이나 해라. 친구의 말이 백 번 옳았다. 숲 그늘 속으로 들어서면 언제든지 친구는 가뭇없이 사라지기 일쑤이다. 친구가 사라지는 것이 싫어서 해선은 그늘을 좋아하지 않았다. 구름 낀 날, 비 오는 날, 눈 오는 날, 달 없는 밤을 좋아하지 않았다.

친구와 그는 길항근(拮抗筋)처럼 역학적으로 대항하는 존재였다. 때문에 서로 반대로 끌어당기는 작용을 하고 서로의 힘을 상쇄시키고 무력화시키는 일을 하는 듯싶지만, 결국 그것이 그의 장력(張力)이 되어, 그를 옥죄는 거친 세상 속에서 으깨어지지 않고 버틸 수 있게 하곤 했다.

아버지는 자기를 성가시게 할 불청객들이 찾아오고 있는 것도 모르고 양식장에 칠 그물과 철주를 경운기의 짐

칸에 싣고 있었다. 새우 출하 할 때가 된 것이었다.

　연도 포구에 농협 여객 철선이 드나들었다. 그 철선을 타고 온 산소 물통차가 새우를 받아다가 서울, 인천, 대구, 광주 등지의 횟집에 파는 것이었다.

　아버지는 그물더미를 왼쪽 어깨에 메었다. 철주를 들어올릴 때도 왼손을 주로 사용했다. 오른손은 보조 역할을 할 뿐이었다. 숟가락질 젓가락질을 할 때, 담배를 피울 때도 왼손을 사용했다. 아들을 매 때릴 때에도 왼손을 사용했다.

　해선은 양손잡이였다. 아버지가 아들을 오른손잡이로 만들려고 애쓴 결과였다. 해선은 처음에 연필을 왼손으로 잡고 숟가락 젓가락도 왼손으로 잡았었다. 탁구 배트도 왼손으로 잡았고 공도 왼발로 찼다. 물수제비 뜰 때도 왼손을 썼고 새야 새야 집 지어라를 할 때도 왼손을 주로 썼고, 알밤을 주울 때, 자지를 만질 때도 왼손을 썼다. 아버지는 왼손을 사용하는 그에게 무참을 주곤 했다. 너같이 얼굴 휜한 놈은 왼손을 쓰면 안 돼. 앞으로 한 번만 더 왼손을 쓰면 주먹빰 맞는다이, 알겠냐? 잉? 아버지의 말을 깜박 잊고 왼손으로 숟가락질하였다가 뺨을 모질게 얻어맞았다. 입 안에 들어간 밥알이 튀어나와 상 위로 떨어졌다. 이후로 아버지 보는 앞에서는 왼손을 사용하지 않았다. 그렇지만 아버지 없는 곳에서는 잘 듣는 왼손을 쓰곤 했다. 그것이 그를 양손잡이로 만들었다. 혼자서 밥을 먹을 때는 왼손으로 젓가락질을 하고 오른손으로 숟가락질을 했다. 게가 두 개의 집게발로 번갈아 갯벌을 집어먹듯이. 그럴지라도 온몸의 힘을 한데 모아 쓸 때는 왼손 왼발이 더 잘 들었고 편했다.

아버지의 어구와 새우 사료들은 마당 가에 쌓여 있었다. 갯벌과 소금물에 절여진 갈색 작업복을 입은 아버지의 손과 얼굴은 더럽혀져 있었다. 살갗은 구릿빛이었고 주름살은 깊었고 술에 취한 눈은 흐려져 있었고 입술은 희끗희끗 말라 터져 있었다. 옆에 가면 쿠릿한 소주 냄새가 났다. 아버지는 땀을 흘리며 양식장일을 하다가 매운탕에 밥을 말아 먹고 소주 몇 잔을 걸치고, 마당 안쪽의 등나무 그늘에 펼쳐 놓은 멍석 위에 누워 낮잠 한숨을 자고 일어나자마자 다시 양식장으로 가곤 했다. 언제 어느 누가 오든지 사람을 반가워하지 않았다. 찾아오는 사람은 아버지의 일을 방해하기 마련이므로. 사료를 싣고 오거나 새우를 사가기 위해 온 사람일지라도 일을 마치고는 금방 떠나주기를 바랐다. 학교 선생들도 아버지에게 따뜻한 대접을 받지는 못할 터였다.

숨을 생각을 한 것은 잘한 일이었다. 얼굴이 늘 딱딱하게 굳어 있는 아버지와 어떤 보상인가를 받아 가려는 선생들이 대면하는 자리에 끼여 있으면 난처할 게 뻔했다.

아버지의 사람 기피증은 아주 오래된 것이었다. 할머니가 당골레였다는 것이 원인이었다. 할머니가 말했었다. 아버지는 할머니처럼 당골레로서 하대받으며 살고 싶지 않아 10대 후반에 가출하여 30대 중반까지 여기저기 떠돌다가 들어온 것이라고. 아버지는 하필 당골레 여자의 몸속에 씨를 뿌려 준 할아버지를 증오했다. 한데 증오의 대상인 할아버지가 막아 놓은 간척지로 돌아온 것이었다. 새우 양식장을 하기 위해.

팔로 감는다면 넉넉하게 두 아름쯤이나 되는 소나무 그루터기 뒤쪽에 학교 선생들의 책상만 한 바위 하나가 있었다. 소나무는 적갈색 갑옷을 입고 있었고 뻐드러져 있는 ㄴ자 모양을 한 채 서른한 개의 잔가지들을 지붕처럼 펼치고 있었다. 흰 이끼 옷을 입은 그 바위 뒤에 해선은 몸을 숨겼다. 이 자식아, 니 때문이야, 하고 만만한 친구를 탓했다. 동화를 써낸 것이 친구 때문이었다. 그가 동화를 써내야겠다고 마음을 다져 먹자, 친구는 네 따위가 무슨 동화를 쓴다고 그러냐고 비아냥거렸던 것이다. 그 비아냥거림 때문에 속상한 해선이, 그걸 써내는지 못 써내는지 어디 볼거나, 하고 말했고, 친구가 내기를 걸자 하고 대들었던 것이다. 친구의 비아냥거림이 아니었다면 오늘의 이 일이 일어나지 않았을 것 아닌가. 쓰팔놈, 이따가 보자. 아주 콱 밟아 죽여 놓을 테다.

떨어진 솔잎사귀들이 발에 밟혔다. 양식장 쪽에서 달려온 바람이 청미래덩굴의 잎사귀들을 성가시게 간지럼 먹이고 있었다. 구슬만 한 청미래 열매들이 볼그족족하게 익어 가고 있었고 초가을의 오줌빛 양광이 숲 속을 훈훈하게 데우고 있었다.

「어떻게 오셨습니까요?」

 아버지는 선생들을 알아보지 못했다. 담임 선생이, 제가 해선이 담임입니다, 하고 말을 해서야 아버지는, 아이고! 어쩔까아! 하며 일손을 놓았다. 당황했다. 아버지가 질러 댄 '아이고'라는 탄성은 자기 아들의 담임 선생 얼굴도 모르고 있는 학부모로서의 양심이 질러 댄 비명이었다. 거기에는 자식 교육의 중대성을 인식 못한 채 자기 살 길만을 위해 벌레처럼 살고 있는 자기 비하도 담겨 있었다. 그 비명 이후 아버지가 뱉는 말들은 자꾸 목구멍 속으로 되돌아 들어가려 하고 있었다. 얼굴에 부끄럽고 어색하고 비굴한 웃음이 어려 있었다.

 그것은 결코 반갑고 흔감한 일이 아니었다. 선생들이 돌아간 뒤 아버지는 그들에게서 당한 무안함을 해선에게 어떤 방법으로든지 되갚으려 할지도 모르는 것이었다.

「우리 선생들, 이 누추한 디까지 오셨는디 어짜까잉!」

 아버지가 선생들을 맞은 곳은 등나무 옆이었다. 나란히 뿌리를 내린 두 그루의 늙은 등나무덩굴은 서로의 몸을 휘감으면서 옆의 거대한 팽나무를 타고 올라가고 있었다. 팽나무는 등나무보다 더 늙어 있었다. 밑동 뒤쪽에 해선의 머리가 들어갈 만한 구멍이 뚫려 있었다.

 학교 놀이터 옆에 서 있는 늙은 벚나무의 밑동에도 해선의 머리 들어갈 만한 까만 구멍이 뚫려 있었다. 그 벚나무는 아기를 밴 것처럼 배가 불룩했는데 그 배 밑에 구멍이 뚫려 있는 것이었다. 아이들은 거기에 휴지를 버리기도 하고 바싹 붙어 서서 오줌을 갈기기도 했다. 그 구멍을 나무 보지라고 했다. 거기에 오줌을 싸주면 나무가 환장하게 좋아한다고 했다. 그도 거기에 오줌을 싸곤 했다. 이 나무는 암나무인데 지금 아기를 뱄단다, 하고 청부 아저씨가 말했다. 아이들이 쑤셔 넣어 놓은 휴지와 껌 껍질과 라면 봉지와 연필 토막들을 끄집어내면서, 느그들이 졸업하고잉 십 년쯤 지난 뒤에는 이 나무가 이 구멍으로 애기를 낳을 것이다이. 그 애기는 이 학교 졸업생들을 다 닮은 애기일 것이다, 하고는 히키키키키…… 웃었다.

 한번은, 운동장 가장자리에 줄지어 서 있는 늙은 벚나무들을 가리키며 해선의 할아버지가 그 나무들을 살려 주었다고 말했었다.

「세아려 봐라. 꼭 스물다섯 그루다잉. 느그들 둘이가 팔을 벌려야 간신히 보듬을 수 있는 나무 아니냐? 그야말로 우리 학교 보배 나무제잉. 그런디 해방되던 해에 이

벚나무들 때문에 학부모들 사이에 말도 못하게 큰 싸움이 일어났드란다. 한편은 이 나무가 일본 사쿠라 꽃나문께 베어 뽑자고 나서고, 다른 한쪽은 꽃하고 나무한테 무슨 죄가 있냐, 모두 베어 뽑면은 학교가 굴레 벗은 망아지 모양으로 얼마나 뵈기 싫겠냐고, 그냥 두자고 맞섰단 말이다. 그런디 베지 말자는 쪽에 해선이네 할아부지가 들어 있어서 이 나무들이 다 살아났단다. 해선이 할아부지가 키는 작달막해도 무지무지 똑똑하고 야물었드란다. 도끼 하나를 꼬나 들고는잉, 어떤 놈이든지 이 나무를 자르겠다고 나서는 놈은 다리를 찍어 뿔란다고 한께는 감히 아무도 나무를 벨라고 안 하드란다.」
그 나무 보지에 오줌싸기는 이 학교를 거쳐 간 남학생들의 전통이 되어 있었다. 이해 봄에 졸업한 6학년 형들도 한 해 전에 졸업한 형들도 그랬었다. 선생들은 그 구멍에 오줌 싸는 아이들을 적발하여 벌을 주곤 했지만 그 일은 근절되지 않았다. 이 학교 졸업생인 청부 아저씨나 네 아버지도 이 구멍에 오줌을 쌌다, 하고 친구가 말했다. 그 나무 옆에 기댈 게 없는 긴 의자가 놓여 있었다. 시멘트로 목재 흉내를 내서 만든 의자였다. 그 의자에 앉을 때마다 유심히 보는데, 그 나무 보지는 늘 검은 어둠을 담고 있었고 축축하게 젖어 있었고 지린내를 풍겼다. 그것 들여다보는 재미로 해선은 그 의자에 앉아 있곤 했다.

물보라 31

학교 놀이터의 나무 보지와 그의 집 팽나무의 나무 보지는 불가사의한 힘을 지니고 있었다. 꿈속에서 그는 몇 번이든지 그것에다가 오줌을 싸곤 했고, 그로 말미암아 이불에 지도를 그리고 아버지에게 혼나곤 한 것이었다. 그것은 나무 보지 도깨비 때문이다, 하고 친구가 말했다. 너는 나무 보지 도깨비에 씌었다. 그 도깨비가 너를 좋아한다. 그 도깨비는 암컷이다. 저것에 씌면 어른이 되어도 장가를 못 가게 된다. 네 아버지가 지금까지 홀아비로 살아온 것도 저 도깨비에 씐 때문이다.

 말도 아닌 소리 하지 마, 하고 친구를 몰아세웠다. 그러면서도 그는, 학교 놀이터 나무 보지에다는 오줌을 갈길지라도, 집에 있는 팽나무 보지에다는 절대로 오줌을 갈기지 않기로 마음먹었다. 가령 학교 벚나무가 여느 아주머니나, 혼자 와서 그네를 타곤 하던 미친 여자 같은 나무라면, 그의 집에 있는 팽나무는 할머니스러운 나무였다.

 등나무덩굴과 잎사귀들이 팽나무 가지와 잎사귀들을 다 덮어 버렸다. 등나무와 팽나무는 레슬링 선수들처럼 싸우고 있었다. 해선이 보기로는 팽나무가 점차 밀리고 있었다. 밤이면 팽나무의 신음 소리와 비명 소리가 들려왔다.

 등나무의 밑동은 해선의 허벅다리만치 굵었다. 여자가 등나무를 울안에 심는 것은 음험한 방편이었다. 등나무는 신통한 주술력을 가졌다. 자기를 심어 키우는 여자로 하여금, 한번 몸과 마음을 준 남자에게서 떨어지지 않게 해 주는 마술을 부려 주는 신나무. 그 등나무가 할머니와 할아버지 사이를 죽어 이별한 이후에까지 벌어지지 않게 해 주었다고 할머니는 믿고 있었다. 할아버지가 본처 자식들을 모두 제쳐 두고 첩인 할머니의 아들에게 이 간척지를 물려준 것이 그 등나무의 마력 때문이라고 믿고 있었다.

고목이 된 팽나무 옆을 지나 뒤란으로 가면 언덕 밑에 옹달샘이 있었다. 바위틈을 곡괭이로 찍어 파낸 옹달샘이었다. 양동이 둘을 합쳐 놓은 것만 한 크기인데, 위아래쪽이 길고 양옆이 좁은 마름모꼴이었다. 샘 천장과 시울에는 푸른 이끼가 돋아 있었다. 가까이서 보면 이끼 끝에도 꽃이 피곤 했다. 울긋불긋 단풍이 들기도 했다. 언젠가 텔레비전에서 부처님 이마와 볼에 우담발라가 피었다고 비춰 준 적이 있었는데, 이끼꽃이 그것과 비슷했다. 흰 꽃도 있고 주황색 꽃도 있고 황금색 꽃도 있었다.

사슴처럼 뿔이 달린 민달팽이들이 그 이끼밭에서 홀레를 하곤 했다. 홀레를 할 때의 민달팽이 피부는 여느 때보다 더 윤기가 났다. 할머니가 홀레하고 있는 민달팽이를 혹시라도 건드리지 말라고 했었다. 개나 뱀들이 그 짓을 할 때 돌팔매질을 해서 방해하거나 쳐 죽이는 개구쟁이들이 있더라. 혹시라도 너는 절대로 그러면 안 된다잉. 그런 아이들은 장차 어른이 되어서 죄를 받는단다잉. 그런 아이들이 어떤 죄를 받느냐고 해선이 물었다. 할머니의 대답은 단호했다. 장가를 가서 아기를 못 낳게 된단다. 왜 아기를 못 낳는 거여? 죄를 받으면 불알이 오그라붙어 버린께 그렇게 된단다. 이후로 해선은 접붙어 있는 민달팽이나 흘레붙어 있는 개를 보면 한사코 외면을 하면서 피해 갔다. 그것들에게 방해하는 기미를 보이면 불알이 오그라붙을지도 모르므로. 그러했음에도 불구하고, 불알이 가려우면 혹시 이게 오그라붙으려고 그러는 것 아닌가 하고 근심하면서 만져 보고 또 만져 보곤 했다.

뒤란 옹달샘은 피용퐁 퐁옹 퐁 하고 노래하곤 했다. 그 소리는 해조음이나 양식장의 폐수 떨어지는 소리, 기러기들의 소리, 귀뚜라미 소리 사이사이에 실로폰으로 연주하는 음악처럼 아련히 들려오곤 했다. 이끼 낀 천장에서 맺혔다가 떨어지는 물방울들이 그렇게 고운 연주를 하는 것이었다. 가까이 가서 살펴보면, 물방울들이 대여섯 군데에서 떨어지는데 그것들의 크기는 각기 달랐고, 떨어지는 속도도 달랐다. 일정한 시차를 두고 차례로 떨어지기도 하지만 가끔 두셋이 함께 떨어지기도 하고 순간적으로 거듭 떨어지기도 하므로 동어 반복이 생기지 않았다. 퐁, 토옹 통 땅 피용 도옹 표옹, 동 또옹 표드랑 뾰드랑 빠르랑 똥드랑 퐁끼랑……

할머니는 샛별이 동녘 하늘에 떠 있을 적에 정화수 한 사발을 떠놓은 다음 그 옹달샘물을 퍼서 멱을 감았다. 샛별은 적어도 실반지 같은 달만큼이나 밝았다. 1학년 때의 여선생이 끼고 있던 실반지 같은 달. 할머니의 물 묻은 하얀 알몸에 샛별에서 날아온 별빛가루들이 엉겨 붙었다. 바다에서 달려온 바람과 해조음도 할머니의 알몸을 싸고 돌았다. 별빛가루들을 수건으로 닦고 난 할머니는 희끗희끗 서리 앉은 머리를 곱게 빗은 다음 소복을 차려 입고 정화수를 두 손으로 받쳐 들고 등나무 앞으로 갔다.

 낮에 곱게 추려 놓은 짚 한 줌을 깔고 그 위에 밥상을 놓고 한가운데에 정화수 사발을 놓았다. 사발 옆에는 촛불이 아울거리고 향불이 깜박거렸다. 촛불은 눈물을 흘렸다. 할머니의 알몸을 싸고돌던 해조음이 촛불과 향불을 일렁거리게 했다. 할머니는 정화수 앞에 무릎을 꿇고 앉아 비손을 했다. 할머니가 무슨 말인가를 구시렁거렸다. 귀 기울여 들어도 알아들을 수 없는 말이었다. 샛별의 신이나 등나무신이나 도깨비들만 알아들을 수 있는 말인 듯싶었다.

 등나무에는 할머니의 넋과 바람과 꿈이 들어 있었다. 그것은 생각할 줄 알고 슬퍼하거나 기뻐할 줄 아는 인격체였다. 등나무뿐만이 아니고 팽나무, 소나무, 하늘, 구름, 바다, 섬, 갈매기, 새우, 달랑게, 망둑어, 물떼새, 갈매기, 지

물보라 35

네, 다람쥐, 억새, 청미래덩굴, 민들레, 진달래…… 세상의 모든 것들이 다 생각하고 말을 은밀하게 주고받는 인격체인 듯싶었다.

해선은 팽나무를 끌어안고 있는 등나무를 볼 때마다 개오지 앞바다 밑바닥에 산다는 이무기를 떠올렸다. 먹구름 끼어 어둑어둑한 한낮에 천둥 번개 치면서 장대비 쏟아질 때 용이 되어 하늘로 올라간다는 이무기. 그 이무기의 넋이 등나무 속에 들어가 있는지도 모른다. 해선은 그 등나무가 용 되어 승천하는 생각을 늘 하곤 했다. 승천하는 등나무의 그루터기를 야무지게 붙잡는다면 나도 하늘로 올라갈 수 있을 것이다. 천둥 번개와 함께 작달비가 줄기차게 쏟아질 때면 해선은 등나무를 바라보고 있곤 했다. 등나무가 승천하기를 기다렸다. 그것이 승천하는 순간 달려가서 줄기를 붙잡을 생각이었다.

어느 날 밤 꿈에 그는 등나무가 되어 있었다. 팔, 다리, 몸통, 머리가 등나무처럼 꿈틀거리면서 하늘로 올라갔다. 구름처럼 떠다녔다.

5

 아버지의 얼굴에는 어색한 웃음이 어려 있었다. 이때 아버지는 비굴해 보였다. 별로 마음에 내키지 않는 사람이 찾아왔을 때 짓는 표정이었다. 아버지가 그러한 표정을 짓는 것도 싫지만, 아버지에게 그런 표정을 짓게 하는 사람들도 싫었다. 그때 해선은 스스로의 몸이 짓밟힌 음료수 캔처럼 형편없이 찌그러지는 것이었다. 저런 못난쟁이의 아들인 너도 별 볼일 없는 놈이 될 것이다, 하고 상대가 깔볼 것 같았다. 가슴속에서 욱 하고 뜨거운 것이 올라왔다. 그것을 억누르기 위해 이를 물었다. 이 끝이 시도록 단단히. 그러자 송곳니 뿌리가 아릿했다. 그래, 이따가 이것을 아버지 몰래 흔들어 뽑아 버리자. 그대로 두면 덧니가 난다, 코끼리처럼 멧돼지처럼 드라큘라처럼 된다,

하고 친구가 말했다.
「새우 사업은 잘돼 가십니까?」
키가 호리호리한 데다 얼굴 갸름하고 살빛 하얀 담임 선생이 여자들처럼 가느다란 목소리와 애교 어린 말씨로 느릿느릿 말했다. 담임 선생은 말을 하면서 몸을 약간씩 양옆으로 비비 꼬는 버릇이 있었다. 성이 여씨였으므로 여 선생이었고, 목소리와 말씨가 또한 여자의 소리 비슷하므로 별명 또한 여선생이었다. 담임 선생의 몸속에도 등나무덩굴이 들어 있었다. 운동복을 입고 체조와 무용을 가르칠 때에 담임 선생은 두 팔을 덩굴처럼 하늘로 뻗어 올리고 두 손을 잎사귀들처럼 반짝거렸다. 한여름에 별로 깊지 않은 연안 바다로 아이들을 데리고 가서 헤엄을 가르칠 때는 팔다리와 몸통을 물개처럼 부드럽게 움직였다.
「아따, 낯 부끄럽게 사업은 먼 사업이라우? 그냥 새끼 하고 어떻게 끼니나 거르지 않고 살어 볼라고 몸부림을 쳐보는 것이지라우잉.」
아버지는 고개를 모로 틀어 숙이며 부끄러워했다. 자기의 소규모 양식장에다가 '사업'이란 말을 쓰고 있는 것이 가슴에 걸린 것이었다. 왼손으로 오른손을 주물렀다. 불쾌감 속에서도 아버지는 담임 선생에게서 예쁜 여자를 느끼고 있었다. 벌써 오래전부터 새아내 얻기를 사실상 포기하고 사는 터이지만, 그 욕망을 완전히 접은 것은 아니었다. 해선이 1학년 때 아버지는 젊은 여자 담임 선생에게 양식장에서 잡아 낸 도미와 망둑어를 가져다 주곤 했었다. 가을철에는 새우도 네 봉지나 주었다. 그 담임 선생은 부부 교사였고, 해선이 2학년이 되던 해 초봄에 뭍으로 돌아가 버렸다. 그 여선생이 아버지에게 인사 한마디도 하지 않은 채 떠나간 뒤 아버지는 학교하고 담쌓아 버렸다.

「양식장으로서는 아주 적지네요. 몇만 평이나 됩니까?」

작달막하면서도 깡마른 1, 2학년 선생이 양식장을 둘러보면서 물었다.

「한 삼만 평 될 거구먼이라우. 우리 아부지가 막아 놓은 것이라 세 한 푼 안 주고 하는 것인께, 여러 가지로 여건이 안 좋제마는 어거지를 쓰고 해보는 것이오.」

「생태 환경적으로 잘은 모르겠는데, 대강 둘러보니 아주 딱 알맞은 천혜의 새우 양식장이네요.」

「진즉부터 한번 구경을 오고 싶었는데, 반가운 소식도 전해 드릴 겸해서……..」

담임 선생이 말하면서 해선이 숨어 있는 소나무숲 속의 바위 너머를 바라보고 빙그레 웃었다. 그윽하게 뜬 담임 선생의 쌍꺼풀 눈과 숨어 있는 해선의 눈길이 마주쳤다. 선생의 눈이 반짝 빛나는 듯싶더니 곧 일자로 변했다. 여자처럼 입을 한 손으로 가리면서 웃었다. 휘어진 속눈썹들이 아랫눈시울을 덮었다. 해선은 진저리를 치면서 머리를 더욱 낮추고 눈을 감아 버렸다. 웃음소리 속에 들어 있는 까르륵 소리 때문이었다. 그것은 젖먹이 아기들이 웃을 때 내는 소리 그것이었다. 담임 선생은 한없이 깊은 땅속에 뿌리를 댄 찬 샘물 같은 힘줄을 가지고 있었다. 그것은 웃음 뒤끝의 까르륵 소리를 타고 밖으로 날아왔다. 그것이 귀청에 닿을 때 해선은 전기에 감전된 듯한 전율을 느꼈다.

감은 눈꺼풀에 힘을 주었다. 그것은 눈꺼풀이 망막을 압박함으로써 만들어 내는 보랏빛의 어둠 속에 자기를 우겨넣기였다. 그 어둠 속으로 친구가 들어와 있었다. 거기에서 친구는 유성처럼 떠다녔다. 떠다니는 친구에게 투덜거렸다. 니놈 때문이야. 이따가 선생들 돌아간 뒤에 보자. 아주 콱콱 밟아 죽여 놓을 테다. 친구가 빈정거렸다. 흥, 밟아 봐야 니 발만 아플 것이다.

「반가운 소식이라니라우? 새우나 잡어묵음서 살고 있는 나 같은 놈한테 찾아올 정신 나간 반가운 소식이란 것도 있다요?」

아버지의 비굴해 보이는 얼굴에 어리고 있는 패배주의자의 그림자가 싫었다. 그 그림자는 사실은 두 가지의 무늬로 직조되어 있었다. 하나는 가슴속 깊은 곳에 다져져 있는 슬픔이고 다른 하나는 뼛속에 박여 있는 오기였다.

아버지는 그 말을 뱉어 낸 다음 난처해하고 있었다. 등나무 그늘 밑의 멍석 위에 양복 차림인 선생들을 앉히자니 그곳이 너무 누추하다 싶고, 그렇다고 그들을 시멘트 벽돌로 거칠게 지은 허름한 집 안으로 모시자니 그곳 또한 홀아비와 어린 아들만 사는 터라 말도 못하게 어지러워져 있고 구중구중 더러운 것이었다. 아버지는 왼손바닥 속에 오른손을 넣고 주무르면서 등나무 그늘의 방석과 집 사이에서 안절부절못하고 있었다.

선생들은, 오지 않아야 할 곳에 때를 잘못 맞추어 왔음을 알아차렸다. 후한 대접을 받기는 이미 틀린 것이라고 느꼈다. 서둘러 용무를 마치고 돌아가려고 작정을 했다. 담임 선생이 해선의 동화 원고를 아버지에게 건네주며, 이렇게 훌륭한 아들을 두셨으니 한턱 낼 만도 하지 않습니까? 하고 농담처럼 말했다.

「이것이 멋이라요?」

아버지는 눈길을 들어 상대를 보려 하지 않고 원고를 받아 오른손바닥에 얹어 놓고 왼손으로 표지를 넘겨 보았다. 해선의 이뚤비뚤한 글씨들이 거기에서 다리 상한 개미들처럼 기어가고 있었다. 해선의 이름을 확인하고는 얼굴을 붉히면서 담임 선생의 얼굴을 흘긋 살폈다. 해선이 3학년에 올라간 뒤로 한 번도 학교에 나가 보지 않은 것이었고, 그러므로 처음 대하는 담임 선생의 얼굴이었다.

학부모 노릇을 제대로 하지 못한 죄를 좀 가볍게 해줄 사람이 필요했다. 아들이 있다면 그놈이 그의 죄스러움과 난처함을 훨씬 덜하게 할 터이다. 조금 전까지 보이던 이놈은 어딜 갔을까.

「그런디, 우리 그놈이 금방 여기 있었는디……?」

아버지는 원고를 손에 든 채 사방을 두리번거리며 중얼거렸다. 숨어 있는 해선은 가슴이 움찔했다. 담임 선생이 해선이 숨어 있는 바위 너머를 턱으로 가리키면서 말했다.

「해선이 저기 있네요. 우리 해선이는 학교에서도 많이 수줍어합니다. 오늘 보니까 아버지를 닮은 것 같네요.」

아버지는 쭈뼛거리며 어줍게 선생들을 향해 멍석 위의 담요 위에 잠시 앉으라고 말했다. 원고를 오른손으로 옮겨 쥐고 왼손으로 담요 위를 쓸어 냈다. 치자색 바탕 위에 커다란 적모란꽃 무늬가 새겨져 있는 낡은 담요였다. 선생들도 아버지가 그 원고를 읽는 동안 거기 머물러 있어야 한다고 생각한 듯 신을 신은 채 엉덩이를 멍석 가장자리에 붙이고 앉았다.

「해선아, 거기 그러고 있지 말고, 싸게 이리 나온나.」

아버지는 이렇게 말하고 동화 원고를 서둘러 읽어 내리기 시작했다. 자기가 그것을 읽어 내지 않으면 선생들이 돌아가지 않으리라 생각한 것이었다.

도망치자 하고 해선은 생각했다. 다람쥐처럼 숲 속을 관통하여 연안 모래밭으로 재빠르게 달아나야 한다. 바보같이 왜 도망쳐? 하고 친구가 대들었다. 그럼 저 아버지와 선생들 앞에 나아가서 어쩌자는 것이냐. 가슴에서 울음이 넘어왔다. 혀끝을 윗니와 아랫니 사이에 넣고 아프게 깨물었다. 울음이 나오지 않게 하는 비법이었다. 쩌릿한 아픔이 가슴과 정수리로 번져 갔다.

멍석에 엉덩이를 붙이고 앉아 있던 담임 선생이 몸을 일으키더니 숲 속으로 들어왔다. 바위 뒤에 숨어 눈을 감고 있는 해선의 손을 잡아끌었다. 해선은 얼굴이 하얘져 있었다. 몸이 떨렸다. 바보같이, 하고 속으로 투덜거렸다. 동화 써낸 것을 후회했다. 눈물로 인해서 마당이 굴절되고 있었다. 울퉁불퉁한 물체를 디디는 것처럼 몸이 기우뚱거렸다. 그의 손을 잡은 담임 선생의 바짓가랑이와 검정 구두가 굴절되어 물개의 머리처럼 꿈틀거렸다. 두 주먹으로 눈물을 연방 닦아 냈다. 굴절된 세상과 굴절되지 않은 세상이 눈앞에 공존했다.

「이 사람, 울긴? 아니, 누가 시방 자네의 불알쪽을 따가려고 하는가, 잉?」

담임 선생이 해선의 손을 잡아 가까이 끌어당겨 놓고 호주머니에서 휴지를 꺼내 눈물과 콧물을 닦아 주었다.

아버지는 동화를 대충 읽은 다음 어색하게 입을 벌리고

고개를 두어 차례 끄덕거렸다. 담임 선생은 해선의 머리를 쓰다듬어 주면서, 아버지에게 여느 때 그의 말수 없음과 착함을 줄줄이 늘어놓았다. 헤엄도 잘 치고 달리기도 잘하고 청소도 솔선해서 하기 때문에 학생들에게 인기가 대단하다고.

담임 선생의 말은 반은 거짓말이고 반은 참말이라고 친구가 투덜거렸다. 청소를 솔선해서 하다니 말도 안 된다. 숙제 안 하기 때문에 도맡아 놓고 벌청소를 하곤 한 것인데. 그렇지만, 헤엄은 제일 잘 칠 터이다.

헤엄을 치기 시작한 것은 양식장 때문이었다. 다섯 살 되던 해 초여름날 양식장 둑에서 배를 깔고 엎드려 통나무배를 띄우다가 물로 미끄러져 들어갔다. 아버지는 양식장 안쪽에서 고무보트를 타고 사료를 주고 있었고 할머니는 굿하는 데 가고 없었다. 그를 건져 줄 사람은 아무도 없었다. 혼자서 둑을 붙잡기 위해 허우적거렸다. 검은 장막이 앞을 가렸고, 그는 숨을 쉴 수 없었다. 사라진 빛을 찾기 위해 눈앞을 가린 검은 장막을 벌컥벌컥 들이켜면서 두 발로 차기도 하고 두 손으로 헤치기도 했다. 용을 쓰며 몸부림치는데 흰빛이 나타났다. 흰빛을 향해 손을 뻗었다. 둑 가장자리에 세워진 폐수관이 잡혔다. 그것을 움켜잡고 흰빛 속으로 기어 나왔다.

그 이야기를 들은 할머니는 그의 엉덩이를 두들기고 머

리를 쓰다듬으면서 오달져했었다. 그래그래, 용왕님이 점지한 내 새낀디 그깟 물에서 시엄쳐 못 나오겄냐? 잉? 그렇지만 그는 물속에서 눈앞을 가리던 푸르뎅뎅한 어둠이 무서웠고 그리하여 물을 피했다. 한데 친구가 그러한 그를 비웃었다. 물을 무서워하다니, 너 바보로구나. 물보라 속에서 나왔다는 것 거짓말인가 보다. 나는 물에 들어가도 몸에 물이 묻지 않는다. 친구의 말에 자존심이 상했다. 뭐야? 내가 물을 무서워한다고? 천만의 말씀이다. 해선은 친구에게 보여주기 위해 물속으로 뛰어 들어가 헤엄을 치곤 했다. 그가 물보라 속에서 나왔다는 할머니의 말을 떠올리며 잠수도 하고, 힘껏 돌팔매질을 해도 돌멩이가 이르지 못하는 학섬까지 헤엄쳐 갔다가 돌아오기도 했다. 그러자 친구가, 거 봐라, 무서워하지 않고 하니까 되지 않니? 하고 히들거렸다. 물뿐만이 아니야. 무엇이든지 두려워하거나 무서워하지 말고 덤벼들어 봐. 덤벼들어서 하면 되는 거야.

그렇지만 아득한 해원을 향해 헤엄쳐 가는 해선의 가슴은 아직도 두려움으로 가득 차 있곤 했다. 그의 속마음을 꿰뚫어 본 친구가 말했다. 나를 믿어라. 나 사실은 니 도깨비인데 말도 못하게 힘이 세다. 산숲에 가면 산도깨비가 되고 바닷물에 들어가면 바다 도깨비가 된다. 빌려 달라고 하면 내 힘을 빌려 줄 수도 있다. 내 힘을 빌려 쓰려면은 요령을 알아야 해. 도깨비방망이 쓰는 법을 알아야 하듯이. 잘난 체하지 마, 하고 해선은 친구에게 퉁명스럽게 말하곤 했다. 그러면서도 늘 친구를 믿고 헤엄을 치곤 한 것이었다.

헤엄은 그러한데 달리기는 다른 아이들에게 번번이 떨어졌다. 곧은 코스에서는 낙하하는 독수리처럼 잘 달리는데 커브를 돌면서는 트랙을 멀리 벗어나는 바람에 뒤처지곤 했다. 전에 육상을 했다는 5, 6학년 선생이 말했다. 너는 왼발잡이라 그런다. 걱정 마라. 축구 선수가 되면 왼발 잘 쓰는 고종수 같은 특이한 선수가 될 거다.

「동화가 어떻습니까? 이 자식, 헤엄만 잘 치는 줄 알았는데 동화도 이렇게 잘 써요. 아니, 어떻게 이 조그마한 머릿속에서 그런 환상적인 이야기가 나옵니까? 그거 읽어 보고 놀라지 않은 사람이 없어요. 앞으로 두고 보십시오. 아주 굉장한 문재가 될 것입니다. 안데르센 같은 동화 작가나,《노인과 바다》를 쓴 헤밍웨이나,《백경》을 쓴 멜빌이나, 카뮈나 도스토예프스키 같은 소설가가 될 거라고 저는 확신합니다.」

1, 2학년 선생이 호들갑스럽게 말했다.

그 말에 해선은 얼굴이 빨개졌고 가슴이 두근거렸다. 그 선생의 말대로 동화 작가가 될 수도 있고, 트랙을 돌 때 뒤처지곤 하므로 달리기 선수는 못 될지언정 고종수 같은 왼발잡이 축구 선수가 될 수는 있다고 생각했다. 현해탄을 건넌 조오련 같은 수영 선수가 될 수도 있고, 큰 배의 선장이 될 수도 있고, 해군의 장군이 되어 함대나 잠수함을 지휘할 수도 있다고 생각했다. 그가 해내려고 몸부림치면 친구가 힘을 빌려 줄 터이다. 공군의 제트기 조종사가 되어 하늘을 날 수도 있다고 생각했다. 아니, 그보다 더한 것도 될 수 있다. 가령 입기만 하면 다른 사람들의 눈에 보이지 않는 도깨비의 투명 유리옷을 걸친 채 날아다니고, 빛이나 소리나 향기의 미립자가 되어 메아리처럼 허공을 자유자재로 날아다니게 될 터이다. 미국도 가고 프랑스나 영국에도 가고 노르웨이와 스위스에도 가고 인도와 스리랑카에도 가고 백두산과 알프스산에도 가고, 로켓을 타고 달나라나 화성에도 가고…….

해선은 기회가 닿기만 하면 마법에 능한 도깨비에게서 여러 가지로 변신하는 마법을 익히고 싶었다. 그리하여 물에 들어가도 몸에 물 한 방울도 묻지 않는다고 뽐내는 친구보다 더 기막힌 재주와 힘을 가지고 싶었다. 바위섬과 바다 물너울과 고래와 상어로 변신하고 싶었다. 언제부터인가 그는 개오지 연안에 떠 있는 학섬에 눈독을 들이고 있었다.

어느 날 한밤중에 오줌 누러 나와서 보니 학섬이 보이지 않았다. 부연 안개만 있었다. 그 안개는 보통의 안개하고 다르다고 친구가 말했다. 학섬이 자신의 변신하는 모습을 어느 누구에게도 보여 주지 않기 위해 장막을 치는 거라는 것이었다. 이튿날 아침에 보니 안개는 걷혀 있고 학섬은 그 자리에 거짓말처럼 떠 있었다. 대관절 어디어디엘 날아다니다가 온 것일까. 쥐라기의 거대한 새가 되어 구만리장천을 날아다니다가 돌아온 것일까. 휘황찬란한 은하 강변의 세상과 그가 다섯 살 때 물속에서 접해 본 짙푸른 어둠 나라 같은 세상과 달과 화성과 금성의 세상을 두루 돌아다녔을까. 마법을 배워 학섬처럼 그러고 싶었다. 친구보다 더 마법이 능한 도깨비들이 얼마든지 있을 터였다. 그 도깨비들을 만나 친해지면 배울 수 있다.

도깨비 다루는 법을 할머니가 가르쳐 주었었다. 도깨비들은 형용할 수 없이 착하지만 멍청하고 미련스러운 데가 있다. 그들이 좋아하는 것을 구해다 주면서 꾀면 기기묘묘한 것을 가져다 주기도 하고 비방을 가르쳐 주기도 한다. 도깨비들의 마음을 움직이려면 도깨비들처럼 착하고 멍청해져야 한다. 도깨비처럼 멍청해진다는 것은 이 세상 사람들이 흔히 하곤 하는 거짓말을 절대로 하지 않는다는 것이다. 얼턱얼턱한 말이 아니고 명주베처럼 결이 곱고 거미줄처럼 투명한 말을 써야 한다.

희망이 해선의 가슴에 뜨거운 바람을 담아 주었다. 바람이 가슴을 술렁거리게 했다. 날개 같은 것이 솟아 나오려고 겨드랑이가 근질거렸다. 어깨가 들썩거렸다. 그것을 억누르려고 이를 악무는데 오른쪽 아래 송곳니의 뿌리가 아릿하고 약간 흔들리는 듯싶었다. 아까 학교에서 돌아오면서 많이 흔들어 놓은 까닭이다. 선생들이 돌아간 뒤 열심히 흔들어야 한다. 아버지에게 말하지 않고 혼자서 뽑아 보려고 은밀하게 애써 온 지가 한 달도 넘었다. 송곳니에 생각이 미칠 때마다 당장 뽑아야 한다고 마음을 다잡고 흔들어 대지만, 무슨 일로인가 그것을 자꾸 깜빡 잊곤 하는 것이 탈이었다. 선생들이 돌아가고 나면 연안 모래밭으로 나가서 열심히 흔들어 뽑아야겠다고 생각했다. 뽑지 않으면 멧돼지나 드라큘라나 코끼리같이 된다, 하고 친구가 엄포를 놓았다. 흥, 코끼리나 드라큘라나 멧돼지같이 되면 더 좋지, 그것들의 상아나 송곳니가 얼마나 무서운 무기인데? 하고 그는 친구에게 볼멘소리를 했다.

 아버지의 얼굴은 굳어 있었다. 그 까닭을 해선은 알고 있었다. 아버지가 감추고 싶어하는 세계를 그가 글로 써서 알린 것이 기분 나쁜 것이다.

 아버지는 선생들에게 잠시 기다려 달라고 하더니 양식장 둑으로 걸어 나갔다. 선생들을 한시라도 빨리 보내려는 수작이었다. 고무보트를 타고 들어가 투망을 내렸다. 새우는 야행성이므로 낮에는 갯벌밭 밑바닥에 숨어 있는 것이다. 이때는 투망 자락으로 양식장 밑을 훑어야 한다.

아버지는 물밑으로 늘어뜨린 그물 자락의 머리를 보트의 꽁무니에 매달고 엔진을 돌려 천천히 나아갔다.

「미리 말을 하고 왔어야 하는 것인데…….」

1, 2학년 선생이 담배 한 개비를 입에 물고 라이터를 그어 대면서 말했다. 담임 선생은 대꾸를 하지 않았다. 1, 2학년 선생은 담배 연기만 거듭 빨아 뿜었다. 담배 연기를 하늘이 빨아들였다.

오래지 않아서 아버지는 그물을 거두어 보트에 싣고 둑으로 나왔다. 그물에 든 새우들이 푸드덕거렸다. 어른의 한 뼘 길이쯤 되는 어미 새우들은 힘이 세었다. 활등처럼 꼬부렸던 꼬리부채를 힘껏 펴 늘이면서 용수철같이 뛰어올랐다. 그 새우들을 두 개의 검은 비닐봉지에 담았다. 두 선생에게 한 개씩 안겨 주었다.

「죄송합니다만, 오늘 지가 도저히 짬을 낼 수가 없구먼이라우.」

아버지는 그들을 향해 고개와 허리를 굽실거렸다. 선생들은 새우 봉지 한 개씩을 받아 들면서 오히려 자기들이 죄송하다고 말했다. 그러나 그들의 얼굴에는 아버지의 처사에 대한 서운함이 담겨 있었다. 반가운 소식을 전해 주려고 일부러 방문했는데, 겨우 새우 한 봉지씩을 안겨 내쫓듯이 돌려보내다니, 이럴 수는 없다. 연도 포구로 나가서 생선회에다가 술대접을 해야 하는 것 아닌가.

담임 선생은 해선의 머리를 몇 차례 쓰다듬어 주고 몸을 돌렸다. 해선은 하얀 손을 바지 호주머니 속에 찌르고 돌아서는 담임 선생을 향해 허리를 굽혀 절하고 나서 금방 양식장 건너에 있는 밤나무숲으로 얼굴을 돌려 버렸다. 해가 밤나무숲 위에 걸려 있었다. 산그늘이 양식장 절반을 덮었다. 그 그늘이 등나무와 해선의 부자가 서 있는 곳까지 뻗어 왔다. 쓸쓸하고 슬퍼서 견딜 수 없었다. 썰물 진 갯벌밭 한가운데에 서 있는, 날개에 상처 입은 두루미처럼.

아버지도 선생들이 돌아가는 뒷모습을 오래 바라보지 않았다. 개오지 연안의 학섬으로 눈을 돌렸다. 해선은 자신의 몸이, 새우 한 봉지씩을 손에 든 채 학교 쪽으로 가고 있는 선생들과, 그들을 보내고 쓴 입맛을 다시고 있는 아버지와 아무런 관계도 없는 갯강구 한 마리처럼 값없이 느껴졌다.

학섬 주변에 수백 마리의 갈매기들이 어지럽게 날고 있었다. 물너울이 검푸르렀다. 전어 떼가 들어온 것일까. 수면에 잔주름 같은 물결들이 일었고 그 물결 위에서 비낀 묽은 치잣빛 석양이 파들거렸다.

아버지는 입에 문 담배 끝에다 라이터불을 대고 빨았다. 하늘색 연기가 아버지의 눌눌한 머리털 위쪽으로 흩어졌다. 담배 필터를 이 끝에 물고 연기를 빨아 마시면서 중단했던 일을 계속했다. 아들의 얼굴을 돌아보려고 하지 않았다. 아들은 아버지에게서 날아오는 찬바람을 감지하고 진저리를 쳤다. 아버지는 자기가 들려준 이야기를 아들이 동화로 쓴 것을 당혹스러워하고 있었다.

「이 자식아, 내가 그것을 그렇게 써서 선생한테 바치라고 이야기해 준 것인지 아냐? 너 혼자서만 알고 있으라는 것인데……」

아버지는 불쾌함을 억누르고 있었다. 그 불쾌함은, 언젠가 술에 취하면 호주머니 속에 숨겨 놓은 바늘처럼 불거질 터이다. 아, 나는 건드려서는 안 되는 아버지의 아픈 세계를 건드린 것이다. 해선은 기다란 가시 하나를 삼킨 것처럼 속이 아렸다. 얼굴 살갗이 군실거리고 화끈거렸다. 그냥 숙제로 제출했을 뿐인 그것을 선생들이 들고 와서 아버지에게 보일 줄은 꿈도 꾸지 못했다. 아버지는 어험 어험 하고 헛기침을 했다. 입 안의 군침을 울구어서 마당에다가 뱉었다. 가래침이 땅바닥에 떨어졌다. 흙먼지를 뒤집어쓴 그것에는 진주 같은 거품 두 개가 불거져 있었다. 거품 속에 아버지의 불쾌감이 담겨 있었다. 숲 사이로 날아와 비낀 석양빛이 그것의 가장자리를 비쳤다. 그것이 되받아 튕긴 빛살이 해선의 눈을 쏘았다. 아팠다. 그 아픔이 가슴으로 밀려들었다. 그것은 그물 자락이 되어 가슴을 죄어 댔다. 죄어지는 것은 그의 가슴뿐만이 아니었다.

양식장 어귀와 그들 부자가 거처하는 벽돌집과 등나무와 팽나무 주위의 공기들도 죄어지고 있었다. 수면에 물보라를 일으키는 수차들은 여느 때와 달리 맥이 빠져 있었다. 수로로 떨어지는 폐수도 아버지의 눈치를 살피고 있었다. 바람도 등나무덩굴 밑을 조심스럽게 지나가고 있었다.

아버지는 자기가 아들의 가슴과 양식장 주위의 모든 것을 그렇게 죄어 대고 있다는 것을 알고 있었다. 아들과 눈길을 마주치려 하지 않았다. 아들은 아버지의 눈길을 피했다. 그들 부자가 서로 눈길을 마주치려 하지 않은 것은 이날만의 일이 아니었다. 늘 해오던 일이었다. 눈길을 마주치면 숨기고 있는 무엇인가를 들킬 것 같은 것이다. 아버지는 아들에게 해주지 않은 이야기가 있다. 알려 주고 싶지 않은 비밀. 그것이 무엇일까.

해선은, 당신이 내 진짜 아버지 아니지요, 그렇지요? 하고 묻고 싶을 때가 있었다. 정말 말도 안 되는 큰일날 이야기다. 불효이다. 아버지도 왼손잡이이고 나도 왼손잡이인데 왜 내 진짜 아버지가 아니란 말인가.

아버지는 늘 아들이 자기를 의심하는 심사를 읽고 있었다. 그렇다고 내가 네 진짜 아버지 맞다, 하고 설명한다는 것도 어색한 일 아닌가. 때문에 아버지는 심사가 불편해지곤 하는 것이다.

심사가 불편해진 아버지 얼굴은 딱딱하게 굳어지고 살

갖에 푸른빛이 돌곤 했다. 숨이 가빠졌다. 그런 채로 말없이 담배 연기만 빨아 마시곤 했다. 아들은 그런 아버지에게 진짜 아버지가 아닐지도 모른다고 의심하는 불효를 사과하고 싶었다. 그렇지만 그것을 말로 뱉어 사과하고 어쩌고 한다는 것이 어색스러웠다.

 담임 선생이 그랬었다. 자기는, 아들에게 용돈을 주거나 맛있는 것을 사주고 선물을 줄 때 절대로 고맙습니다라는 말을 하지 못하게 한다고, 만일 아들이 그 말을 뱉으면 정이 삼천리나 떨어지는 것 같기 때문이라고. 아버지와 아들 사이에는 말없는 가운데 이심전심으로 뜨거운 정과 사랑이 통하는 법이라고. 말하지 않아도 침묵 속에서 영혼의 교통 교감이 이루어지는 것이라고. 말이란 것은 오히려 오해를 가져다 주기도 하는 것이라고. 그 오해가 오히려 더 정을 멀어지게 하기도 하는 법이라고.

 그러면서도 담임 선생은 또 이런 말을 했다.

「그렇지만 반드시 말하지 않으면 안 되는 경우가 있다. 그때는 말을 해야 한다. 음식은 씹어야 맛이 나고 말은 서로 주고받아야 정이 생기는 것이다. 인간은 자기를 낳아 주신 아버지 어머니든지, 가르쳐 주신 선생이든지, 이웃집 아저씨 아주머니든지…… 이 세상 어느 누구에게든지 고맙습니다, 감사합니다, 미안합니다, 사랑합니다, 하고 말해야 한다. 내 말 알아듣겠어?」

학교 아이들에게 자기가 알고 있는 금싸라기 같은 말들을 팔아먹고 살아가는 담임 선생은 자기의 직업상 많은 말을 떠벌리다가 스스로도 감당할 수 없는 모순을 저질러 놓고 있었다. 결이 명주 실오라기보다 더 가늘고 고운 정서와 철심처럼 차고 딱딱한 지식이 꼬이는 바람에.

 담임 선생의 모순은 말이 요사스러운 것임을 말해 주는 것인지도 모른다. 그것이 그렇다는 것을 터득하고 어쩌고 한 것이 아님에도 불구하고 해선의 부자는 일찍부터 말을 아끼고 있었다. 그들 부자는 한집에 살지만 각기 소라고둥처럼 외곬의 회랑 창자를 상대로 해서만 중얼거리고 사는 한 개씩의 섬이었다. 서로의 내부를 드나들거나 들여다볼 수 있는 창구를 틀어막아 버리고 벽을 쌓고 사는 외롭고 쓸쓸하고 슬픈 섬.

6

 모래밭으로 달려갔다. 늘 가는 곳이지만 그곳은 알 수 없는 세상이었다. 그곳으로 들어설 때마다 해선은 가슴이 두근거리곤 했다. 한 알 한 알 잘게 쪼개질 수 있는 데까지 한없이 작게 쪼개진 채 한데 모여 있는 그들은 각자의 사이사이에 빠듯한 틈새들을 마련해 놓고 있었다. 그 틈새에는 사방 바람벽이 있고 바닥과 천장이 있었다. 태초로부터 흘러왔다가 소멸 쪽으로 흘러가는 시간이 거기에 서려 있었다. 해와 달과 별을 품은 하늘과 어둠을 품은 땅의 교합도 있었다. 교합의 자리를 넉넉하게 마련하기 위해 모래알들은 그 틈새를 가능하면 넓게 벌려 놓으려고 소리치며 비비적대고 뒷걸음치고 몽그작몽그작 앉은걸음 치고 엉덩이를 들이밀며 파고들었다. 그 시끄러움의 틈바구니들에 차가운 고요가 서식하고 있었다. 순간순간의 정지 화면 같은 그 고요의 몸 안에 플랑크톤보다 더 작은 도깨비들이 더부살이를 하고 있었다.

모래 주무르고 만지는 일이 환장하게 재미있었다. 모래밭에 들어서면, 두 손바닥을 대어 붙이고 흰 모래를 한 움큼 긁어 올렸다가 손가락 사이로 천천히 흘려보내곤 했다. 모래알들은 손가락 사이를 간지럽히면서 떼 지어 몰려 빠져나갔다. 그들은 반드시 순서를 지켰다. 작은 것들이 먼저 나가고 나중에 큰 것들이 나갔다. 그들이 지닌 시끄러움과 고요와 그들 사이에 더부살이하는 도깨비들이 그렇게 서로서로에게 질서! 질서! 하고 외치면서 차례를 지키도록 종주먹을 대는 것이었다. 그들의 가지런한 질서에 매혹된 채 그 장난질을 하곤 했다. 사실 그는 모래알들과 노는 것이 아니고, 그들이 지니고 있는 교합의 반짝거림과 시끄러움과 고요의 지껄거림들과 앙증스러운 도깨비들과 노는 것이었다.

마른 모래를 두 손으로 움켜 떠다가 산처럼 쌓을 때에도 그랬다. 몽근 것은 안쪽으로 켜켜이 쌓이고, 성기고 거친 것들은 겉돌았다. 학교 선생들도 마찬가지로 그랬다. 얼굴 곱고 예쁘고 늘 새물내 나는 옷 입고 다니면서 눈치 살피며 아양 떨고 몸 비비 꼬며 눈웃음치고 값비싼 옷 걸치고 다니고 공부 잘하고 말 잘 듣고, 이것저것 잘 가져다 주는 부모 있는 아이들을 선생들은 자기의 안쪽 가까이에 둘러 두었고, 구중중하면서도 무람없고 괘꽝스럽고 반항하고 말썽 부리는 거친 아이들은 밖으로 멀찍이 밀어냈다. 그들이 그렇게 하는 것이 아니고, 그들의 소요와 고요 속의 도깨비들이 그렇게 하라고 시킨 것일 터였다.

모래 속에 오른손을 깊이 쑤셔 넣고 왼손으로 축축한 것들을 끌어다가 덮어 주며, 새야 새야 집 지어라 꿩아 꿩아 물 길어라, 하고 토닥거려 보아도 그 이치를 알 수 있다. 몽근 모래로는 집이 잘 지어지고 그 집은 오래가지만, 거친 모래로는 잘 지어지지도 않고 또 금방 무너진다. 몽근 모래에 엉겨 사는 도깨비들은 앙증스러우면서도 순하므로 붙여 주는 자리에 말없이 붙어 있곤 하지만, 거친 모래 속의 도깨비들은 한결같이 들떠 있고 잘난 체하고 서로 좋은 자리에 앉으려고 몸싸움을 한다. 개코나 짝귀 같은 아이들이 똑 그와 같다. 그들에 비하면 나는 몽근 모래알이다.

모래알 때문이 아닐지라도 그곳은, 늘 거기에 붙박여 사는 것들과 대거리할 각오를 하고 나서지 않으면 안 되는 세상이었다. 그곳은 항상 바람과 파도와 고기잡이배와 물떼새와 갈매기와 게와 새우와 짱뚱이와 문절이와 전어들의 부산스러운 움직임과 반짝거리는 햇살과 그것들 주위를 시끄럽게 맴돌면서 오두방정을 떠는 수많은 도깨비들의 수런거림으로 가득 차 있었다. 그렇지만 거기에는 그 부산스러운 움직임들만 있는 게 아니었다. 그들의 갈피갈피에 고요가 서려 있었다. 그 고요들은 고요들대로 자기들처럼 순하고 착한 도깨비들을 옆구리에 꿰차고 있었다.

해선은 자기처럼 차분하고 순한 고요를 만나기 위해 모래밭을 찾곤 했다. 친구가 특히 그 고요를 좋아했다. 고요는 시끄럽게 움직이는 세상을 천천히 관망하게 해주면서 그를 편안하게 해주었다. 그렇다고 해서 고요를 한꺼번에 너무 많이 들이켜면 안 되었다. 그것을 욕심껏 들이켜면 가슴이 쓰라리곤 했다.

고요는 겉으로는 조용하지만 내면으로는 공격적이었다. 자기 옆으로 다가서는 듯싶으면 고요는 강압적으로 그를 감싸 주려고 들었다. 일단 그를 감싸면 튼튼하게 에워싸서 숨 막히게 했다. 한 개의 섬으로 만들어 버렸다. 때문에 그는 고요를 만나려 할 때에도 싸울 마음을 단단히 하고 나서는 투우사처럼 무기 하나를 챙겨 가지고 가곤 했다. 그것은 주술적인 힘을 가진 무기여야 했다. 그것을 움켜쥔 채 시끄러움과 고요를 똑같은 거리에 두고 만나곤 했다.

왼쪽 바지 호주머니 속에 들어 있는 그것을 손아귀에 단단히 움켜쥐었다. 손거울이었다. 그것은 그를 당당해지게 하는 무기였다. 가까운 이웃들에게 인심을 아주 넉넉하게 쓸 수 있는 보물이고 요술 램프였다. 이웃은 그의 집 뒤란 언덕 밑에 있는 옹달샘과 마당의 등나무와 갯물 웅덩이와 하늘과 구름과 파도와 새와 게와 새우와 짱뚱이와 나무와 꽃과 풀잎의 이슬방울들이었다.

손거울은 알 수 있을 듯싶으면서도 알 수 없는 세계를 품고 있었다. 그 세계 속에 또 하나의 그가 살고 있었다. 혼자 있을 때 그는 늘 그 속의 그와 마주 보며 이야기를 주고받곤 했다. 그 보물이 호주머니 속에 있는 한 세상이 두렵지 않았다. 세상의 어떤 빛이든지 그것으로 되받아 쏠 수 있었다. 되받아 쏘인 빛은 거대한 칼이나 창처럼 그의 의지에 따라 날아갔고, 그것에 의해 관통되지 않은 것이 없었다. 그것을 그는 지지직 하고 지져 쪼개는 레이저 총이나 상대를 쏘아 기절시키는 전자봉처럼 사용했다. 심술을 부리고 싶을 때면 언제든지 만만한 친구의 머리통과 몸통과 사타구니를 팍팍 쑤시고 짓이기고 푸지직푸지직 지져 댔다. 친구는 그의 학대의 대상이 되곤 했다. 좋은 친구였다. 그로부터 학대당하는 것을 즐기는.

탄알을 가득 잰 권총을 움켜쥔 미국 서부의 총잡이이기라도 한 듯 어깨를 들어 올리고 갯바람을 가슴 깊이 들이마시며 새매같이 달려갔다. 두 팔을 날개처럼 일자로 펴 늘이고.

심사 불편해져 있는 아버지의 마음을 풀어 줄 수 있는 그 어떤 말도 뱉어 낼 수 없을 뿐 아니라 곱고 부드러운 표정을 지어 줄 수 없을 때, 아버지 주위에서 어정거리고 싶지 않았다. 아버지는 절벽이었다. 그 절벽은 속에 지네의 독 같은 것을 지니고 있었다. 어느 한 순간 그에게로 허물어짐으로써 그의 모든 것을 깔아뭉개 버릴 것 같은 바위벽. 건드리기만 하면 물어 버리는 지네. 쓰팔, 팍 무너져 뒈지거라, 거꾸러져라, 하고 허구한 날 소망하는데도 아버지는 무너지지 않고 위압적으로 꼿꼿이 서서 그의 앞뒤 양옆을 막고 있었다. 이해할 수 없는 또 다른 그림자였다.

 손끝에 만져지는 손거울 표면의 미끈거리는 감촉과 손바닥을 자극하는 모서리의 꺼끌거림과 초자 발린 뒷면의 가칠가칠함이 좋았다. 얼마나 악력을 가해야 이놈의 모서리가 손바닥을 파고 들어가 피를 솟게 할까.

 아버지에게 엉덩이를 걷어차였을 때, 해선은 문득 몸 어딘가를 통해 피를 퀄퀄 나오게 하고 싶어지곤 했다. 그 피를 아버지에게 보여 주고 싶었다. 그것을 양식장 안으로 흘려보내서 녹조로 인하여 쑥즙처럼 칙칙해진 물을 새빨간 물로 바꾸어 놓고 싶었다. 서쪽 하늘에서 황혼이 타올랐을 때처럼 세상을 온통 빨갛게 물들여 놓고 싶었다. 혼령이 되어 훨훨 날아다니며, 죽어 날아간 사람들이 어떻게 생활하는지 세세히 보고 돌아오고 싶었다. 죽은 사람의 혼령은 바람이나 증기처럼 날아다니고, 바닷물이나 강물이나 눈보라 속을 날아다녀도 몸이 젖지 않고, 그것을 입으면 다른 사람들의 눈에 보이지 않는 마법의 유리옷을 입은 사람처럼 된다고 했다. 몸뚱이를 내던져 버리고 혼령만으로 살아가는 것도 신나는 일일 것이다.

7

 은빛 모래가 푹신거렸다. 감추어 놓은 허방 같은 푹신거림 때문에 중심을 잡지 못하고 비틀거렸다. 모래알들이 품고 있는 시끄러움과 고요와 도깨비들이 그를 놀리고 있었다. 비틀거림으로 말미암아 사타구니의 불알이 여느 때와 달리 더 요란스럽게 달랑거렸다. 그것은 학교 교무실 앞에 걸려 있는 종 속의 통마늘만 한 망치처럼 한쪽 허벅다리에 부딪쳤다가 튕겨서 다른 쪽의 허벅다리에 부딪치고 또 금세 앞쪽 바지 자락에 머리를 찍은 다음 항문 쪽의 틈새에 끼일 듯했다가 몸을 외틀면서 빠져나와 달랑달랑 요동을 치고 있었다. 팬티를 입지 않았기 때문에 더욱 제 마음대로 달랑거리는 것이었다. 간밤에 오줌을 쌌으므로 젖은 팬티를 세탁기 속에 넣어 버렸다. 팬티 세 개를 돌려

물보라 63

가면서 입는데, 사흘 동안 오줌을 거듭 쌌으므로 미처 말릴 틈이 나지 않았다.

 모두 꿈 때문이었다. 첫번째 밤 꿈에는 학교 놀이터 옆의 나무 보지에 오줌을 갈기다가 그랬고, 다음 밤 꿈에는 양식장에 갈기다가 그랬고, 다시 그다음 밤 꿈에는 개코, 짝귀와 더불어 말미잘 주둥이에 갈기다가 그랬었다. 나무 보지에서 연기처럼 기어 나오는 음습한 어둠에게 오줌을 먹여 주자는 친구의 말대로 하다가 그랬고, 양식장의 문절이를 떼로 떠내려 하는데 친구가 머리를 들이밀어 방해하는 바람에 화가 나서 자지를 꺼내어 친구의 얼굴을 향해 갈기다가 그랬고, 말미잘 주둥이에 그렇게 한 것은 개코가 영락없이 그것이 순영이의 보지같이 생겼다고 거기다가 갈기자고 꼬드기는 바람에 덩달아 그런 것이었다. 쌍바위틈에 사는 말미잘의 음험한 주둥이 가장자리에는 곱고 예쁜 술이 달려 있다. 손가락으로 건드리면 물을 뱉어 내면서 오므라진다.

 이유야 어떻든지, 꿈에 오줌 갈기는 맛은 기막히다. 온몸에 전율이 일어나도록 요도와 불알쪽과 자지 끝이 시큰거리면서 어지럽다. 그네를 뛸 때처럼 아찔아찔하다. 그네 뛰는 맛은 위쪽으로 올라갈 때보다 내려올 때 더 시큰거리고 어지럽다.

 기막힌 기쁨과 즐거움을 맛보면 맛본 만큼의 슬픔이나

모욕이 따르기 마련이다. 그가 처음 오줌을 쌌을 때 아버지는 화를 벌컥 냈다. 라이터불을 켜들고 해선의 코앞에 들이밀면서, 한 번만 더 싸면은 이것으로 자지 끄트머리를 꽉 지져 꼬실러 버릴 것이데잉, 알았냐? 하고 다짐을 주었다. 해선은 질겁하여 눈을 힘주어 감은 채 무조건 고개를 끄덕거렸다. 라이터불로 지지겠다면 분명히 정말로 지질 아버지였다. 불로 지지면 자지 끝이 적쇠에 굽는 고기처럼 오그라들면서 빨개졌다가 거무튀튀해질 것이고 노린내가 날 터이다. 노린내가 날 정도로 자지가 탄다면, 말도 못하게 아리고 쓰라릴 것이다. 오줌 구멍이 막혀 죽게 될 것이다. 해선은 눈앞을 가리는 눈물방울들을 주먹으로 닦으면서 고개를 몇 차례든지 끄덕거려 주었다.

그런 다음에도 밤에 옷과 요에다 오줌 싸는 일이 거듭되자, 아버지는 그것이 협박하거나 다짐 받음으로써 해결될 일이 아님을 알아차렸다. 오래지 않아 그의 오줌 싸기에 아버지는 손을 들어 버렸고, 공포감을 줌으로써 못 싸게 하겠다는 방책 대신 얼마든지 싸도 좋다는 허락 아닌 허락을 했다. 그것은 잠자리에서 방뇨하는 당사자를 아주 슬프고 참담하게 하는 책략이었다. 해선에게 요 위에서 자지 못하게 하고, 그리고 아무것도 밑에 깔지 않은 채 장판 바닥에서 벌거벗은 몸으로 자도록 한 것이었다.

처음 하룻밤 해선은 아버지의 그 방책을 잘 따랐다. 그렇지만 다음날 밤부터는 따르지 않았다. 알몸으로 자면, 몸 전체의 빨간 살갗과 사타구니와 자지와 불알이 허허벌판에 버려져 있는 듯하고 가슴속이 허전해서 잠이 오지 않았다. 그래서 아버지 몰래 팬티를 입고 자곤 했다. 그의 모든 팬티가 잠자리에서의 거듭된 오줌 싸기로 말미암아 다 젖어 버렸고 그것들이 아직 세탁기 안에 들어 있을 경우에는 바지를 입고 잤다.

한데 그것이 그의 뜻대로 되는 게 아니었다. 곤히 자면서 나무 보지나 쥐구멍이나 말미잘이나 양식장이나 개울 웅덩이에다 오줌을 시원스럽게 갈기다가, 아차 이거 어쩔거나, 하고 깨어 보면 그는 다시 알몸이 된 채 자고 있었다. 아버지가 어느 사이엔지 그가 몰래 입은 팬티나 바지를 벗겨 내고 맨살로 맨바닥에서 자도록 만들어 놓은 것이었다. 그럴지라도 오줌을 싼 것은 싼 것이었다. 이때는 황급히 뛰어 일어나 걸레를 찾아다가 닦고 어쩌고 하는 것이 전혀 뾰쪽한 사건 무마책이 될 수 없었다. 어차피 터진 사건이므로 자는 체하고 있다가 당하는 것이 상책이었다. 세상 모르고 자는 놈을 구박하면 얼마나 구박할 것인가. 한데 탈은, 자는 체하고 있기만 하려고 했다가 그도 모르는 새에 다시 깜빡 깊은 잠에 빠져 버리는 것이었다.

깔고 잔 자기의 요가 척척해 와서 놀라 깬 아버지는 그의 엉덩이를 한 번 철썩 때리고 나서 절망적인 목소리로 소리쳐 말했다.

「야아, 이 자식아, 일어나 봐라이! 방바닥, 니놈 풍덩 뛰어들어서 헤엄도 치게 생겼다이. 이 자식, 너 장가갈 때까지 이럴 것이냐, 잉?」

해선은 얼굴이 빨개진 채 비닐 장판 바닥에 괴어 있는 오줌을 내려다보며 반사적으로 구석 쪽으로 피하고 자지와 불알을 감싸 쥐었다. 만일 아버지가 정말로 라이터불로 자지 끄트머리를 지지겠다고 들면 어찌할 것인가. 쓰팔, 모두 니 때문이야, 하고 만만한 친구를 탓했다. 니가 꼬셔서 거기에 갈기다가 그랬단 말이야. 이따가 죽어 봐라. 콱콱 짓밟아 죽여 버릴 테다. 내 빛창으로 팍팍 쑤시고 지져 버릴 것이여.

푹신거리는 모래밭을 달리면서 해선은 불알 두 쪽의 신통스러움을 생각했다. 아무리 요란스럽게 달랑거릴지라도 그것들은 아프지 않고 깨지지 않는다. 할머니가 해선의 불알 두 쪽을 조몰락거리면서 그것이 절대로 깨지지 않을 수밖에 없는 이유를 말해 주었다.

「봐라. 삼신님이 또록또록 여문 이 새알을 그리 쉽게 깨지도록 허술하게 만들어 놨겄냐? 이 새알 속에 머시 들었는지 아냐? 불이다, 불! 장차 너 같은 아들이랑 꽃 같은 딸이랑 낳을 불씨 말이여. 여자는 물이고 남자는 불 아니냐? 이것 봐라. 그 씨가 얼마나 귀한 것이면은 새 알이 두 쪽이겄냐? 또, 묘하게도 이 두 쪽이 똑같지를 않다이. 한쪽 것이 작고 다른 한쪽 것이 크단 말이다. 크기하고 무게하고가 서로 다른께는 한 놈은 더 아래쪽으로 처지고 다른 한 놈은 덜 처져 있는 거란 말이여. 그런께 아무리 니가 말같이 폴딱폴딱 뛰어다녀도 서로 안 부딪치는 것이여. 만약에 이 두 짝이 서로 똑같은 데다가 나란히 달려 있어 봐라. 걸음을 걸을 때마다 요것들 둘이가 왱그랑댕그랑 부딪쳐서 얼마나 아프겄냐, 잉? 심하게 부딪치면은 깔축없이 깨져 뿔겄지야. 세상살이의 이치라는 것들도 다 똑같은 법이다이. 알겄냐? 느그 할무니 같은 당골레가 있은께 굿해 달라고 찾아오는 사람이 있는 것이고, 또 좋은 날 받어 주라는 사람, 액매기해 주라는 사람, 부적 써주라는 사람이 있은께 느그 할무니가 기를 펴고 사는 것이제잉. 또 부자가 있은께 가난한 사람이 있는 것이고, 대통령이 있은께 우리 같은 백성이 있는 것 아니냐? 세상 사람들 전부가 대통령이면은 어떻게 되겄냐, 잉? 서로 왱그랑댕그랑 부딪쳐서 다 파삭파삭 깨져 뿔 것 아니냐? 그런께 사람은 생긴 대로 살아야 쓰제 억지로는 못 사는 법이다잉. 그런디 느그 아부지는 애시당초에 틀려 묵었다.」

생긴 대로 살려고 하지 않는 아버지는 무엇을 모르는 위인이라고 할머니가 그랬다. 가령 다리 하나 부러지고 없는 것이나 애꾸눈이인 것이 못난 게 아니고, 분수 모르는 그것이 못난 거라는 것이었다. 남들한테서 당골레 자식이라고 하대받는 것을 못 견뎌 하는 그것이 바보스럽고 미련스럽다는 것이었다.

「느그들 얼마든지 하대할 테면은 해봐라, 말에 값 든 것 아니다. 나는, 느그들이 상대도 할 수 없는 신령님하고 만나고 그 신령님들을 모시고 살아간다, 하고 살면 되는 것이여. 그런디, 느그 아부지는 그럴 줄을 모른단 말이다. 대롱을 통해서 하늘을 쳐다보고 송곳으로 땅을 찍듯이 좁게 좁게 살고 있단 말이다. 당골레 자식이란 생각을 가지고 쭈뼛거리면서 살면 그렇듯 송곳같이 뾰쪽해지는 것이고 옹졸해지는 것이여. 한도 끝도 없이 넓고 넓은 세상을 왜 그렇게 땅바닥에 송곳을 꽂듯이 조불조불하게 산단 말이냐. 해선이 너는 샛별 같은 두 눈으로 이 광활한 천지를 이리도 둘러보고 저리도 살펴봄스롬 한사코 넉넉하게 살아가거라잉. 넉넉하게 살아야 좋은 일을 하게 되고, 좋은 일을 해야 장차 극락세상엘 가게 되는 것이다. 불쌍하고 가련한 사람한테는 말할 것 없고, 소나 개나 도야지나 새한테도 좋은 일을 하고, 꽃 한 송이 벌레 한 마리한테도 좋은 일을 해야 쓴다잉.」

모래톱으로 갔다. 먼 바다에서 달려온 파도들이 쓱싹쓱 싹 썰려 거꾸러지고 난도질당하는 모래밭의 톱날 부분은 습기로 다져져 단단했으므로 발이 빠지지 않았다. 모래 언덕 쪽으로 치올라 가려다가 모래톱날에 썰리는 파도 끝 자락의 흰 거품들을 밟으면서 달렸다. 친구가 따라붙어 있었다. 키가 갈대만큼 커진 친구는 썰리는 파도 끝 자락 위로 몸을 눕힌 채 거룻배처럼 나아갔다. 이 자식아, 지금 키 커져 있다고 까불지 말어. 키 큰 갈대들은 건들건들 속 없고 싱거운 법이다. 해선은 친구의 정강이를 짓밟아 주려고 재빨리 발을 옮겼다. 친구는 용용 죽겠지 하면서 달아났다. 거기 멈춰 서지 않을 거야? 죽어 볼 텨? 가랑이를 더 크게 벌려 뛰어 친구를 짓밟으려고 들었다. 그럴수록 친구는 멀리 나아가곤 했다.

 모래톱에 모기만 한 어린 새우들이 파들거렸다. 온몸이 갈색이고 가슴과 양쪽 뺨이 하얀 물떼새 두 마리가 그 새우들을 쪼아 먹기 위해 꼬리를 쳐들어 까딱거리며 종종걸음을 치다가 달려오는 친구에게 쫓겨 달아났다. 야아, 이 자식아, 그 새들 다 내 새다. 쫓아 버리지 말어. 그는 친구에게 소리치며 달렸다.

 으스스한 검은 어둠 담겨 있는 사금굴을 곁눈으로 보면서 빠른 걸음으로 지나쳤다. 겁쟁이, 하고 친구가 비아냥거렸지만 아랑곳하지 않았다. 굴속에는 바다 도깨비와 물에 빠져 죽은 사람들의 혼령이 우글거린다. 어린아이가 혼자 들어가면 그것들이 넋을 쏙 빼가지고 밑바닥에 괸 물에 머리를 처박고 죽게 만든다.

바다 한가운데로 뻗어 나간 노루목 어귀에서 연안 모래 밭이 끝나고 흑갈색 자갈밭이 시작되었다. 그 자갈밭에 모로 넘어진 집채만 한 폐선 한 척이 있었다. 폐선 옆으로 가까이 가기 싫었다. 발을 돌렸다. 폐선 안에는 텅 빈 공간이 있다. 그 속에 바다 도깨비가 들어 있을 터이다.

밟아 온 모래톱을 다시 밟으며 달렸다. 돌아보니 친구가 그를 뒤따르고 있었다. 친구에게 쫓겨 갔던 물떼새들이 다시 나타나 꼬리를 까딱거리면서 종종걸음을 치고 있었다. 그가 달려가도 그들이 날아가지 않으면 좋겠다고 생각했다. 애초에 잡을 생각을 하지 않고 가는데 왜 달아난단 말인가. 이번에는 친구가 물떼새들이 자기 새라고 하면서 쫓지 말라고 소리쳤다. 이 자식아, 까불지 마라. 이 새들은 지금 나하고 술래잡기를 하고 있는 거야. 물떼새들은 후르르 달아났다가, 그와 그의 친구가 지나쳐 간 모래톱으로 다시 돌아와 종종걸음치며 어린 새우 사냥을 하고 있었다.

전어 떼는 바닷물을 검푸르게 휘저어 대며 학섬 너머의 큰 바다로 나아갔고 갈매기들은 그들을 따라 이동해 갔다. 학섬을 향해 돌팔매질을 했다. 돌멩이는 그 섬에 이르지 못했다. 나 같으면 저 섬을 훌쩍 넘어가게 던지겠다, 하고 친구가 빈정거렸다. 친구는 모래톱 동편으로 길게 누운 채 그의 흉내를 내고 있었다. 너 아주 죽여 버릴 터. 친구를 확실하게 짓밟아 주기로 했다. 오른쪽 발을 모래톱에 디딘 채 왼쪽 발을 높이 쳐들었다. 친구는 그가 자기의 정강이를 짓밟으려 한다는 것을 알고 있으면서도 해선의 흉내를 내고 있었다. 그 멍청이 같은 친구의 정강이를 힘껏 짓밟았다. 이 자식, 죽어 봐라. 친구가 흉내를 내면서, 그래 좋다, 얼마든지 밟아 봐라, 하고 이죽거렸다. 해선은 친구의 머리통을 짓밟아 주겠다고 쫓아갔다. 친구는 날쌨다. 그의 발길이 그놈의 무릎에 이르기도 전에 여남은 걸음이나 앞장서서 달아나고 있었다. 해 저물 녘에는 이 자식의 머리통을 짓밟아 줄 수가 없다. 내일 한낮에 보자. 그때 너를 아주 묵사발 만들어 놓을 터. 허리를 굽히고 모래 한 움큼을 집어 친구에게 던졌다. 친구는 모래를 뒤집어쓰면서도 그의 흉내를 냈다. 거듭 친구의 얼굴을 향해 모래를 뿌렸다. 오른발을 모래밭 한곳에 고정시킨 채 왼발을 이용하여 동편으로 돌아서서 친구의 정강이를 밟고 또 밟아 주었다. 이래도 까불 터?

먼 바다에서 달려온 물너울이 학섬 주위를 맴돌면서 흰 거품을 일으켰다. 물보라 속에서 나왔다는 아이에 대한 이야기를 생각했다. 어떻게 매봉 밑에 사는 부엉이의 울음소리가 바다로 내려와서 섬이 될 수 있느냐고 친구가 비아냥거렸다. 해선은 볼멘소리를 했다. 정말 그랬으니까 그랬다고 하는 것이지. 친구는 지지 않고 대들었다. 그 부엉이가 매봉 밑 절벽에 진짜로 살긴 살고 있는 거야? 해선은 얼른 대꾸하지 못했다. 내가 부엉이 울음소리를 들은 것이 언제였을까, 하고 기억을 더듬었다.

지난해 초가을이었다. 그 무렵 매봉산의 부엉이는 두 마리였다. 염소뿔 같은 초승달이 밤나무숲 위에 떠 있을 때, 한 마리는 매봉 아래쪽 검은 숲에서 울고 다른 한 마리는 개오지 연안 뒷산 등성이에서 울었다. 그들은 합창하는 것이 아니었다. 매봉 부엉이가 부우 하고 울면 개오지의 부엉이가 뿌우 하고 대답하듯 울었다. 부엉이 울음소리로 말미암아 숲이 더 검어 보였다. 낮고 음산한 부엉이 울음소리가 숲을 더욱 까맣게 덧칠하고 있었다. 저 울음소리가 바다로 내려오면 섬이 될까. 내일 아침에 일어나 보면 학섬 옆에 또 하나의 섬이 생겨 있을지도 모른다. 그러면 먼 바다에서 달려온 물너울 한 자락이 새 섬 주위에 물보라를 만들고 그 물보라 속에서 나 같은 아이 하나가 생겨날 것이다. 해선은 설레는 가슴을 부여안은 채 잠을 청했다. 이튿날 아침에 일어나 학섬 주위의 바다를 내다보았다. 새 섬은 생겨 있지 않았다. 아직은 새 섬 생길 때가 안 되었다. 며칠 뒤에, 아니 몇 달 뒤에 생겨나려나보다. 해선은 조마조마해하며 사흘 밤낮을 보냈다. 부엉이가 또 울었다. 그런데도 이튿날 새 섬은 생기지 않았다. 그다음 날 밤 부엉이가 울자, 술에 취한 아버지가 담배 연기를 내뿜으면서 말했다.

「저것들 한 놈은 암놈이고 또 한 놈은 수놈이다. 무슨 일로인가 다투고, 한쪽이 삐쳐서 개오지 쪽으로 날아가 버렸기 땜에 다른 한쪽이 화를 풀고 돌아오라고 저렇게 부르는 거야……. 아니다. 저것들 한쪽은 홀아비고 다른 한쪽은 과부 부엉이다. 둘 다 외로운 처지이기는 마찬가지 아니겄냐? 그런디 외로움을 못 참는 것은 홀아비 부엉이 쪽이다. 남자들은 살림살이를 제대로 못하니께 말이여. 그래서 홀아비 쪽에서 먼저 과부 부엉이에게 똑같이 외로운 처지에 딴살림하지 말고 함께 합쳐 살자고 어르는 것 아니겄냐. 그런디, 과부 부엉이는 여유를 부림서, 그게 그렇듯 다급한 문제는 아니니까 천천히 생각해 보자고 하고 있는 거야.」

홀아비 부엉이의 처지도 아버지의 경우하고 똑같은 모양이었다.

매봉산에서 이때껏 울음소리가 들려오지 않은 것을 보면, 아버지 말마따나 그들 부부가 정말로 싸움을 하고 헤어진 모양이었다. 한 마리가 아주 다른 산으로 날아가 버렸을 듯싶었다. 친구가 콧방귀를 뀌며 말했다. 그렇다면 지금 날아가서 살고 있는 거기 어디서도 울음소리를 바다로 내려보내서 새로이 섬을 만들고 또 만들고 그러겠네? 해선이 짜증스럽게 대꾸했다. 이 멍청아, 과부 부엉이, 홀아비 부엉이가 어떻게 섬을 만든다냐?

바다 건너 금산을 바라보았다. 섬들 가운데 가장 큰 섬이었다. 다른 섬들이 자잘한 바가지나 삿갓 같은 것이라면 금산은 대궐만 했다. 부엉이 한 마리는 저 섬으로 날아가 버렸는지도 모른다. 금산 상상봉에는 미륵님이 산다. 그 부엉이가 사실은 그 미륵님이 된 것인지도 모른다. 그래서 저기로 되돌아갔을 터이다. 그렇다면 다른 부엉이 한 마리는 지금도 매봉 밑에 살고 있을 것 아니냐? 그래, 맞다. 그럼 왜 울지를 않는다냐? 자기가 울게 되면은 자기 울음소리가 바다로 내려가 또 하나의 섬을 만들 것이기 때문에, 새로이 섬을 안 만들려고 울지 않는 것이다.

말도 안 되는 소리 하지 마라, 하고 친구가 빈정거렸다.

해선은 화가 끓었다. 금방 내일이라도 매봉엘 올라가 부엉이를 찾아보아야겠다고 생각했다. 만약에 지금도 거기 살고 있으면 너 어쩔래? 하고 밑을 받치자, 친구가 내기를 걸자고 했다. 부엉이가 없으면 니가 죽고 아직도 거기 살고 있으면 내가 죽기로. 니가 이기면 나를 얼마든지 짓밟아 죽여라. 그래, 내기하자. 매봉산 절벽에서 떨어져 죽기 내기다. 해선은 당장에 매봉에 올라가 결판을 내고 싶었지만 참았다.

 순비기나무숲이 그의 배꼽 차게 자라 있었다. 꽃은 한 송이도 보이지 않았다. 열매를 맺고 있는 중이었다. 친구가 순비기나무숲 위로 몸을 걸쳤다. 그는 보라색의 콩알 껍질 같은 꽃송이들을 떠올리며, 야아 이것들 다 내 순비기나무께, 내 나무들 다치지 않게 해, 하고 친구에게 말했다. 이것이 어째서 니 나무냐? 친구가 비아냥거렸다. 이 자식아, 내 나무니까 내 나무야. 이 모래밭에 있는 것들 다 내 거다. 바다도 하늘도 구름도 새도 게들도 순비기나무들도…… 하고 해선은 줄줄이 주워섬겼다.

 잎사귀의 뒷면이 은색인 순비기나무를 보면서 할머니를 생각했다. 서방 각시가 순비기 열매를 넣은 베개를 베고 나란히 잠을 자면 정분이 두터워진다고 할머니가 그랬었다. 그의 베개와 아버지의 베개 속에 순비기의 열매를 넣었다고 하면서 말했다.

「이 베개를 베고 자면 귓병이 안 생기고, 물질하는 잠녀의 귀에 물이 들어가도 고름이 안 생기고, 아주 멀고 먼 데 소리까지 잘 듣고, 말귀를 잘 알아듣고 영민해진다. 하늘 소리, 땅 소리, 바닷물 흐르는 소리, 고기 울음소리, 용궁 나라 공주님이 공후를 끼올롱피올롱 타면서 부르는 노랫소리까지도 다 듣는단다. 같은 순비기나무에서 딴 열매를 아버지와 아들의 베개 속에 나누어 넣었으니까 네 부자의 정분이 더욱 두터워질 거다.」

 홍 하고 친구가 빈정거렸다. 순비기의 열매 넣은 베개를 백 년 천 년 베고 잠을 자봐라. 너희 부자 정분이 두터워지는가. 서로 진짜 아버지, 진짜 아들이 아닌데 무슨 정분이 어디에서 솟아 나오겠냐? 해선은 친구의 말에 가슴이 움찔했다. 콱 밟아 죽여 버리기 전에 주둥이 닥쳐, 하고 친구에게 소리쳤다. 친구가 대들었다. 너희 아버지도 여태까지 그 베개를 베고 잤는데 왜 네 눈을 똑바로 안 보려고 하겠냐? 자기가 가짜 아버지이기 때문이야. 아까도 봤지? 선생들한테 겨우 새우 한 봉지씩 줘서 보내 버리던 것. 니가 진짜 아들이라면 그랬겠냐? 연도 포구로 모시고 가서 술도 사주고 회도 사주고 그랬겠지.

 까불지 말어, 이 자식아. 해선은 순비기나무숲 사이로 기어 들어가려 하는 도둑게 두 마리를 발로 걷어찼다. 쪽발 두 개가 새빨간 그 도둑게들이 친구 편을 드는 놈들이기라도 한 것처럼, 그 게들 때문에 자기네 부자가 그렇게 되기라도 한 것처럼 그는 복수를 하고 있었다. 도둑게들은 두 개의 쪽발을 높이 치켜들고 그를 위협하면서 달아났다. 이 나쁜 것들, 하고 소리치면서 도둑게를 쫓아갔다. 세상의 모든 것들은 다 제 도깨비 하나씩을 데리고 다닌다. 도둑게도 그렇다. 도둑게가 미운 것이 아니고 그놈이 데리고 다니는 도깨비가 미운 것이라고 스스로에게 말했다. 도깨비를 밟아 죽여야 한다. 한번 죽이려고 마음먹었으면 기어이 죽여야 한다. 죽일 마음을 먹은 것부터가 죄다. 죽일 마음을 먹으면 그 마음이 저주가 되어 그쪽 가슴으로 날아가 박히게 된다. 때문에 한번 죽이려고 마음먹은 그쪽을 못 죽이게 되면 도망친 상대 도깨비가 이쪽에게 복수를 한다. 도깨비들은 자기가 노린 상대가 반드시 혼자 있을 때를 골라 복수를 한다.

문득 쫓아가던 발을 멈추고 마음을 바꾸었다. 죽일 마음 대신 살릴 마음을 먹으면 그 마음이 도깨비에게 건너가 기쁨으로 변할 것 아닌가. 그러면 그것이 내 마음을 알고 오히려 나를 도와줄 것이다. 비겁하게 마음을 왜 바꾸냐? 도둑게의 도깨비는 자기한테 죽일 마음을 먹은 상대가 곤히 잠잘 때 방으로 기어 들어가서 불알을 물어뜯어 버린다니까, 겁나서 그러는 거지? 하고 친구가 빈정거렸다. 해선은 친구에게 퉤 하고 침을 뱉으며 말했다. 이 자식아, 바꾸는 것도 내 마음이고 안 바꾸는 것도 내 마음이다.

친구가 별스럽게 빈정거릴지라도, 도둑게 죽일 마음을 바꾼 것은 역시 잘한 일이다. 도깨비의 위력은 상상할 수도 없이 크고 무섭다. 그것은 바람처럼 형체가 없으므로 자기가 그렇게 하려고 마음만 먹으면 노리는 상대의 그림자에 붙어 따라다니면서 하는 짓들을 엿본다. 마음속을 환히 뚫어본다. 팔과 손은 그 길이를 잴 수 없을 정도로 기다랗고, 선생들이 운동장 트랙을 그릴 때 쓰는 줄자처럼 돌돌 말아 넣을 수도 있고 전선처럼 길게 펴 늘일 수도 있다. 멀리 있는 것을 잡을 때는 손이 고래잡이 꺾쇠총알처럼 튀어 나가서 그것을 잡아 끌어당긴다. 다리가 하늘 닿게 길어서 강이나 바다를 한두 걸음에 건널 수도 있고 드높은 산을 훌쩍 뛰어넘어 버릴 수도 있다. 그놈의 몸은 물에 젖지 않고 불에 타지도 않는다. 몇십 리 밖까지 도망간 사람을 단숨에 따라잡기도 한다. 그 빠르기가, 번쩍 하는 사이에 지구를 일곱 바퀴 반을 도는 빛하고 똑같다. 그뿐만 아니라 둔갑술도 있다.

애초에 학섬 한가운데에 늙은 동백나무 한 그루가 있었다. 나이가 천 살은 될 거라고 했다. 밑동이 한 아름은 되었고 줄기가 ㄹ자로 굽어 있었다. 그 동백나무는 자기를 호위하는 신령과 도깨비를 거느린 채 살고 있었다. 한데 그것이 하룻밤 사이에 감쪽같이 없어졌다. 그 사건에 대하여 학교 아이들 사이에 논쟁이 벌어졌다. 그 논쟁 속에 청부 아저씨가 끼어들어 결론을 내려 주었다. 대처에서 온 도깨비가 캐가지고 내뺀 것이라고.

아이들은 도깨비라는 말에 눈이 휘둥그레졌다. 한쪽 눈이 개 눈인 까닭으로 보라색 안경을 끼고 사는 청부 아저씨는 아이들 사이에 기상천외한 지식이 많기로 소문나 있었다. 청부 아저씨가 학생들을 가르치려 하지 않아서 그렇지 만약 가르치려고 든다면 그 어떤 선생들보다 더 잘 가르칠 것이라고 개코가 그랬다.

요즘 세상에도 도깨비가 있어요? 하고 짝귀가 물었다. 그래, 있다, 하고 청부 아저씨는 보라색 안경알로 하늘에서 날아온 빛을 되받아 쏘면서 자신만만하게 대답했다. 보라색 안경알을 통해 세상을 보기 때문에 청부 아저씨는 그렇듯 별난 것들에 대하여 잘 알게 된 것일까. 나도 크면 보라색 안경을 써야겠다고 해선은 생각했다.

그것을 어떻게 알아요? 하고 개코가 물었다. 학섬에 동백나무 없어진 것을 봐라, 하고 청부 아저씨가 대답했다. 왼데서 온 도둑놈들이 밤에 몰래 배를 타고 가서 파간 것 아녀요? 아니다, 도깨비 짓이다. 도깨비들한테 그것이 거기 있다고 가르쳐 주지 않았어야 하는 것인데, 방송국 사람들이 그것을 테레비에다가 비춰 준게 도깨비들이 천 리 밖에서 날아와 갖고 감쪽같이 파가 버린 거란 말이다. 그렇다면, 대처에서 온 도깨비가 동백나무를 파갈 때, 동백나무가 거느리고 있는 신령님하고 도깨비하고가 자기 주인을 파가라고 가만히 있었을까. 양쪽 도깨비들끼리 코피 터지게 싸우지 않았을까. 해선은 청부 아저씨의 보라색 안경알에 비친 학교 뒷산을 바라보았다.

도깨비가 어떻게 생겼어요? 하고 개코가 물었다. 청부

아저씨는 들고 있는 싸리빗자루 궁둥이로 운동장 한가운데에 수직선 한 개를 10미터도 넘게 그리고, 그 끝에서부터 머리, 얼굴, 팔, 손, 다리, 발 들을 가느다란 점선으로 그리더니 싸리비 끝으로 쓸어 내려 안개 같은 옷을 입히고 나서 말했다. 도깨비는 키가 하늘 닿게 큰데, 그것을 볼 수 있는 눈을 가진 사람에게만 보이고 그러한 눈을 가지지 않은 사람에게는 보이지 않는단다.

아저씨는 그것을 볼 수 있어요? 아암, 볼 수 있고말고. 그럼 도깨비를 잡아 갖고 와보십시오. 잡을 수는 있는데 데리고 올 수가 없어. 일단 잡으면 그것은 한 개의 작대기로 변해 버리기 때문에. 내가 설사 잡아 갖고 온 도깨비를 보이면서 이것이 도깨비다, 하고 말을 할지라도 사람들은 모두 기껏 작대기 한 개를 볼 수 있을 뿐일 테니까.

아, 청부 아저씨가 들고 있는 싸리비가 사실은 도깨비인지도 모른다, 하고 해선은 생각했다. 밤이면 도깨비로 변해서 하늘과 바다를 날아다니는 싸리빗자루의 모습이 머릿속에 그려졌다. 그러자 청부 아저씨가 어떤 괴력인가를 가진 존재로 여겨졌다.

에에이, 거짓말, 하고 개코가 말했다. 그러자, 그렇다 하고 일단 수긍하고 난 청부 아저씨가 움켜잡은 싸리빗자루를 지팡이처럼 짚고 선 채 빙긋 웃으면서 당당하게 말했다. 너희들이 지금 거짓말이라고 한 것처럼 세상 사람들은 다 나보고 거짓말을 한다고 한다. 그렇지만 나는 정말 그 도깨비를 볼 줄 안다. 너희들뿐만이 아니라 이 세상의 모든 사람들이 알아보지를 못해서 그렇지, 이 세상은 슬프게도 이런저런 도깨비들로 가득 차 있다. 너희들, 주식이란 말 들어 봤지? 테레비에 날마다 한 번씩 안 나오더냐? 주식 시장 전광판에 파란 불, 빨간 불로 쫙 찍혀 있는 숫자들이 이렇게도 바뀌고 저렇게도 바뀌는 것 안 봤냐? 순간적으로 올라갔다가 내려갔다가 하는 그 가격을 뒤에서 조종하는 것이 누군지 아냐?

짝귀가 그게 누구냐고 물었다.

그것이 다 미국 도깨비들이다, 하고 청부 아저씨가 말했다. 그 도깨비들, 뉴욕 쌍둥이 건물이 무너질 때 다 죽어 버리지 않았어요? 개코의 말에 청부 아저씨는, 절대로 절대로, 하고 고개를 저었다. 도깨비들은 절대로 죽지 않는 거야. 그것들은 건드리면 더 키가 커지는 거야.

해선이 청부 아저씨에게 물었다. 내 속에도 도깨비 한 마리가 들어 있을까라우? 그래, 들어 있다, 하고 청부 아저씨가 대답했다. 어떻게 생겼어요? 영락없이 너같이 생겼다. 너, 그림자 한 놈을 달고 다니지 않니? 그 그림자가 사실은 도깨비다.

집으로 돌아오면서 해선은 친구에게 물었다. 아까 청부 아저씨가 한 말 맞냐? 그래, 맞다, 하고 친구가 말했다.

8

 달랑게 생각이 났다. 달랑게는 앳되고 착하고 예쁜 처녀의 혼령이 된 것이라고 할머니가 그랬다. 달랑게에게 좋은 일을 하기로 했다. 그러려면 달랑게를 일단 잡아내야 하는 것이었다.
 흰 모래밭에 구멍을 깊게 파고 사는 달랑게는 손가락 두 마디쯤 되는 크기인데, 각질이 은빛이고 바람처럼 동작이 빨랐다. 가령, 순영이같이 예쁜 아이가 죽으면 달랑게가 될 터이다. 그렇다면 달랑게가 죽으면 어찌 될까. 다시 예쁜 여자 아이로 태어나게 되지 않을까. 순영이의 전생이 달랑게였으리라. 그것을 잡아 놀리고 싶었다. 아니, 일단 잡아 손으로 만져보기만 하고 그것을 기분 좋게 해준 다음 놓아주자고 생각했다. 달랑게하고 사귀고 싶었다. 모래밭의 달랑게 한 마리를 자기 편으로 만들어 놓고 싶었다. 달랑게하고 친해질 묘책을 알고 있었다. 그 묘책을 터득하게 해준 것은 돌아가신 할머니였다. 호주머니에 넣고 다니는 손거울 한 개가 묘책을 부릴 수 있는 도구였다.

할머니는 꽃을 좋아했다. 하얀 보로 싼 징을 머리에 이고 굿을 하러 가다가 풀섶에 민들레꽃이 피어 있으면 발을 멈추었다. 머리에 인 징을 길바닥에 내려놓고 쪼그리고 앉아 꽃잎을 쓰다듬기도 하고, 정화수 앞에 놓으려고 켠 촛불이 꺼지지 않도록 두 손바닥으로 가리듯이 꽃송이 전체를 그렇게 감싸기도 했다. 길가 언덕에 활짝 핀 쑥국화들이 떨기져 있으면 치맛자락을 걷어 올리고 무성한 띠풀, 명아주풀, 실망초풀을 헤치고 들어가서 코를 꽃에 대고 킁킁 냄새를 맡았다.

아야, 아야아! 너는 어쩌면 이렇게도 얼굴이 가슴 우둔거리게 예쁘고, 냄새로는 또 이렇게 사람 속을 환하게 뚫어 주냐? 하고 나서 할머니는 해선을 향해 꽃 옆으로 오라고 턱짓을 했다. 아가, 해선아, 이 꽃 봐라. 이 냄새 맡어 봐라. 할머니는 해선의 코가 꽃에 닿도록 뒤통수를 밀어 주었다. 코청이 터질 듯했다. 향기가 콧속으로 날아 들어오고 있었다. 그것은 할머니가 쓰곤 하는 분향내 같은데, 결코 분향내하고 같은 것만은 아니었다. 속을 휑 뚫어 주는 박하향이 섞여 있고, 할머니의 무릎에 놓곤 하는 쑥 찜의 연기 냄새가 보태져 있었다. 그것 말고도 또 하늘에서 반짝이는 별빛이나 달빛의 냄새라든지, 순영이의 입에서 풍겨 오는 배릿한 냄새 같은 것이 섞여 있는 듯싶었다.

코로 들어간 꽃 향기가 온몸으로 번지고 있었다. 현기증 같은 어지러움이 일어났다. 몸 전체가 하늘로 솟아오르고 있었다. 그의 몸이 쑥국화로 변하고 있었다.

「아가, 봐라이. 사람도 이렇게 향기가 나야 한다이. 알겄냐? 너는 장차 꼭 이렇게 향기 풍기는 사람이 되어야 쓴다잉.」

서남쪽 마당 가에 치자나무 한 그루가 있었다. 꽃잎들이 오른쪽으로 오긋오긋 비틀려서 겹쳐 있던 꽃봉오리가 하얗게 벌어지기 시작하면 할머니는 집 안에 머무르는 동안 내내 치자나무 주변을 뱅뱅 돌았다. 그 흰 꽃잎과 샛노란 수술에 코를 대고 킁킁 냄새를 맡곤 했다. 해선의 코도 거기에 대주었다. 치자꽃 향은 할머니가 쓰는 로션 향처럼 시금하고 배릿하고 달키했다. 그 향기를 맡자 은색 실오라기 같은 것 하나가 항문의 신축근과 자지와 불알 속과 가슴 한복판을 쩌릿하게 훑고 지나갔다. 진저리를 쳤다. 어떤 경우에 얼핏 보면 꽃잎 여섯 개와 수술들이 암죽암죽 움직였다. 그러면서 무슨 말인가를 하고 있었다. 할머니는 해선의 키만 한 체경을 치자나무 앞에 세워 놓았다.

「꽃아, 꽃아, 니 얼굴이 얼마나 예쁘고 아름다운지 봬주 마잉? 자, 자세히 봐라이. 니가 너를 봐도 참말로 환장 하게 예쁠 것이다.」

새우들에게 사료를 주고 나온 아버지가 장갑을 벗어 던 지면서 할머니를 향해, 아따 또 먼 쓸데없는 짓거리를 그 렇게 하고 계시오? 저것들이 지 얼굴을 안다요? 하고 퉁 명스럽게 나무랐다. 할머니는 정색을 한 채, 아이고, 이 사람이 먼 소리를 한다냐? 하고 섭섭해하였다.

「이렇게 거울을 대주면은 꽃이 훨씬 더 예쁘게 핀다잉. 여자가 거울에 비친 얼굴을 보고 화장을 함스롬 찡그린 얼굴을 펴기도 하고 방긋 웃어보기도 하듯이 꽃도 지 얼 굴을 보고 더 예쁘게 활짝 핀다잉. 예전에 구중궁궐 공 주님들은 다 마당에 핀 꽃한테다 이렇게 해줬더란다.」

그것은 할머니가 늘 두고 쓰는 말이었다. 아버지는 콧 방귀를 뀌었다. 말도 안 되는 소리 하지 마시오. 할머니 는 아버지의 말에 아랑곳하지 않았다. 아버지의 세계와 할머니의 세계는 하늘과 땅만큼의 간극이 있었다. 어느 한쪽에서 소리소리 질러도 메아리도 도달하지 않는 아득 한 천지.

할머니가 꽃들에게 좋은 일 하기는 이른 봄 춘란꽃이 필 때부터 시작되었다. 치자나무 옆에 할머니가 매봉산에 서 캐다 심은 춘란 세 촉이 있었다. 할머니는 꽃대가 올라

올 때부터 춘란 옆을 뱅뱅 돌았다. 운동회날 유백색 망사 바지저고리를 입고 춤추던 순영이 같은 꽃대, 그 속옷 밖으로 자줏빛 알몸이 어렴풋이 비치는 그 꽃대가 꽃을 토해 내면 할머니는, 춘란꽃이 피면 반가운 손님 온다고 했는디 오늘 먼 손님이 올란다냐! 하며 꽃 앞에 엎드려 코를 대고 살았다. 해선의 코도 꽃에 대주었다. 초여름날 첫 수업 시간에, 육지로 전근 간 여선생의 치맛자락에서 날아온 냄새, 찬물 목욕하고 비손을 하고 난 할머니의 치마에서 날아온 냄새, 수학여행을 다녀온 이튿날 순영이가 초콜릿을 건네주던 순간에 그녀의 치맛자락에서 날아오던 냄새였다. 그 냄새가 코와 허파 속으로 쏟아져 들어오는 순간 그는 어지러웠다.

연두색의 관대뿔 같은 두 개의 겉꽃잎 속에 자줏빛 속꽃잎들이 있고, 그 속에 갓난아기의 떡니 같은 암술이 있었다. 암술이 뿜는 음험한 향에는 꿀벌도 취해 비틀거렸다. 꿀벌은 그 꽃의 속살 구멍에다 머리를 처박은 채 오랫동안 머물러 있곤 했다. 아이고, 너는 좋겠다, 꽃 속을 니 마음대로 들랑거릴 수 있은께, 하고 말하며 할머니는 체경을 꽃 앞에 놓아 주었다. 해가 지고 타오르던 황혼이 꺼지고 땅거미가 내리는데도 체경을 들여놓으려 하지 않았다. 아버지가, 비싼 돈 주고 산 체경이 이슬을 맞으면 못쓰게 된다고 했지만, 할머니는 아예 귀를 막아 버렸다. 오

물보라 87

히려 한술 더 떴다. 촛불을 켜서 난초꽃 앞에 놓아 주었다. 이때 촛불 켜는 방법은 특이했다. 초를 한지로 돌돌 만 채로 불을 붙였고, 초가 두꺼운 한지옷과 함께 탔으므로 여느 촛불보다 크고 밝았다. 그 촛불을 꽃과 거울 사이에 놓아 주면서 할머니는 말했다.

「난초꽃아, 니 모습은 낮보다 밤에 더 예쁘니라. 너는 너는 어쩌면 그렇게도 늘씬하고 고우냐? 찬물 목욕을 하고 나서 속속곳만 걸치고 있는 새각시같이?」

촛불빛을 받은 흰 꽃대와 수줍어 고개 숙인 꽃잎은 가슴을 우둔거리게 했다.

「나도 너같이 늘씬하고 예쁘고 고운 시절이 있었어야. 난초꽃아, 시들지 말고 한사코 오래오래 피어 있거라 이.」

할머니는 난초꽃에 미쳐 있었다. 거울에 제 모습을 비춰 보는 꽃대와 꽃을 한도 끝도 없이 바라보고 있었고 내내 코를 대고 킁킁 냄새를 맡았다. 아버지는 할머니 하는 짓을 보고 기막히다는 듯 하늘을 향해 고개를 쳐들고 허허어 하고 웃었다. 할머니는 푸념하듯이 말했다. 할머니의 그 말에는 낭창낭창 휘어지고 슬프게 일렁거리는 가락이 들어 있었다.

「이 아그야, 웃지 마라이. 나도 죽으면 저런 꽃이 될 것이다. 돌아가신 느그 외할무니도 저런 꽃 속에 들어가 있을 것이다.」

 해선은 할머니가 하던 그 방법을 달랑게에게 쓸 참이었다. 제 얼굴을 비춰 주면 달랑게가 무척 좋아할 것이라고 생각했다. 가슴이 쿵쿵 뛰었다. 숨도 가빠졌다. 달랑게의 구멍을 찾기 위해 두리번거렸다.

9

 살아 있는 것들은 다 자기 살고 있는 곳 주변에 삶의 흔적들을 남긴다고 할머니가 그랬다. 사람들이 자고 난 자리에는 머리카락과 살비늘이 떨어져 있고, 장끼와 까투리가 지나간 자리에는 풀씨 파먹고 벌레 잡아먹은 구덩이가 패어 있고 깃털 한두 개가 떨어져 있기 마련이다.
 흰 모래밭에는 달랑게 구멍들이 뚫려 있다. 달랑게들이 먹었다가 뱉어 낸 팥알만 한 모래범벅들이 구멍 주변에 널려 있다. 모래범벅의 색깔은 하얀 것들이 있는가 하면 진한 회색인 것들이 있다. 해선은 진한 회색 구멍을 골랐다. 그게 판 지 오래되지 않은 구멍이고, 그런 구멍이라야 달랑게가 들어 있는 것이다. 소매부터 걷어 올렸다.
 달랑게는 구멍을 반드시 수직으로 뚫어 놓고 산다. 구

멍은 그의 어깨까지가 다 들어가야 겨우 닿을까 말까 할 정도로 깊다. 거기까지 파헤쳐 가다 보면 구멍 뚫려 있는 방향을 놓치기 일쑤이므로 꾀를 써야 한다.

 희고 가는 모래를 긁어모았다. 모래가 살갗을 간지럽혔다. 간지러움이 팔뚝을 타고 올라가서 가슴과 등과 배와 사타구니의 모공들을 서늘하게 했다. 요의가 느껴졌다. 진저리를 치면서 오줌을 참았다. 모래 여남은 줌을 붓자 구멍은 시울까지 차 올랐다. 일어서서 오줌을 갈기고 파기 시작할까 하다가 그냥 참고 파기로 했다. 흰 모래를 채웠을 때 곧바로 파 들어가지 않고 꾸물거리고 있으면 달랑게가 옆으로 구멍을 파고 숨어 버리므로. 회색 모래 속에 있는 흰 모래줄을 가늠하여 파 들어갔다.

 할머니도 어린 시절에 달랑게를 잡고 놀았다고 했다. 동생이 마마로 죽었는데, 그 혼령이 달랑게가 되었을 거라고 생각하며 그것을 잡곤 했다던 것이다. 물론 잡아 가지고 놀다가 반드시 놓아주었다고 했다.

 팔뚝이 잠기는 깊이까지 파 내려갔다. 축축한 모래가 손등과 손가락의 살갗을 질척질척 감았다. 이제 한 뼘쯤만 더 파 들어가면 달랑게가 나타날 것이다. 한데 흰 모래줄이 어디론가 사라져 버렸다. 모래줄을 찾기 위해 앞쪽으로 파보고, 뒤쪽 왼쪽 오른쪽으로 파보았지만 찾을 수 없었다. 벌써 습기가 흰 모래를 먹어 버린 것일까. 달랑게가 자기 집을 못 찾게 하기 위해 조화를 부린 것일까. 이제는 흰 모래줄에 아랑곳하지 않고 무조건 수직으로 파 들어갔다. 두 뼘쯤을 더 파 들어갔는데도 달랑게가 보이지 않았다. 이상하다. 잠시 한숨을 돌리면서 파놓은 축축한 모래의 전후좌우를 살폈다. 어느 쪽으로 더 파 들어가야 할까. 달랑게가 나들이하고 없는 빈 구멍을 판 것일까. 사실은 이미 파헤쳐 놓은 모래더미 어디인가에 달랑게가 몸을 웅크리고 있는데 네 눈에 보이지 않는 것이다, 하고 친구가 말했다. 이 달랑게는 신성한 존재이므로 착하지 않은 아이의 눈에는 보이지 않는다. 너는 아버지가 이야기해 준 것을 네가 생각해 낸 것처럼 동화를 써낸 도둑이지 않느냐. 까불지 말어, 하고 친구에게 소리치며 입술을 빨았다. 잡더라도 집으로 가지고 가서 실로 묶어 소놀이를 하거나 성가시게 희롱하지 않고, 그냥 손거울로 제 예쁜 모습을 한 번 보여 주고는 놓아줄 터인데.

개코와 짝귀가 잡아 가지고 와서 놀리던 달랑게의 모습이 떠올랐다. 손가락 두 마디쯤 되는 그놈은 등에 울툭불툭한 과립이 있었다. 두 개의 가느다란 막대 끝에 눈이 달려 있었다. 앞이나 옆으로 달려갈 때는 끝에 눈이 달려 있는 막대를 꺼내 세웠다.

사람의 눈도 하나는 얼굴에 달려 있고 다른 하나는 손

가락 끝에 달려 있다면 얼마나 좋겠냐, 하고 청부 아저씨가 마늘처럼 생긴 코를 실룩거리며 말했었다. 등 뒤쪽의 일이 궁금할 때는 고개를 뒤로 돌리지 않고 슬쩍 뒤통수를 긁는 체하고 재빨리 눈 달린 손을 들어 어깨너머로 넘기는 거야. 청부 아저씨는 기막힌 발견을 한 듯 코를 실룩거리며 자기 오른손 검지 끝을 뒤통수로 넘겨 이리저리 저어 댔다.

정말, 하고 해선은 생각했었다. 눈이 손가락 끝에 달려 있다면, 뒤통수를 아프게 때리고는, 누가 때렸는지 알아맞춰 봐라, 하고 골리며 주먹을 나란히 들이밀고 히물거리는 개코와 짝귀의 심술스러운 장난을 애초에 막을 수 있을 것이다.

청부 아저씨는 자기가 해낸 기발한 생각으로 말미암아 흥분하여 말을 이었다. 손가락 끝에 눈 하나가 달려 있으면은, 전쟁터에서도 아주 아주 편리할 것이다잉. 참호 구덩이 속에 납작 엎드린 채 손가락만 살짝 들어 올려 적의 동태를 살필 수 있을 것 아니냐.

달랑게를 잡기 위해 파놓은 모래를 헤치면서 해선은 생각했다. 손가락 끝에 눈이 달려 있다면 이렇게 무조건 파내려감으로써 허탕을 치지 않아도 될 것이다. 먼저 달랑게의 구멍 속으로 손가락을 깊이 찔러 넣어 주인이 들어 있는지 없는지부터 살폈을 것이다.

물보라 93

아니다, 손가락 끝에 눈이 달려 있으면 한없이 불편하기도 할 것이다잉. 흙장난을 할 때나 머릿속 가려운 곳을 긁을 때는 눈에 티나 살비늘이 들어가 괴로울 것 아니냐. 추워도 손에 장갑을 낄 수가 없을 것이고, 눈이 나빠도 안경을 낄 수 없을 것이고…… 하며 청부 아저씨는 맥없이 고개를 저었다.

 한 뼘쯤을 더 파헤쳐 내려가도 달랑게는 나오지 않았다. 이 구멍에는 없다. 다른 구멍을 파보자. 세 걸음쯤 떨어진 곳에 있는 구멍을 파기로 했다. 흰 모래를 긁어다가 구멍에 부었다. 그것이 가득 차 올랐을 때 재빨리 파헤치기 시작했다. 숨이 차 올랐다. 이마에 땀이 솟았다. 윗옷을 벗어젖히고 팠다. 무릎이 잠길 때까지 팠지만 달랑게는 보이지 않았다. 아차 하고 소리치며 손등으로 얼굴의 땀을 씻었다. 오줌통이 터질 것처럼 부풀어 있었다. 자지를 끄집어냈다. 일단 갈기기 시작하면서 조금 전에 달랑게 잡으려다가 실패한 자리 쪽으로 나아갔다. 그곳에다가 갈겼다. 쭈그러드는 방광과 요도를 빠져나가는 배설의 시원함과 시큰시큰한 전율이 온몸을 흔들어 댔다. 이때 몸 여기저기에는 풀벌레 울음소리들이 기어다녔다. 오소소 진저리를 치면서 끙 하고 힘을 쓰고 오줌 줄 끝으로 ㄹ자도 쓰고 ㅇ자도 쓰고 한일 자도 썼다.

몸이 땀에 젖어 있었으므로 멱을 감기로 했다. 바지를 벗었다. 할머니가, 백중 지난 뒤에 바닷물에서 멱을 감으면 송장이 된다고 하지 않더냐고 친구가 말했다. 송장이 되어도 좋아, 하며 물로 들어갔다. 물보라 자식이니까, 언젠가는 물이 될 터인데…….

 물이 차가웠다. 두 손을 모아 물 한 움큼을 떠다가 가슴에 적시고 얼굴에도 묻혔다. 팔을 휘둘러 보고 다리 운동도 했다. 파도가 높았으므로 개구리헤엄을 쳤다. 학섬에 이르렀다. 갯바위 엉설을 잡고 올라갔다. 휑한 구덩이 하나가 검은 어둠을 담고 있었다. 천 년 묵은 동백나무를 파낸 구덩이였다. 구덩이가 어둠을 허공으로 뿜고 있었다. 그것은 구덩이의 검은 피였다. 뿌리를 캐면서 굴려 낸 베개만 한 돌멩이와 흙덩이들이 구덩이 주위에 널려 있었다. 동백나무 도깨비는 어디로 갔을까. 주인인 동백나무를 따라갔겠지, 하고 친구가 말했다.

 바람이 차가웠다. 물속이 더 따뜻했다. 엉설을 손으로 잡은 채 물속으로 몸을 숨겼다. 하체가 떠올랐다. 두 발로 물장구를 쳤다. 밀려온 파도와 그의 두 발이 물보라를 만들고 있었다. 추위가 엄습해 왔다. 아버지에게서 건너오던 찬바람을 떠올렸다. 네 아버지는 진짜 아버지가 아닌지도 모른다, 하고 친구가 말했다. 그럴지 모른다고 생각하면서도 해선은, 까불지 말어, 아버지도 왼손잡이이고 나도 왼손잡이야, 하고 소리쳤다.

 모래톱으로 나와 옷을 입고 뛰었다. 이제는 불알이 달랑거리지 않았다. 찬물로 말미암아 참솔방울처럼 올라붙어 버린 것이었다.

 노루목 자갈밭의 폐선 옆으로 갔다. 닻과 닻줄과 창문과 갑판의 난간과 널빤지들과 엔진이 떨어져 나가고 없고, 뱃전, 선장실, 이물, 고물, 스크루, 키 들은 그대로 남아 있었다. 그늘에 숨어 있을 도깨비들이 떠올라서 발을 멈추는데 친구가 폐선 안으로 머리를 들이밀며, 겁내지 마라, 내가 있지 않니? 하고 말했다. 내가 언제 무섭다고 했는데? 하고 친구에게 소리쳤다.

 폐선 이 자식은 어디에서 죽어 떠밀려 왔을까. 바닷물에 닿는 부분에는 파래와 매생이와 따개비와 굴들이 붙어 있었다. 그 위를 갯강구들이 기어다녔다. 흑갈색의 갑옷을 입은 그놈들은 한쪽 발이 열 몇 개씩은 될 듯싶었다. 너희들 암만 그래도 우리 집에서 키우는 지네보다는 발이 적다. 기다란 수염으로 앞쪽과 양옆을 부지런히 더듬거리며 조심스럽게 기어다니던 그놈들은 해선이 다가가자 번개처럼 달아났다. 따개비와 석화와 파래들 가운데 말라 죽어 가는 것들이 있었다. 그들에게서 썩는 냄새가 났다. 그들 위에 쉬파리들이 붙어 잉잉거렸다. 이 배는 어느 바다 어떤 물목을 얼마나 빠른 속도로 항해하면서 무슨 고기를 잡다가 이리로 와서 이러고 있을까. 주인은 어떤 사람일까. 배가 주인을 배반하고 이리로 와버렸을까. 도둑이 훔쳐 타고 다니다가 이곳에 버렸을까. 혹시 개코 아버지가 타고 다니던 배 아닐까. 개코 아버지는 도미 양식장을 하다가 망하고 남의 돈 다 떼어먹고 달아났다고 했다. 자기 배를 타고 가서 회진 포구에다 버리고. 개코 어머니는 빚쟁이들 등쌀에 달아났다고 했다. 다른 남자에게 시집을 갔을 거라고 하기도 하고, 어디에서인가 개코 아버지하고 만나서 살고 있을 거라고 하기도 했다. 개코는 할아버지 할머니하고만 산다. 개코네 할아버지 할머니는 순영이네가 준 헌 배로 주꾸미를 잡아먹고 산다. 개자식, 거지 같은 자식이 설치고 있어, 하고 친구가 투덜거렸다. 폐선이 정말로 개코 아버지가 타던 배라고 여겼다.

모든 죽은 것들에서는 귀신이 나온다. 이 배의 귀신은 근처의 소나무숲으로 날아가 은신해 있다가 밤에 달이 뜨거나 별빛이 밝으면 이리로 올 것이다. 야, 그따위 귀신 무서워할 것 없다, 나오면 내가 당해 주마, 하고 친구가 말했다. 이 자식아, 까불지 마, 내가 이따위 놈의 귀신을 무서워할 것 같으냐? 하고 그는 당당하게 말했다.

그는 주술에 걸려 있었다. 물보라 속에서 나온 자식이라는 주술. 그 주술을 걸어 준 것은 할머니였다. 깜박 잊고 있는 그 주술을 일깨워 주곤 하는 것은 친구였다. 얼마

전에 그 주술을 시험할 기회가 왔었다.

선창 머리에서 농협 마크가 새겨진 철선에 오르던 6학년 순영이의 모자가 날아가 물에 떨어졌다. 개코와 짝귀가 삿대로 건지려고 했지만 점점 멀어져 가버렸다. 장대처럼 키 큰 5,6학년 선생이 삿대를 뺏어 들고 건지려고 용을 썼지만 허사였다. 5,6학년 학생 여섯 명이 뭍으로 수학여행을 가는 길이었다. 3,4학년 학생들은 선창 머리까지 배웅을 나갔다. 선창 머리가 잠길 만큼 밀물이 들어와 있었다. 순영이는 발을 동동 구르면서 울어 댔다.

그냥 가자, 회진 나가서 하나 사서 써라, 하고 5,6학년 선생이 달랬다. 그때 친구가, 니가 건져 줘라, 하고 말했다. 해선은 옷을 벗었다. 어어? 이 자식 보게? 야아, 너 어쩌려고 그러는 거야? 선생들이 놀라 소리쳤다. 아이들이 그의 이름을 부르면서 말렸다. 그는 아랑곳하지 않고 물로 뛰어들어 헤엄쳐 갔다. 파란 물속에 반쯤 가라앉은 모자를 움켜쥐었다. 하얀 바탕에 테가 파랗고 주홍색 나비 리본이 달려 있었다. 그가 모자를 건져 들고 선창으로 올라왔을 때 아이들은 소리를 지르면서 박수를 쳤다. 이 자식, 너 완전히 물개다야. 담임 선생이 물에 젖은 그의 머리를 쓰다듬으며 칭찬을 했다. 순영이가 눈물을 닦고 그것을 받아 들었을 때 그는 몸이 허공으로 붕 떠오르는 듯싶었다.

폐선 옆으로 다가서서 안을 둘러 살폈다. 천장과 구석에 담겨 있는 그늘을 보았다. 파도를 타고 노는 빛 너울이 거기에 들어와 있었다. 그늘이 그 빛 너울을 따라 일렁거렸다. 도깨비가 그 빛 너울을 타고 놀고 있었다. 귀신은 숲 속에 숨지만 도깨비는 안개 같은 그늘만 있으면 거기에 은신하는 괴물이다. 때문에 도깨비는 언제든지 날씨가 어둑어둑해지기만 하면 들썽거린다. 바다 도깨비. 바다의 물고기와 해초의 포자들을 이 바다 물목, 저 바다 물너울로 몰고 다니는 도깨비도 낮에 돌아다니면 햇볕에 타죽기 때문에 그늘 속에 죽은 듯이 숨어 있곤 한다. 도깨비, 너는 알고 있지? 진짜 우리 아버지는 누구냐? 우리 집 그 남자가 진짜 아버지 맞아? 대답 안 할 텨? 응? 너 나한테 한번 죽어 볼 텨? 코피 한번 터져 볼 텨?

 이 거만한 자식 혼내 주자, 하고 폐선의 허리에 몸을 걸친 친구가 말했다. 그래, 이것은 개코 아버지가 타던 배다. 폐선도 거기 사는 도깨비도 다 개코하고 관계가 있는 것들이다. 자갈을 움켜서 폐선의 그늘을 향해 던졌다. 자갈에 두들겨 맞은 폐선이 치릉 키리링 하고 소리를 냈다. 우리 아버지 새우 양식장 안으로 문절이 새끼, 돔 새끼, 깔따구 새끼 들여보내지 말어. 이따가 가보고 그것들이 한 마리라도 있으면 내일 나한테 맞어 죽는 줄 알아라. 내 말 알아들었어? 너 내가 물보라 자식이라는 것 알고 있지? 나한테 밉보이면은 너 우리 개오지 연안에 얼씬도 못하게 해버릴 터. 알어? 그는 폐선 속의 그늘을 향해 바락바락 소리를 질렀다.

문득 배가 고팠고 할머니가 쑤어 주던 수제비 생각이 났다. 동글납작한 돌멩이 다섯 개를 주웠다. 그것들을 오른 손아귀에 모아 쥐었다. 한 개씩을 왼손에 들고 물수제비를 떴다. 윗몸을 굽히며 돌멩이를 바다의 수면을 향해 날려, 그것이 물의 표면을 한 땀 한 땀 뜨면서 날아가게 하기. 잔물결 머리들을 줄줄이 꿰면서 짱뚱이처럼 나아가는 돌멩이는 수제빗덩이 한가지였다.

이날 물수제비는 뜻한 바대로 잘 떠지지 않았다. 친구가 흉내를 내면서 그의 물수제비 뜨는 실력을 비웃었다. 한 번 던져서 겨우 한두 땀씩, 두세 땀씩밖엔 못 뜨냐? 까불지 마, 콱 밟아 죽여 버리기 전에, 하고 투덜거리면서 다시 다섯 개를 주워서 던져 떴다. 입 안에 침이 돌았다. 배에서 꼬르륵 소리가 났다.

황혼이 피처럼 타올랐을 때 집을 향해 달려갔다. 제비와 소리개가 두 날개로 바람을 가르면서 쏜살같이 날아가는 것을 머릿속에 그리며 두 팔을 일자로 벌리고 달렸다. 속도감에 현기증이 느껴졌다. 현기증이 가슴과 정수리를 서늘하게 했다. 그 서늘함은 배꼽 아래로 달려갔다. 항문과 전립선과 사타구니에 올라붙어 있는 불알도 서늘해졌다. 살갗의 털들이 오소소 일어서고 있었다. 오른쪽 팔을 15도쯤 치켜들고 왼쪽 팔을 비슷한 각도로 내리면서 방향을 약간 왼쪽으로 틀고 독수리처럼 고개를 빼 늘였다.

스무남은 걸음쯤 달리다가 이번에는 오른쪽으로 방향을 틀어 달렸다. 왼쪽 팔을 위쪽으로 약간 올리고 오른팔을 아래쪽으로 내렸다. 입으로는 슈우웃 소리를 냈다. 그는 빨간 노을에 절어 있는 바람을 타고 구름 속으로 날아오르고 있었다. 들쥐 사냥을 할 때 부엉이는 이렇게 날 것이다. 나는 눈 부리부리한 수컷 부엉이다. 어디에 나 먹을 만한 들쥐가 없나? 매봉을 흘긋 쳐다보았다. 매봉은 부엉이의 부리처럼 꼬부라져 있었다. 노을 묻은 구름 한 장이 머리에 얹혀 있었다. 저기에 부엉이가 살까. 친구와 한 내기를 생각했다. 이번 일요일 아침에 매봉엘 올라가 보자.

문득 커피병에 들어 있는 지네들이 생각났다. 그것들에게 벌레를 잡아다 주어야 한다. 그놈들은 알밤이나 상수리 속에 들어 있는 살찐 벌레를 가장 잘 먹는다. 얼른 집에 가서 지네들에게 그 벌레를 잡아넣어 주어야 한다.

산모퉁이 쪽으로 몸을 틀며 달리던 해선의 눈에 노을 젖어 발그스름한 꽃 몇 송이가 보였다. 반사적으로 발을 멈추었다. 윗몸을 ㄴ자로 외틀고 치솟은 해송 그늘에 군락을 이루고 있는 들국화들이 그를 향해 웃고 있었다. 나 노을로 세수하고 머리 감았는데 어때? 하고 말하고 있었다. 소복 입은 할머니가 생각났다. 손거울을 꺼냈다. 그 손거울을 꽃송이 앞에 대주었다. 노을 젖은 니 얼굴이 얼마나 예쁜지 봐라. 혹시 표정이 슬프거나 우울하다 싶으면 얼른 웃는 얼굴로 바꿔라. 얼굴이 우는 상인 사람은 팔자가 기박하단다. 한사코 예쁘고 곱게 활짝 웃고 살아야 행복이 찾아온단다.

10

양식장 어귀에 새우 실러 온 차 한 대가 들어와 있었다. 또 한 대는 양식장 수로둑에 서 있었다. 양식장에서는 새우잡이가 시작되었다. 아버지가 회진에서 불러온 장씨 아저씨와 함께 쑥색 물옷을 입은 채 고무보트를 타고 그물질을 하고 있었다. 삶은 새우의 달키하고 고소한 맛이 군침을 돌게 했다. 아버지 몰래 새우를 얻어다가 삶아 먹어야겠다고 생각했다. 눈치 보아서 귀신같이 잘해야 한다. 만일 아버지에게 들키면 발길질을 당한다. 아버지는 절대로 새우를 먹지 못하게 한다. 새우잡이 그물에 잡히는 망둥이나 도미나 농어 회를 해주거나 매운탕을 끓여 줄 뿐이다. 아버지에게 있어서 새우는 돈이다. 아버지는 돈밖에 모른다. 쓰팔, 돈벌레, 돈구데기.

새우 출하가 사흘째 계속되고 있었다. 오늘도 한밤중이 지나서야 작업이 끝날 것이다. 아버지하고 함께 저녁밥을 먹기는 틀렸다.

방문을 열고 안으로 들어서던 해선은 아차 하고 소리쳤다. 마루 안쪽 구석에 놓여 있는 커피병이 눈에 들어왔다. 뚜껑이 황갈색인 커피병 안에는 지네들이 들어 있었다. 하루 내내 굶었으리라.

저것들 이틀만 굶으면 일통을 낸다이, 하던 아버지의 말이 떠올랐다.

「아부지가 신안에서 살 때 칫솔만 한 지네놈 한 마리를 잡아 커피병 속에 넣어 놨더니라. 그런디 깜빡 잊고 먹을 것을 안 넣어 줬단 말이다. 이틀 뒤 밤에 다시 그보다 약간 작은 놈 한 마리가 나타나서 그놈을 잡아 갖고 그 병 속에다가 넣어 줬어야. 한디 그 안에서 이상한 일이 일어났어. 지네 두 마리가 고개를 빳빳이 치켜들고, 윗몸을 세움스름 춤을 추대끼 샛노란 발들을 너울거린단 말이다. 그러다가 서로 몸을 탁 부딪치고는 뒤로 쓰러지고, 그랬다가는 다시 일어나서 또 탁 부딪치고……. 세 차례를 거듭 그러더니 마침내 둘이가 서로를 얼싸안아 뿔드란 말이다. 순간적으로 완전히 한 몸이 돼뿐 것이여. 아하! 이것들이 흘레를 할 모양이구나, 어디 지네 흘레하는 것 구경 좀 하자 하고 들여다보았지야. 그런디 본께 먼저 들어와 이틀 동안 굶은 놈이 새로 들어온 놈을 보듬어 뿐 것이여. 먼저 들어온 놈이 수놈이고 나중 들어온 놈이 암놈인가 보구나, 하고 생각했제. 그런디 잠시 뒤에 본께 아부지 예상은 완전히 빗나갔어야. 똑똑히 본께로 먼저 들어온 놈이 나중 들어온 놈의 멱을 사슴뿔 같은 집게로 꽉 집고 있는 것이여. 그러고는, 두 집게 한가운데 있는 입으로 상대방 살을 뜯어먹기 시작한단 말이여. 먹히는 놈은 상대방 발들 속에 갇힌 채 꼼짝을 못하고 있어. 겨우 꼬리만 이리저리 저어 대고 있을 뿐……. 낮에 고된 일을 한 때문에 계속 들여다보고 있을 수가 없어서 잠시 잠을 자고 일어나 보기로 했제. 새벽녘에 일어나 본께 배가 불룩해진 지네가 한 마리만 있어. 그놈이 보듬고 있던 지네는 어디론가 사라지고 없단 말이여. 그놈의 집게나 꼬리나 발 한 개도 남기지를 않고 다 먹어 뿐 거란 말이여……. 너 상수리 벌레, 밤벌레, 민달팽이를 부지런히 잘 잡아다가 넣어 줘라이. 안 그러면은 요것들 서로가 서로를 다 잡아묵어 뿔 것이다잉.」

아버지의 말을 떠올리며 진저리를 쳤다. 수로둑을 타고 달려갔다. 양식장 건너에 밤나무숲이 있었다. 밤을 주워 까먹고 거기 들어 있는 벌레는 지네에게 줄 참이었다. 집 안에 지네가 끓는 것은 밤나무숲이 옆에 있는 까닭이라고 할머니가 그랬었다. 그것들은 바다 냄새를 좋아한다고 했다. 지네를 커피병에 담아 키우기 시작한 것은 아버지였다. 저희들끼리 서로를 잡아먹어 버리는 그 독한 놈들을 무얼 하게 키울까.

그날 밤, 형광등불을 끈 다음 홑이불을 덮고 막 자리에 눕던 아버지는, 응? 이 자식 봐라? 하고는 금방 덮었던 것을 걷어 젖히며 화닥닥 일어나 불을 밝혔다. 말더듬이처럼 천장의 형광등불이 어늘하게 떠듬거리며 켜졌다. 홑이불을 털었다. 샛노란 장판 바닥에 찰파닥 하고 떨어지자마자 잽싸게 S자로 기어가는 놈이 있었다. 지네였다. 아버지가 쓰는 칫솔만 했다. 그놈의 등은 가죽처럼 번들거리는 네모진 마디들이 잇대어 있었다. 그 마디마디 양쪽에 황금색 발 한 개씩이 달려 있는데, 그것들은 탱크의 캐터필러같이 일사불란하게 움직거렸다. 아버지는 해선에게 부엌의 조리용 집게를 가지고 오라고 명했다. 해선은 지네를 보는 순간 온몸이 부들부들 떨렸다. 그의 의식 속에서 지네는 엄청나게 커지고 있었다. 해 저물 녘의 친구 키보다 더 커졌다. 해마다 처녀 한 사람씩을 제물로 받아먹었다는 지네 귀신이 떠올랐다. 식은땀을 흘리면서 집게를 아버지에게 가져다 주었다. 아버지는 그놈을 신문지 위로 올라가도록 유인한 다음 집게로 집어 들었다. 지네는 집게 끝을 휘감으면서 물어뜯었다. 그 지네를 죽이지 않고 빈 소주병 안에 넣었다. 이튿날 빈 커피병 안을 물로 깨끗하게 헹구고 바깥의 상표를 말끔하게 닦아 낸 다음 그 속에다 지네를 옮겨 넣었다. 지네는 유리병 가장자리를 타고 오르면서 탈출을 시도했다. 그렇지만 번번이 미끄러져 떨어졌다. 아버지는 나올 테면 얼마든지 나와 보라는 듯 뚜껑을 닫지 않았다. 송곳을 가스레인지불에 달구어 뚜껑에 숨구멍 셋을 뚫었다. 우리 이제 세 식구다이, 하고 말했다.

다음날 밤에도 또 지네 한 마리가 들어왔다. 요것은 저놈의 각시다, 지년 서방을 구하려고 들어온 것이다. 아버지는 전날 밤에 했던 것과 마찬가지로 지네를 집어 커피병 속에 넣었다.

해선은 독사 때려죽인 일을 생각해 냈다. 학교 뒤뜰 언덕에서 기어 내려온 까치독사 한 마리를 개코, 짝귀 들과 함께 작대기로 쳐서 죽인 것이었다. 아이들이 몰려왔고 그 독사를 향해 돌멩이 한 개씩을 던졌다. 독사는 돌더미 속에 묻혔다. 한데 꼬리가 돌멩이들의 틈 밖으로 기어 나오더니 하늘거렸다. 청부 아저씨가 와서 보고 말했다. 너희들, 죽일라면은 꼬리까지도 완전하게 잘 죽여야 쓴다이. 안 그러면은 살아남은 꼬리가 밤에 이슬을 맞고 지네 몇 백 마리가 돼갖고 복수를 한단다. 저를 쳐 죽인 아이들

물보라 107

을 하나씩 찾아다니면서 불알쪽을 물어뜯는단다. 물어도 왜 하필 불알쪽을 무는지 아냐? 씨를 말리려는 것이지이.

지네가 거듭 나타나는 것을 보니, 그 독사 꼬리가 조화를 부린 것인가 보다, 하고 생각하며 해선은 몸을 떨었다. 불알 한가운데가 저리고 아렸다. 아픔이 배와 가슴을 지나 머리꼭지로 뻗어 갔다.

이튿날 아침부터 아버지는 양식장에서 일하고 들어오자마자 커피병을 쳐들고 그놈들이 하고 있는 모습들을 살폈다.

그로부터 이틀 뒤에 다시 한 마리를 잡아넣고, 그다음 날 밤에 또 한 마리를 더 잡아넣었다. 아버지는 네 번째 지네를 커피병 속에 넣으면서, 이제 우리 여섯 식구다잉, 하고 말했다. 네 마리가 되면서부터 주황색 발들과 흑색의 등 마디들이 서로 겹치기도 하고 얽히기도 해서 헤아리기가 힘들었다. 왜 죽이지 않고 키우는 거냐고 그는 묻지 않았고 아버지가 하듯이 벌레를 잡다가 주기 시작했다. 지네한테 환심을 사야 한다. 그래야만 지네의 형제들이 더 이상 복수하려 하지 않을 것이다.

11

 수로에 발을 디디고 서 있는 키다리 갈대들의 머리에는 메추리 새끼 같은 꽃들이 달려 있었다. 갈대숲 속에서 개개비가 가르르가르르 하고 울어 댔다. 자기 짝을 향해 얼른 둥지로 들어오라고 말하는 것이다.
 갈대숲 사이로 보트에 탄 아버지의 모습이 보였다. 아버지는 새우잡이에 열중하느라 해선이 수로둑을 달려가는 것을 보지 못하고 있었다.
 밤나무숲 그늘은 거무칙칙했다. 모든 것들은 자기 그늘을 만든다. 그것은 자기의 영역을 분명히 해두려는 것이다. 그늘은 자기가 이 세상에 살아 있는 한 자기를 따라다니는 도깨비다. 빛 반대쪽의 숨은 세계 하나를 확보해 주는 친구다. 외로울 때 함께 놀아 주고, 잘못을 저질렀을 때 비판해 주고, 절망할 때 용기를 북돋워 주고, 힘세다고 으스대는 놈 앞에서 편들어 주는 친구가 있다는 것은 얼마나 즐겁고 신나는 일인가.

친구와 함께 밤나무의 칙칙한 그늘 속으로 들어섰다. 철쭉나무와 도깨비풀과 우실풀과 산나리풀들을 헤치면서 눈을 화광처럼 크게 뜨고 살폈다. 풀벌레들이 키르릉 피르릉 뾰로롱 노래하며 그를 반겼다. 실없는 산모기 한 마리가 오른쪽 볼과 귓바퀴 주위를 맴돌면서, 아이고, 반갑네, 오늘 밤 나하고 함께 자세, 하고 엉너리를 쳤다. 한 손으로 산모기를 쫓으면서, 까불지 말어, 하고 말했다. 열흘쯤 전부터 아침저녁으로 알밤을 줍곤 하는 풀섶이었다. 여기저기에 그의 손길 발길의 흔적들이 있었다. 헤쳐진 숲 사이의 검은 땅에서 황혼의 잔광을 되쏘는 눈알 하나가 있었다. 알밤이었다. 그것을 주워 만지작거리면서 옆의 다른 풀섶을 헤쳤다. 차갑고 맨들맨들한 감촉이 팔뚝을 타고 가슴과 뒤통수로 번져 갔다. 음료수대에서 순영이의 시계를 만져 본 적이 있었다. 그 감촉하고는 다른 느낌이었다. 가슴이 우둔거렸다. 산모기가 가느다란 소리로 노래하며 볼과 코와 입술을 탐색했다. 산모기는 팥쥐 어머니의 살비늘이 된 벌레다. 팥쥐네 모녀의 얼굴에는 기미와 주근깨가 많았다. 팥쥐의 어머니는 탐욕이 많은 까닭으로 볼이 아래쪽으로 처지고 눈에는 핏발이 서 있었다. 탐욕은 알밤 속살을 파먹는 벌레와 같다고 했다. 그러므로 그것이 들어 있는 사람 속에는 아름다운 속살이 씨도 없어져 버리는 법이라고 했다. 그는, 할머니의 혼령이 어디론가 날아가 버리고 없지만 할머니가 뱉어 준 말과 함께 살고 있었다. 할머니는 그의 세계와 주변의 꽃과 햇빛과 어둠과 바닷물과 하늘과 구름과 안개와 비와 바람 속에 생생하게 살아 있었다.

벌레 먹은 것일수록 더욱 좋다. 성한 쪽은 내가 먹고 들어 있는 벌레는 꺼내서 지네에게 먹일 것이다. 알밤들은 숨바꼭질을 하듯이 풀섶 속에 깊이 숨어 있었다. 어어? 이 자식들 봐라? 어른이 찾으면, 네, 저 여기 있어요, 하고 대답을 할 일이지, 숨긴 어디로 숨어? 내가 못 찾을 줄 알고? 검은 숯가루가 쏟아지기라도 하듯 땅거미가 내리고 있었지만 그는 다람쥐처럼 뛰어다니면서 알밤을 찾아냈다.

이 자식들은 누구에게서 이렇게 반짝거리는 법을 배운 것일까. 알밤을 많이 먹으면 눈이 샛별처럼 초롱초롱해지고 불알이 알차지고 장차 아들딸을 잘 낳게 된다고 했다. 초가을 들어 이미 알밤들을 많이 먹었다. 출렁거리다가 튀어 오른 자잘한 물방울들이 뭉쳐서 된 몸이므로 나는 단단한 것들을 많이 먹어야 한다.

담임 선생의 말이 떠올랐다. 이 섬에 살고 있는 너희들은, 물떼새와 갈매기와 가마우지와 기러기와 흑비둘기도 만나고 구름과 파도와 노을도 만나고 외로이 떠 있는 섬 하고도 만나고 숭어와 도미와 망둑어도 만날 수 있으므로 행운을 타고난 것이다. 만난다는 것은 내 속의 우주와 그것들이 가지고 있는 우주가 서로 관계를 맺는다는 것인데, 그때 두 우주는 서로에게 자기 우주를 가르쳐 준다. 가르쳐 준다는 것은 길들이는 것이다.

  담임 선생의 말대로 한다면, 이 세상에서 나처럼 알밤의 우주, 새우와 숭어와 도미와 문절이의 우주를 많이 먹고 사는 사람은 없을 것이다. 풀섶과 땅을 구분할 수 없을 정도로 어두워졌을 때에야 집을 향해 몸을 돌렸다. 바다 쪽에서 파도 소리가 들려왔다. 갯바위 때리는 소리, 모래톱에서 재주넘는 소리 들이 달려와서 숲에 깃들고 있었다. 그 소리는 산도깨비들의 넋이 되고 있었다. 그것들은 음험하게 쩝쩝 입맛을 다시기도 하고 두런거리기도 하고 으흐흐 하고 웃기도 하고 성큼성큼 뒤따라오면서, 부자 방망이 한 개 줄게 나하고 동무하자, 하고 웅얼웅얼 꾀기도 한다. 겁을 먹으면 산도깨비가 발목을 걸어 넘어뜨린다. 땅거미 내리고 나면 산도깨비들의 세상이 된다. 키 작은 철쭉 줄기, 다복솔, 돌부리, 싸리나무, 쓰러져 있는 억새풀섶 들이 다 어둠 세상의 손발로 탈바꿈한다. 산도깨비들이 해선 같은 소년들을 붙잡아 두기 위해 놓아둔 수

많은 발가락 덫, 손가락 덫이 되는 것이다. 빨리 뛰어라, 하고 친구가 말했고 해선은, 그래 아나, 나 잡아 봐라, 하고 산도깨비를 놀리면서 수로둑을 달렸다. 이마와 등줄기와 겨드랑이에서 식은땀이 흘렀다.

그가 빠져나온 밤나무숲은 오징어 먹물을 뿌려 놓은 듯싶었다. 그 숲 위에 염소뿔 같은 초승달이 얹혀 있었다. 초승달의 위쪽 뿔 끝에 별 하나가 반짝이고 있었다. 머지 않아 비가 올 것이다. 초승달의 귀에서 1미터쯤 떨어진 곳에 별이 따르고 있으면 적어도 사흘쯤 뒤에는 비가 온다고 할머니가 그랬었다. 비가 오지 않으면 검은 구름이나 짚불 연기 같은 안개가 끼어도 기어이 끼게 된다. 알밤들이 빠져나가지 않도록 호주머니를 손으로 누르면서 달렸다. 밤나무숲 속에 사는 산도깨비의 팔은 한없이 길다. 그놈은 기다란 팔 끝에 달린 갈퀴 같은 두 손을 내저어 밤에 나다니는 아이들을 잡아당긴다. 절대로 넘어지지 않아야 한다. 산도깨비는 한번 넘어진 아이를 일어나지 못하게 한다. 오금이 저리고 발바닥이 간질거리고 항문과 불알이 시디시어졌다. 시디신 기운이 가슴과 뒤통수로 번졌다.

아버지의 보트가, 새우 실러 온 차가 서 있는 둑에 꽁무니를 붙이고 있었다. 아버지와 장씨 아저씨가 보트에 싣고 간 새우 구럭을 앉은뱅이저울에 올려놓고 눈금을 들여다보았다. 둑에는 수은등이 밝혀져 있었다. 밤늦게까지 작업할 모양이었다. 수은등 불빛을 받은 수면이 은물을 칠해 놓은 듯했다. 사흘째 잡아내고 있다. 이날 밤 안으로 작업이 끝날지도 모른다. 오늘 밤에 새우를 훔쳐 오지 못하면 이제 새우맛 보기는 틀려진다. 훔쳐다가 삶아서 냉장고 속에 감춰 놓고 먹어야 한다.

바람벽의 스위치를 더듬어 젖혔다. 형광등이 서너 차례 깜박거리다가 환하게 켜졌다. 알밤을 방바닥에 놓았다. 그것들은 붙잡혀 온 짐승들처럼 눈을 빛내고 있었다. 부엌칼을 가져다가 밤의 밑구멍에 상처를 냈다. 그중 한 개는 이미 벌레로 인하여 껍질 한 곳이 손상되어 있었다. 그것 말고도 다른 것들 네 개가 벌레를 품고 있었다. 찹쌀알을 여섯 배쯤으로나 확대해 놓은 듯싶은 벌레는 방바닥으로 떨어지자 꼼지락거리며 어디론가 기어가려 했다. 그의 손끝이 앞을 막자 똬리를 틀고 죽은 시늉을 했다. 이 자식들아, 차라리 하느님하고 부처님을 속여라. 벌레들을 손바닥에 올려놓았다. 이 자식들이 순간적으로 내 손바닥을 뚫고 들어간다면 어찌 될까. 팔뚝과 어깨를 타고 가슴으로 들어가 숭숭 구멍을 뚫어 놓을 것이다. 진저리를 치고 그것의 움직임을 살피며 마루로 나갔다. 커피병 속에 지네들이 엎드려 있었다. 잘 닦아 놓은 검정 가죽 구두처럼 껍질 마디들이 윤기났다. 발들을 헤아려 보니 서른여덟

개였다. 다시 헤아려 보니 마흔 개였다. 또다시 헤아려 보니 마흔두 개였다. 불도저의 캐터필러 같은 발들이 금반지 색깔이고, 두 개의 뿔 같은 황갈색 집게턱 끝이 흑갈색인 지네. 뚜껑을 열어도 지네들은 반응을 보이지 않았다.

 아버지는 왜 이놈들을 커피병에 담아 키우고 있을까.

 대청소 시간에 놀라운 일이 하나 일어났다. 탱자나무, 아카시아나무 가지치기한 것들을 소각장에서 태우는데 지네 한 마리가 나왔다. 청부 아저씨는 그것을 죽이려 하지 않고 쓰레기 수거용 집게로 집어 아이들에게 보여 주었다.

「야, 느그들 지네에 대해서 공부 좀 해라.」

 사람을 공격하는 것은 머리에 붙어 있는 사슴의 뿔 같은 집게턱이라는 것, 그것 속에 관이 뚫려 있으므로 그것으로 상대를 집듯이 공격할 때 독즙이 주입된다는 것, 입은 두 개의 뿔이 뻗어 나간 곳의 한가운데에 있는데 먹이를 먹을 때 사용하는 이빨은 거무스름하다는 것을 이야기했다.

「사실은잉, 이놈이 신경통에는 아주 그만이다잉.」

 모든 아이들은 다 뒷걸음치는데 개코는 청부 아저씨의 턱밑으로 바싹 다가서서 지네를 들여다보았다. 그 옆에 짝귀가 붙어 섰다. 해선도 그들 옆으로 붙어 섰다.

이제 설명할 것을 다 했으므로 죽여 없애야 할 차례인데 청부 아저씨는 기묘한 짓을 했다. 호주머니에서 열쇠 꾸러미를 꺼내더니 그중 긴 것의 끝으로 지네의 머리에 달린 사슴뿔 같은 것의 끝을 찍어 댔다. 그때 지네는 자기 몸 한가운데를 집고 있는 수거용 집게 모서리를 휘감으면서 두 개의 뿔로 공격하고 있었다. 청부 아저씨의 열쇠 끝은 바로 그 사슴뿔 같은 것을 찍어 부러뜨리고 있었다. 몇 차례 실패 끝에 독뿔을 꺾는 데 성공했다. 독뿔을 잃어버린 지네는 고개를 회회 저어 댔다. 청부 아저씨는 코를 실룩거리면서 지네를 손바닥에 놓더니 다른 한 손으로 그것의 발들을 하나하나 뜯어 냈다. 그리고 몸통만 남은 그것을 돌돌 말아 입속에 넣었다. 우물거리는 듯싶더니 눈을 딱 감고 꿀꺽 삼켜 버렸다.

아이들은 말을 잃고 입을 벌리고만 있었다. 청부 아저씨는 입맛을 쩝쩝 다시고 혓바닥으로 입술을 휘둘러 닦고 나서 말했다.

「아니이, 느그들 그 이약 못 들었냐? 신경통 때문에 고생고생한 개미 여왕 이약? 잉?」

청부 아저씨는 집게 끝으로 땅바닥에다가 개미의 궁전과 그 옆에 있는 지네의 집을 그려 가면서 이야기했다.

「개미 여왕이 신경통이 하두 심해서 걸을 수가 없은께 조정 대신들이 대책 회의를 한 결과, 이웃에 사는 지네를 잔치에 초대하기로 했다는 이약 말이여. 잉? 진짜로 초대한 것이 아니고잉, 초대하는 척하고는 끌어들여 갖고 개미 여왕한테 신경통약으로 몸보신을 시키려는 것이었제이, 잉? 그런디 조정 대신들이 잔치 준비를 해놓고 아무리 기다려도 지네가 오들 않는 것이여. 그래서 나인을 보내 재촉을 했제이. 음식이 다 식는다고 말이여. 여왕 이하 모든 대신들이 쫄쫄 굶음스롬 지네 귀빈을 기다리고 있은께 얼렁 오시라고 말이여. 그런디 지네는 태평이여. 알았다고 준비가 아직 덜 되었은께 쪼끔만 더 기다리라고 하는 것이여. 그런디 그때까지 지네가 뭣을 하고 있었는지 아냐? 깨끗이 목욕하고 화장하고 신을 하나씩 신고 있더란다. 지네 발이 좀 많으냐? 양쪽 것을 합치면은 마흔 개나 되거든. 그 발을 다 씻고 신을 일일이 신고 신끈을 맨다고 해봐라. 한나절은 더 걸릴 것 아니냐? ……그런디 말이여, 사실은 지네가 일부러 시간을 끌려고 그런 것이제이. 개미 왕궁에 초대를 받아서 가봐야 거기가 바로 죽을 자리일 것인께 아주 안 가뿔라고 그런 것이제이. 개미들은 원래 허리가 짤록한께 다른 동물들하고 달리 허리 신경통이 무지무지하게 심하제잉. 개미들은 그것을 어떻게 치료하고 사는 줄 아냐? 지네를 잡어묵고 치료한단다. 지네가 보이면은 병정개미들이 와아 하고 덤벼들어 갖고…….」

아버지도 아마 이놈들을 신경통약으로 쓰려고 이렇게 키우는 모양이다.

살 통통 찐 밤벌레 다섯 마리를 병 속으로 떨어뜨렸다. 하나는 큰 지네의 등에 떨어지고 다른 것들은 지네들의 발과 머리에 떨어졌다. 지네들은 반응을 보이지 않았다. 마디마디에 갈색 반점이 박여 있는 두 개의 더듬이는 대칭을 이룬 채 소라고둥의 나선처럼 말려 있었다. 깊이 잠들어 있는 것일까. 사람이 보고 있기 때문에 잠든 체하는 것일까.

이 세상에는 눈에 보이지 않는 지네가 있다고 친구가 말했다. 그것은 내 속에도 들어 있고 아버지 속에도 들어 있다. 사람이 독해질 때는 가슴속에 들어 있는 지네가 독을 뿜는 것이다.

알밤 하나를 우쩍 깨무는데 오른쪽 아래 송곳니 뿌리가 흔들렸다. 아차, 이놈을 흔들어 뽑아야 하는데, 하고 생각했다. 왼쪽 이빨들을 사용해서 알밤을 깨물어 먹었다. 새우 훔쳐다가 삶아 먹은 다음에, 자면서 이빨을 부지런히 흔들자고 생각하며 몸을 일으켰다.

12

 바가지를 들고 밖으로 나갔다. 매봉산은 먹물을 칠해 놓은 듯싶고, 하늘에는 별들이 금가루를 뿌려 놓은 듯 초롱초롱 빛났다. 아버지의 고무보트는 저수지 서남쪽 양식장에 떠 있었다. 그물을 당기는 아버지와 장씨 아저씨 등 뒤에서 그들보다 몸이 두세 배로 큰 도깨비들 둘이 새우잡이 흉내를 내고 있었다.
 바가지를 엉덩이 뒤에 감춘 채 새우 실러 온 차 옆으로 접근했다. 새우 차 아저씨는 차 앞에 놓여 있는 앉은뱅이 저울 곁에 서 있었다. 그 아저씨의 그림자는 은색 비늘 파들거리는 동편 양식장의 수면 위에 누워 있었다. 새우잡이하는 것에 신경을 쓰고 있던 그 아저씨가 흠칫 놀라며 뒤를 돌아보았다. 해선은 차 그늘에 몸을 숨긴 채 말없이 꾸벅 인사를 했다. 그 아저씨는 해선에게 다가와서 머리를 쓰다듬어 주며 호들갑스럽게 말했다.

「아이고, 이 자식, 김 사장 만상제로구나!」

해선이 그를 향해 바가지를 내밀면서 속삭이듯 말했다.

「아저씨, 여기다가 다섯 마리만 줘요.」

「엥?」

새우 차 아저씨가 의아해하며 해선의 얼굴을 응시했다.

「이 사람아, 느그 아부지보고 달래야지이, 나는 돈 주고 사러 왔는디 나보고 달래면 어쩌냐, 잉?」

해선은, 우리 아부지는 새우 절대로 못 묵게 해요, 하고 말하려다가 입을 다물어 버렸다. 새우 차 아저씨가 그늘 안으로 한 발 들어서면서 반짝거리는 해선의 눈을 들여다보았다.

「아따, 이 자식, 무서운 놈이네이! 즈그 아부지 것은 축내지 않고 내가 사놓은 것을 공짜로 얻을라고 드네잉?」

새우 구럭 둘을 실은 아버지의 고무보트가 둑을 향해 오고 있었다. 구럭은 파란 모기장으로 덮여 있었다. 새우가 뛰어나가는 것을 막기 위해서였다. 해선은 재빨리 새우 차 아저씨에게 당부를 했다.

「절대로 우리 아부지한테는 말하면 안 돼요.」

부자 사이의 선뜻 이해할 수 없는 무엇인가를 감지한 듯 그는, 오냐 알았다, 하고 말했다.

아버지와 장씨 아저씨가 새우 구럭을 들어다가 저울에 올렸다. 아버지와 새우 차 아저씨가 번갈아 저울 눈금을 확인했다.

「아따아! 아까 똑 그 눈금에 섰네이! 거기서 저울로 달아 가지고 왔구먼그래.」

두 번째 구럭을 올렸다.

「하아, 이놈은 딱 일 킬로 초과! ……귀신도 이렇게 정확하게는 못하네. 이놈 일 킬로 초과한 것은 무시해 버리소이. 나 긴히 인심 쓸 데가 있은께잉?」

새우 차 아저씨가 너스레를 떨며 구럭들을 장씨와 맞들어다가 차의 물통 속에 부었다. 아버지는 대꾸를 하지 않았다. 아버지와 장씨가 고무보트를 타고 멀어져 갔을 때 해선은 새우 차 아저씨에게 바가지를 내밀었다. 아저씨는 바가지를 들고 차 위로 올라갔다. 물통 속에서 새우 다섯 마리를 잡아 주었다. 새우 담긴 바가지를 가지고 바람처럼 어둠 속으로 사라지는 해선을 향해 말했다.

「아이고, 이 집 맏상제한테 세금을 톡톡히 뜯기네이.」

바가지 속의 새우들이 푸드득거렸고, 해선이 수로둑을 벗어나는 순간 새우 한 마리가 바가지 밖으로 뛰어나갔다. 땅바닥에서 뜀박질하는 그놈을 두 손으로 잡았다. 흙투성이 된 그놈이 꼬리질을 하면서 뿔로 그의 손바닥을 찔렀다. 이 자식, 이따가 부엌에 들어가서 죽어 봐라.

물보라 121

가스레인지불을 켜고 냄비에 물을 담아 올렸다. 연한 회색 바탕에 청회색 점 무늬가 아롱아롱 새겨져 있는 새우들을 냄비 속에 넣었다. 새우들이 펴 늘였던 허리를 꼬부리면서 주황빛 나는 꼬리부채로 물을 박찼다. 두 마리가 냄비 밖으로 뛰어나왔다. 해선은 거칠게 퍼덕이는 놈부터 움켜잡았다. 뿔에 손바닥을 찔렸다. 아야, 하고 소리치며 허리를 다시 꼬부리지 못하게 억눌러서 냄비에 넣자마자 뚜껑을 닫았다. 모로 누운 채 수염만 하늘거리며 눈을 멀뚱거리는 다른 한 놈을 잡아넣으며 빈정거렸다. 허리 꼬부라지고 수염 달렸다고 까불어? 어르신 앞에서 얌전하게 있지 않고 함부로? 가스레인지불이 냄비 속의 물을 데웠다. 점차 뜨거워지는 물속에서 새우들은 사력을 다해 꼬리부채질을 했다. 냄비 속에서 자작자작 물 끓는 소리가 나면서 새우들의 푸드덕거림이 숨을 죽였다. 아버지가 일을 끝내고 들어오기 전에 얼른 다 먹어 치워야 한다.

 새우 익는 비릿하고 고소한 냄새가 코에 스며들었다. 입에 군침이 돌았다. 냄비 뚜껑이 덜그럭거리고 김이 푸푸후 푸푸후 솟았다. 이때부터 부엌 안을 맴돌며 숫자놀이를 했다. 하나에 둘을 더하면 셋이고요, 셋에다 셋을 더하면 여섯이고요, 여섯에다 넷을 더하면 열이고요……. 이렇게 열까지 모두 더한 답을 얻어 내고, 구구법 1단과 2단과 3단을 외운 다음 냄비 뚜껑을 열었다. 달콤하고 비릿하고 구수한 냄새가 가슴을 벅차게 했고 신이 났다. 소리 높여 4단과 5단을 외웠다. 하얀 김이 천장으로 치솟았다. 찬물 한 바가지를 받아 냄비에 부었다. 김이 사그라졌다. 6단과 7단을 외웠다. 국자로 새우를 건져 냈다. 접시에 담아 가지고 방바닥에 놓았다. 8단을 외웠다. 주저앉아 새우의 머리와 몸통을 분리시키고 껍질을 벗기기 시작했다. 9단을 마저 외웠을 때 한 마리의 껍질이 벗겨졌다. 익은 새우의 알몸에는 연분홍 가로줄이 그어져 있었다. 꼬리부채를 잡고 입으로 가져갔다. 아버지 몰래 삶아 먹는 새우는 꿀보다 달았다. 해바라기씨를 오래 씹었을 때처럼 배릿하고 참기름맛처럼 고소했다. 다섯 마리를 게 눈 감추듯이 먹어 치웠다. 앞으로 다섯 마리쯤은 더 먹을 수 있을 듯싶었다. 바가지를 들고 가서 새우 차 아저씨한테 더 달라고 하자, 하고 친구가 말했다. 아버지에게 들키면 맞아 죽는다. 바보야, 들키지 않으면 되는 거야.

아버지는 장씨 아저씨와 함께 보트를 타고 새우잡이를 계속하고 있었고 새우 차 아저씨는 저울 옆에 서서 기다리고 있었다. 해선은 바가지를 엉덩이 뒤에 감추고 수은 등 불빛을 피해 새우 차 옆으로 달려갔다. 그늘 속으로 몸을 숨겼다.

새우 차 아저씨가 그를 돌아보고, 더 달라고 왔냐? 하고 물었다.

 바야흐로 아버지의 보트가 둑을 향해 왔다. 해선은 검은 그늘 속에서 아버지의 얼굴을 살폈다. 아버지의 얼굴은 딱딱하게 굳어 있었고 눈길은 수면의 한 지점을 응시하고 있었다. 일에 몰두해 있을 때 아버지는 늘 그랬다. 이때는 무슨 소리를 내어 말하지만 않으면 들킬 염려가 없다. 보트 머리가 둑에 닿자 아버지는 장씨 아저씨와 함께 이물 쪽에 놓인 새우 구럭을 맞들어다가 저울 위에 올려놓았다.

「하아, 김 사장 자네, 참말로 귀신이네이! 이참에도 똑 그 눈금에서 섰네이!」

 새우 차 아저씨가 호들갑을 떨었다. 아버지가 저울눈을 확인한 다음 고물 쪽의 구럭을 들어다 저울 위에 올렸다.

「이참에는 꼭 이 킬로 오바했네이. 이놈으로는 나 술안주 하면 딱 좋겠다.」

 새우 차 아저씨가 차 위로 올라갔다. 아버지와 장씨가 올려 준 구럭을 받아 물탱크 속에 부었다.

 새우 차 아저씨가 요구한 물량을 다 잡아 준 것인지, 아버지는 보트에 오르지 않고 담배 한 개비를 뽑아 물고 장씨 아저씨에게도 한 개비 건넸다. 라이터불을 켜서 담배 끝에 대고, 연기를 허기진 듯이 거듭 빨아 들이켰다. 수첩을 꺼내 펼치고 볼펜으로 적어 합산을 했다. 아버지와 장씨 아저씨가 뿜은 담배 연기가 그늘 속에 들어 있는 해선에게 날아왔다. 재수 옴 붙었다, 하고 친구가 중얼거렸다.

새우 차 아저씨가 차에서 내려와 돈을 치렀다. 새우 차 아저씨가 끄트머리 돈을 잘라 버리자고 했고, 아버지가 안 된다고 말했다. 그러자 새우 차 아저씨가 아들에게 문세금 이야기를 했다.

세금이라니, 거 뭔 말이여? 하면서 아버지가 새우 차 아저씨의 얼굴을 흘긋 보았다. 새우 차 아저씨가 등 뒤에 있는 해선을 염두에 두고, 그것 캐묻지 말고 좌우간 끄트머리 짤라 버리드라고, 잉? 하고 떼를 썼다. 그러자 아버지가 재빨리 새우 차 뒤의 검은 그늘 속으로 눈길을 던졌다. 그 눈길이 해선을 붙잡았다. 순간 아버지의 얼굴이 일그러졌다. 해선은 재빨리 뒷걸음질을 쳤다. 아버지가 달려들어 목덜미를 훔쳐 잡아 양식장 물속으로 내던질 것 같았다. 쓰팔, 하고 속으로 투덜거리며 집으로 도망쳤다.

「혹시 아들 혼내지 마소이. 내가 절대 비밀로 하겠다고 했는디 시방 말이 이렇게 나와 뿌렀네이.」

새우 차 아저씨의 말이 들려왔지만 해선은, 쓰팔 쩨쩨한 자식, 하며 침을 퉤 뱉었다. 집에 들어서자마자 이불을 말아 들고 작은방으로 들어갔다. 할머니가 돌아가신 뒤부터 창고처럼 이것저것을 넣어 놓은 방이었다. 그 안에 포진해 있던 냉기와 음습한 곰팡내가 해선을 둘러쌌다. 일이 끝나면 아버지는 틀림없이 소주에 취하게 된다. 취한 아버지는 자고 있는 그의 옆구리를 걷어차며, 새우 그것 머시 맛있다고 그렇게 처먹을라고 눈에 불을 쓰고 보채냐? 하고 말할 것이다. 오늘 밤 술에 취해 있을 때만 여기 숨어 있으면 된다. 쌀가마니와 그물더미 사이로 들어가서 이불을 뒤집어썼다.

13

 알몸이었고 맨방바닥에서 이불을 덮은 채 자고 있었다. 방광이 뻐근하게 부풀어 있었다. 반사적으로 사타구니와 엉덩이부터 더듬어 보았다. 오줌은 싸지 않았는데 알 수 없는 일이 벌어져 있었다. 그가 자고 있는 곳은 안방이었다. 벌떡 일어나 앉았다. 간밤, 작은방 쌀가마니와 새 그물더미 사이에서 이불로 몸을 감은 채 웅크리고 잤는데, 어찌하여 안방에서 알몸으로 자고 있을까. 작은방에서 나를 안방으로 데리고 와서 알몸을 만들어 이불 속에 눕혀 놓은 것은 누구였을까. 그것이 아버지였다면, 자고 있는 내 엉덩이를 걷어찼을 것 아닌가. 걷어찼는데도 불구하고 내가 모르고 잔 것일까. 아니다. 너를 안방으로 옮겨 놓은 것은 산도깨비였는지도 모른다, 하고 친구가 말했다. 그럼 아버지는 아직도 새우잡이를 하고 있을까.

 파도 소리가 아스라이 들릴 뿐, 수로에 폐수 떨어지는 소리는 들리지 않았다. 정전이 된 것일까. 그렇다면 수차가 돌아가지 않을 것이고, 새우들이 질식사할지도 모른다.

 어쨌든지 오줌부터 누고 보자. 몸을 일으켰다. 현관문을 열고 나서면서 폐수 떨어지는 소리가 들리지 않는 이유를 알았다. 그 소리 대신 나지막한 도랑물 흐르는 소리가 들렸다. 주르륵 부르륵 하는 소리 사이사이에 간극이 있었다. 그 간극 속에 귀울음 같은 고요가 담겨 있었다. 그의 손거울 속에 들어 있는 세계 같은 고요.

 마당 가장자리의 그물더미에 오줌을 갈겼다. 진저리를 쳤다. 체머리처럼 고개가 저절로 흔들렸다. 그때의 새콤한 전율이 온몸을 주름잡았고 찬바람이 알몸 여기저기를 쏘아 댔다. 할머니가 쓰던 요강을 방에 들여놓고 살면 좋을 터인데, 아버지는 그것에서 나는 지린내가 고약하다고 들여놓지 못하게 했다.

 아버지는 밖에 있는 재래식 변소가 불편하지 않을까. 밑에서 솟구쳐 올라오는 시금털털하고 구리칙칙한 냄새가 눈알과 콧속을 쑤셔 대고 각시거미만 한 모기들이 엉덩이와 귓바퀴와 볼을 무지막지하게 공격하는 변소. 그는 끙, 힘을 쓰면서 큰 덩어리를 내놓아야 하는 일이 아닐 경우, 그 변소에 들락거리지 않았다.

「아따, 우리 김 사장, 집은 번지르르하게 지어 놓고 어째서 수세식 변소를 집 안에다가 안 만들었는고잉? 아이고, 시금털털한 냄새…… 하마터면은 아주 질식할 뻔했네.」

지난해 새우 차 몰고 온 아저씨가 변소엘 들어갔다가 나오더니, 새우 잡아 가지고 나오는 아버지에게 투덜거렸었다.

「돈 벌어서 어디다 쓰고 있어? 당장에 수세식 변소 만들어서 좍좍 흘려보내 뿌러! 요즘 저런 변소 쓰고 사는 사람이 어디 있어?」

아버지는 새우 구럭을 저울 위에 올려놓으면서 무뚝뚝하게 대꾸를 했었다.

「속 모르는 소리! 똥물 좍좍 흘려보내면 그 물을 결국에는 우리 새우가 다 먹게 돼.」

수은등은 꺼져 있었고 새우잡이는 끝나 있었다. 아버지는 어디엘 갔을까. 요도의 시큰거림 때문에 거듭 진저리를 치며 끙, 안간힘을 썼다. 오늘 새벽따라 웬 오줌이 이렇게 많이 담겨 있을까. 아직 남은 몇 방울쯤은 오줌통 속에 그냥 두어도 좋다고 생각하며 오줌 줄을 자르고 방으로 들어가려고 몸을 돌렸다. 간밤에 켜져 있던 찬란한 수은등 불빛과 그 불빛 아래서 새우잡이를 하던 아버지와 장씨 아저씨와, 새우를 저울에 달던 새우 차 아저씨의 모습들이 도깨비의 모습들처럼 머릿속에 그려졌다. 동쪽 하늘이 붉어지고 있었고 양식장은 옥색의 미명에 덮여 있었다. 방으로 뛰어 들어갔다. 천장과 방구석에 서린 옥색 어둠이 수런거리고 있었다.

아버지가 회진에 나간 모양이라고 생각했다. 그래도 옷을 꿰입고 아버지를 찾아다녔다. 부엌에도 가보고 변소간에도 가보았다. 창고와 작은방도 들여다보고 뒤란 옹달샘에도 가보았다. 치자나무 앞에 선 채 양식장도 둘러보았다. 아버지의 모습은 그 어디에도 없었다. 치잣빛 아침 햇살이 양식장을 덮고 있었다.

혹시 양식장 어느 둑 옆의 수면 위에 네 아버지의 시체가 떠 있는지도 모른다, 하고 친구가 속삭였다. 나쁜 자식, 그런 상상을 하다니, 하고 친구를 몰아세웠다. 아니다, 하고 친구가 반발했다. 두 번째로 온 새우 차 아저씨가 새우를 다 싣고는 돈을 주지 않으려고 아버지를 양식장 물속에 처박아 넣고, 첫번째 새우 차 아저씨가 준 돈까지 모두 훔쳐 도망쳤는지도 모른다. 친구의 말대로 그는 무서운 상상을 했다. 사람들이 몰려와 건져 올린 아버지의 시체 앞에 무릎을 꿇고 앉은 한 소년의 모습을 떠올렸다. 소년은 울지도 않고 죽어 있는 아버지의 얼굴만 들여다보고 있었다. 쯧쯧 쯔쯔, 이 자식은 지 애비가 죽었는데도 눈물 한 방울도 흘리지 않는구나, 하고 속닥거리는 소리가 들렸다.

온몸에 오소소 소름이 돋았다. 안쪽 양식장의 둑을 타고 달려갔다. 양쪽의 수면을 살폈다. 수위가 낮아져 있었다. 군데군데 갯벌 밑바닥이 드러나고 있었다. 새우잡이가 다 끝났으므로 아예 물을 빼버린 것이었다. 바깥쪽 양식장의 둑을 타고 달려오면서 마찬가지로 양쪽의 수면을 살폈다. 낮은 수위임에도 불구하고 수면은 은회색 하늘과 산숲을 보듬고 있었다. 그 수면 어디에도 아버지의 시체는 떠 있지 않았다. 쓰팔, 하고 투덜거리면서 집을 향해 몸을 돌렸다. 할머니 무덤 주위를 둘러보았다.

아버지의 예고 없는 외박은 가끔 있어 온 일이었다. 야, 겁낼 것 없다, 내가 옆에 있지 않으냐? 하고 수면 위에 누운 친구가 그를 달랬다. 사람의 몸뚱이는 음흉한 욕심으로 뭉쳐 있다고 하던 할머니의 말이 떠올랐다. 아버지의 몸도 그렇다, 하고 친구가 말했다.

어쩔 수 없는 운명이데이, 몸뚱이를 가지고 사는 한에는, 하고 나서 할머니는, 옛날 그랬드라냐? 하고 이야기를 꺼냈다. 할머니는 굿 사설도 잘하지만 춤도 잘 추고 이야기도 맛나게 잘했다.

「궁궐 같은 집을 짓고 사는 부잣집에, 하늘에서 금방 내려온 선녀같이 젊고 태깔 곱고 예쁜 여자 한 사람이 온몸에 진주 보석을 주렁주렁 매단 채 찾아왔더란다. 미모나 풍겨 오는 향기에 황홀해진 주인이, 당신은 누구요? 하고 물었제이. 그 여자가, 나는 공덕천이오, 이러는구나. 주인이 다시 물었제. 당신이 우리 집 찾아온 이유가 무엇이오? 공덕천이 이러는구나. 나는 이 세상의 복이란 복, 행운이란 행운, 횡재할 수 있는 재수란 재수들을 모두 모아다가 당신네 집에 찾아들게 하려고 찾아온 천사요. 주인은 기뻐서 어찌할 줄을 모르고, 어서 안으로 들어가십니다, 해가지고 차를 대접한다, 진수성찬에 감주를 대접한다, 야단법석을 떨었구나, 잉? 바로 그때 대문을 두들기는 소리가 들렸것다. 아직까지도 얼떨떨해 있는 주인은 또 무슨 선녀가 어떤 더 큰 복을 주려고 찾아온 것일까 하고 대문 밖으로 달려나갔구나. 거기에는, 더러운 때에 전 넝마를 걸치고, 얼굴은 새까만 밉상인 데다 주근깨 기미까지 예작예작 낀 키 쬐끄마한 여자가 서 있구나. 불쾌해진 주인은 얼굴을 찡그리면서, 당장에 그 여자를 퇴쳐 버릴라고, 당신은 누구시오? 하고 물었것다. 그 여자가 이렇게 말하는구나. 나는 흑암녀라는 여자요. 주인이 다시 물었제이. 흑암녀라니, 대관절 우리 집엘 찾아온 용건이 무엇이오? 흑암녀가 이렇게 말하는구나. 나는, 당신네 집으로, 수없이 많은 불행이나 불화나 재앙이나 질병이나 재산을 탕진하게 하는 나쁜 운수가 찾아들게 해주러 온 여신이오.

이 말을 듣고 난 주인은 화를 벌컥 내면서 부엌칼을 들고 와서 찔러 죽이겠다고 엄포를 놓으면서 한시바삐 사라지라고 했제, 잉? 흑암녀가 주근깨 기미 예작예작한 얼굴 속에서 까만 눈을 초롱초롱 빛냄스롬 이렇게 말하는구나. 네에, 나가라고 하면은 나가겠소이다. 그런디, 지금 당신네 집 안에 들어 있는 공덕천이란 여자가 나하고는 쌍둥이 언니인디 어찌하면 좋겠소이까? 우리들 두 형제의 몸에는 보이지 않는 끈이 달려 있답니다요. 우리 둘은 어디를 가든지 함께 다닐 수밖에 없소. 떨어져서는 절대로 못 사는 운명이라서. 내가 이 집에서 쫓겨난다면 응당 언니도 나를 따라 나올 것이고, 그 언니가 들어가 있는 한에는 나도 응당 따라 들어가게 되어 있소이다. 그래서 주인은 어찌할 수 없이 그 흑암녀를 받아들여서 공덕천하고 함께 살았구나, 잉?」

바람이 팽나무와 등나무 줄기를 흔들어 대고 있었다. 눈을 힘주어 감았다. 잉크빛 어둠 속에서 할머니의 얼굴이 떠올랐다. 할머니는 어디론가 날아가 버렸다. 어처구니없도록 갑작스럽고 허망한 것이었다. 우리 집 어딘가에도 공덕천과 흑암녀가 살고 있다. 그날 아침에 할머니를 훨훨 날아가 버리게 한 것은 흑암녀일 것이다.

물보라 133

14

 그날 동틀 무렵에 대변이 바빠서 문을 열고 나왔을 때, 할머니는 등나무 앞에서 무릎을 꿇고 앉은 채 비손을 하고 있었다. 간밤에 과식을 한 그는 설사가 나 있었다. 할머니는 굿하고 오면서 시루떡과 삶은 돼지고기, 농어구이, 숭어구이, 수박 한 덩이를 싸가지고 왔던 것이다. 그가 변소에서 나왔을 때 할머니는 바야흐로 비손을 끝내고 몸을 일으키고 있었다. 그때 무엇인가가 해선의 꼭뒤를 때렸고, 눈앞에 푸른 어지러움 한 자락이 지나갔다. 그것은 예감이었다. 등나무 줄기 얽혀 있는 팽나무 우듬지 위쪽의 허공을 쳐다보았다. 기러기 같기도 하고 두루미 같기도 한 하얀 새가 날개를 치며 날아오르고 있었다. 묽은 안개 자락으로 만들어진 듯싶은 새. 그는 반사적으로 땅

위의 할머니를 보았다. 할머니의 움직임이 심상치 않았다. 꿇었던 무릎을 펴고 일어서는 듯싶더니 비틀했다. 한 손으로 가슴을 쓸고 다른 한 손을 들어 등나무 줄기를 붙잡으며 으음 하고 신음했다. 보이지 않는 무엇이 할머니의 가슴을 죄어 숨을 쉬지 못하게 하고 맥을 놓게 하고 있었다. 할머니의 넋을 빠져나가게 쥐어짜고 있었다. 때마침 방문을 열고 나오던 아버지가 할머니에게 달려갔다. 아버지가 한쪽 어깨를 부축해 주는데도 할머니는 땅바닥에 주저앉아 버렸다.

이날 이 시간에 할머니가 저렇게 쓰러질 거라는 것을 오래전부터 예감해 왔는데 그것이 바야흐로 실현되고 있는 듯싶은 생각이 등줄기와 정수리를 서늘하게 하고 있었다. 스스로의 내부에 그렇게 예감하게 한 어떤 알 수 없는 존재가 들어 있는 듯싶었다. 흑암녀다. 그 존재가 무서워 몸을 떨었다.

자리에 누운 할머니의 얼굴은 시든 치자꽃 색으로 변해 있었다. 아이고, 내 새끼들…… 어쩔끄나아! 내가 씽씽해 갖고 내 새끼들을 지켜 줘사 쓸 것인디이, 하고 모깃소리로 말했다. 당신 아들과 손자의 밥 짓고 국 끓여 주지 못하고 김치 담가 주지 못하게 되는 것, 양식장이 잘되고 있으므로 아들이 금방 새장가 들어 살게 될 터인데 그것을 못 보고 떠나게 되는 것이 안타깝고, 오히려 아들을 괴롭히게 된 것이 죄스럽다고 할머니는 말했다.

「요즘 세상에 어느 미친년이 반송장 되어 있는 시어메 병구완을 하겄단다고 들어오겄냐아.」

이 말을 뱉어 낸 뒤부터 할머니는 내내 눈을 감고 있기만 했다. 감은 눈에서 눈물이 바위샘처럼 흘러내렸다. 그렇게 누운 지 일주일째 되던 날 아침, 할머니는 학교에 가려고 나서는 해선의 손 하나를 두 손바닥으로 감싸 잡고 맥없는 소리로 말했다.

「오늘 학교 갔다가 와서는 할메 찾을라고 하지 말어라이. 저쪽 하늘로 후얼후얼 날아가 불고 없을 것께잉.」

해선은 손을 잡혀 준 채 눈을 감았다. 지금 방바닥에 누워 있는 할머니는 할머니가 아니다. 등신일 뿐이다. 진짜 할머니는 진즉 기러기가 되어 등나무 줄기를 타고 올라간 팽나무 가지 끝에 앉아 있다. 아마 할머니는 오늘 날아가 버릴 모양이다. 일자를 그리기도 하고 여덟팔 자를 그리기도 하며 북쪽 하늘로 날아가는 기러기 떼가 머릿속에 그려졌다. 그들 가운데 할머니가 끼여 있었다.

「할무니 없다고 서러워 마라이. 울지도 말고이. 느그 할무니는 안 죽을 것인께. 구름 타고 후얼후얼 날아다니다가 명년 초봄에는 난초꽃, 민들레꽃으로 피고, 초여름에는 치자꽃으로 피고, 가을철에는 쑥국화꽃, 구절초꽃으로 필 것인께잉. 느그 할무니 보고 싶으면은 구름

보고 달 보고 별 보고 노을 보고 바다 보고 새들 보고 풀잎싹들 보고 이 꽃 저 꽃 보고 마당에 등나무를 봐라. 날아댕기는 뭔 새든지, 지천으로 피고 지는 뭔 꽃이든지……. 그 새나 꽃들 속에 할무니 혼령이 들어 있을 것인께이. 니가 숨 쉬는 바람 속에도 할무니가 들어 있을 것인께잉?」

해선이 학교에서 돌아오자 정말로 후얼후얼 날아가 버렸는지, 할머니의 모습을 볼 수가 없었다. 할머니가 누워 있던 방 윗목에는 송판으로 된 관 하나가 가로놓여 있을 뿐이었다.

「양식장에서 일하다가 미음 써드릴라고 들어온께 느그 할무니 늘 그러시든 대로 훨훨 날아가고 계시드라. 하마 벌써 저기 저 극락에 가 계실 것이다.」

관을 등지고 앉은 아버지가 말하면서 턱으로 북쪽 바람벽과 천장이 맞닿은 부분을 가리켜 주었다. 아버지의 눈은 토끼눈처럼 빨개져 있었다. 취한 아버지가 뿜어 낸 쿠릿한 소주 냄새가 방 안에 가득 차 있었다.

「여기 요것은 썩은 나무등치보다 더 못한 것이다.」

할머니는 굿하러 다닐 때의 소복 차림으로 머리를 곱게 빗은 채 날아갔을까. 순영이처럼 앳되고 예쁜 선녀가 되어 날아갔을까. 기러기가 되어 날아갔을까. 그는 더 자상한 어떤 이야기를 기대하며 아버지의 얼굴을 더듬었다.

아버지는 해선과 눈길을 마주치려 하지 않았다. 아버지의 눈길은 방바닥을 거쳐 바람벽으로, 천장으로 돌아다니다가 관으로 내려오고 있었다. 양식장에서 잡아 낸 새우를 물탱크 차에 실어 보내듯 할머니 담은 관을 어디론가 보내려 하고 있었다.

그날 밤 아버지는 소주를 세 병이나 더 비웠다. 눈은 토끼눈처럼 빨개졌다. 취한 아버지는 비틀거리며 네 발로 기듯이 밖으로 나갔다. 닫기지 않은 문을 통해 흘러나간 형광등 불빛이 마당을 두 동강 내고 있었다. 마당으로 내려선 아버지는 변소엘 가지 않고 치자나무 밑동에다가 오줌을 갈겼다. 금방 쓰러질 듯 비틀거리면서도 쓰러지지 않고 오줌을 갈겼다. 아버지는 취하면 늘 할머니의 치자나무에다가 오줌을 갈기곤 한다. 뜨뜻한 오줌 몇 감은 치자나무가 오래지 않아 소복한 할머니를 하얗게 토해 낼 것이다. 비치적거리며 들어온 아버지는 관 앞에서 팔베개를 한 채 모로 누웠다. 눈을 감은 채 해선에게 말했다.

「너는 안방에 가서 자거라. 옷 다 벗고잉?」

해선은 그 말을 못 들은 체했다. 양식장의 수차 돌아가는 소리, 수로로 폐수 쏟아지는 소리가 들려왔다. 쏴르르 쏴르르 철처르륵⋯⋯. 개오지 연안의 파도 굽이굽이와 모래 언덕과 밤나무숲과 양식장 제방을 거쳐 온 바람이 등나무덩굴을 흔들어 댔다. 바람에 결이 있있다. 그 결과

결 사이에 자잘한 이랑이 있었다. 그 이랑들 속에 와아악 와아악 하는 해조음이 끼여 있었다. 순영이가 책갈피 속에 끼워 넣는 네 잎 클로버 잎사귀처럼.

멀지 않은 곳에서 소쩍새가 솥적다 솥적다 하고 울었다. 소탱소탱 하고 울면 흉년이 들고 솥적다 하고 울면 풍년이 든다고 할머니가 그랬다. 할머니의 혼령 한 자락이 소쩍새 속으로 들어갔다. 매번 솥적다고 욺으로써 아버지의 새우가 잘 크게 하려는 것이다.

「싸게 가서 자란께! 잉?」

재촉하는 아버지의 말속에 짜증이 묻어 있었지만 해선은 못 들은 체했다.

「이 자식아, 귀가 먹었냐! 잉? 얼른 가서 이불 뒤집어쓰고 자란 말이여!」

아버지의 말이 퉁명스러워졌다.

친구가, 다시 귀먹은 체하고 있으면 주먹이나 발길질이 날아올지도 모른다고 빨리 일어서라고 재촉했다. 굼뜨게 일어섰고, 문을 열고 나갔다. 댓돌 아래로 내려서다가 소스라쳐 놀라 발을 멈추었다. 오징어 먹물 머금은 팽나무와 등나무덩굴 사이로 그를 엿보는 것이 있었다. 할머니가 걸레에 기왓가루를 묻혀서 번쩍번쩍하게 닦아 놓은 방짜 꽹과리 같은 만월. 마당 가에 쌓여 있는 아버지의 그물 더미 앞으로 가서 자지를 끄집어냈다. 쓰팔, 하고 투덜거렸다. 그는 치자나무에 오줌을 갈기던 아버지가 못마땅했었다. 할머니의 치자나무는 아버지의 소주 썩은 냄새 묻은 오줌을 싫어할 것이다. 아랫배에 힘을 가했다. 오줌 줄기가 그물더미로 뻗치고 있었다. 개오지 연안에는 보얀 달안개가 수런거렸다. 학섬의 일이 궁금했다. 이날 밤에도 학섬은 어디론가 날아다니고 있을까. 그렇게 날아다니는 것이 사람들에게 들통나면 어쩌려고 그럴까. 안개 너울이 별로 짙지도 않은데.

 오줌을 한곳에만 집중적으로 갈기는 것은 멋없는 일이었다. ㄹ자로 갈기고, ㅇ자로 갈기고 한일 자로 갈겼다. 양식장 제방 위로 올라가서, 학섬이 그 자리에 떠 있는지 어디론가 날아가고 없는지 확인해 볼까. 제방 주위에 거무스레한 그림자들이 구물거리고 있었다. 그것들은 양식장 수면 여기저기에 배치되어 있는 수차들 주위에도 있고 밤나무숲에도 있었다. 진 치고 있는 어둠과 바야흐로 떠오른 달빛이 싸우고 있었다. 어둠 속에는 도깨비들이 살고 있다. 방광에서 덜 빠져나간 오줌이 아직 얼마쯤 남아 있는 듯싶은데 친구가, 이 정도 남아 있는 것은 놔두었다가 나중에 누어도 된다, 이제 그만 오줌 줄을 끊어 버리자, 하고 말했다. 요도에 힘을 주어 오줌 줄을 자르고 자지를 옷 속에 집어넣었다. 끝에 달려 있던 오줌 방울 하나가 허벅다리 살갗을 적셨다. 그 한 방울이 아랫도리 전체를 적시기라도 한 듯 불쾌했다. 이 자식, 네가 재촉한 때문이야, 하고 친구를 탓하며 바람벽의 스위치를 올렸다. 부풀어난 친구의 몸통이 한쪽 바람벽과 방바닥을 가로막고 있었다. 내일 한낮에 너 한번 죽어 봐라, 콱콱 짓밟아 버릴 거야, 하고 친구에게 말하며 불을 켜놓은 채 이불 속으로 들어갔다. 친구가 못 들은 체하며 이불 속으로 따라 들어오고 있었다.

수로에 폐수 떨어지는 소리를 들으며 잠을 청했다. 천장의 형광등 불빛이 너무 밝아서인지 잠의 세계가 서릿빛으로 하얬다. 저벅저벅 발자국 소리가 들리고 문이 열렸다. 하얀 치마저고리 입은 할머니가 들어왔다. 나 따라가자. 할머니가 그의 손목을 잡아끌었다. 할머니에게 이끌려 허공중으로 올라갔다. 날아가는 할머니를 따라가기 위해 있는 힘을 다해 두 팔을 저어 댔다. 앞에 가고 있는 할머니, 너희 진짜 할머니 아니다, 하고 친구가 말했다. 얼핏 보니, 넝마 걸치고 주근깨 기미 낀 흑암녀였다. 정신을 가다듬고 자세히 보니, 주름살들이 노끈처럼 굵고 거무칙칙한 남상 지른 얼굴의 마귀할멈이었다. 수컷 멧돼지처럼 송곳니가 입 가장자리 밖으로 나와 있었고 손톱은 칼끝같이 날카로웠고 눈은 퉁방울처럼 부리부리했고 번갯살 같은 푸른빛을 쏘고 있었다. 마귀할멈이 알아채지 못하도록 슬금슬금 뒤처졌다가 뒤돌아 도망가야 한다고 생각하고 속도를 늦추었다. 그러나 마귀할멈이 그의 의중을 알아차리고 돌아보았다. 그는 재빨리 몸을 돌리고 도망쳤다. 마귀할멈이, 너 이놈 거기 서지 못하겠느냐? 하고 고함을 쳤다. 허공을 젓는 그의 팔에 힘이 빠졌다. 마귀할멈의 한쪽 손이 그를 향해 뻗어 왔다. 그의 한쪽 팔을 훔쳐 잡았다. 그는 마귀할멈의 손을 뿌리쳤다. 그 바람에 그의 한쪽 팔에 달려 있던 깃털들이 빠져 버렸다. 깃털을 잃은 그의 팔은 나는 기능을 상실했고, 순간적으로 땅바닥으로 추락했다. 아악 하고 부르짖으며 소스라쳐 잠에서 깨어났다. 꼭두새벽이었다. 문을 박차고 나갔다. 방광이 부풀어 있었으므로 그물더미에다가 오줌을 갈겼다. 마귀할멈이 그의 덜미를 잡아끌 듯싶어 후두두 몸을 떨면서, 아직 덜 나온 오줌 줄을 잘라 버리고 작은방으로 뛰어 들어갔다. 문을 우당탕 닫는 바람에, 형광등 아래에서 모로 누워 있던 아버지가 놀라 몸을 일으키고 문 앞에 서 있는 해선을 건너다보았다. 왜? 혼자 못 자졌어? 그럼 이리로 와서 자거라, 하고 말했다. 그를 아랫목에 눕히고 할머니의 이불을 덮어 주었다.

이튿날 아침, 밥을 먹으면서 아버지는 소주 한 병을 곁들여 마셨다. 아버지는 할머니의 관을 지게에 짊어지고 팽나무 뒤쪽 언덕 위의 묵정밭으로 갔다. 실망초, 개망초, 띠풀, 억새풀, 명아주풀, 달맞이꽃풀들이 무성했다. 거기에 관을 놓아두고 구덩이를 팠다. 새빨간 황토가 패었다. 삽날은 아버지가 발로 디뎌 박는 대로 깊이 들어갔다가 황토 한입을 가득 물어 떠내곤 했다. 아버지의 작업화의 콧등과 목과 바닥이 새빨개졌다. 피의 색깔이었다. 관 들어갈 직사각형의 구덩이를 만들기 위해 아버지는 안간힘을 쓰면서 황토를 파 던졌다. 구덩이 양옆에 핏빛의 자그마한 산이 만들어졌다. 허벅다리가 잠기도록 패었을 때 아버지는 밑바닥을 평평하게 고르고 삽을 밖으로 던졌다. 후우 하고 긴 한숨을 쉬었다. 아버지의 얼굴에는 땀방울이 주렁주렁 달려 있었다. 그게 목을 타고 가슴으로 흘러내렸다. 러닝셔츠 자락이 거무스레하게 젖어 있었다. 관 앞에 선 아버지는 담배 한 대를 태워 물었다. 고추잠자리 한 마리가 날아와 관 모서리에 앉았다. 그 고추잠자리에도 네 할머니의 혼령이 들어가 있다, 하고 친구가 말했다. 형체가 있는 고추잠자리의 세계는 할머니의 형체 없는 혼령의 세계를 흡수지처럼 빨아들였을 것이다. 그 두 세계가 가지고 있는 시간은 물처럼 한데 어우러진다. 할머니의 혼령은 이 세상에 있는 그 무엇 속으로든지 다 그렇게 스며 들어갈 수 있다.

 아버지는 담배꽁초를 발로 밟아 버리고 관을 구덩이 옆으로 끌고 갔다. 삽을 가져다가 구덩이 아래쪽에 비스듬하게 걸쳐 놓았다. 관의 한쪽을 두 손으로 들고 뒷걸음치며 끄집었다. 구덩이 속으로 들어가서 당겼다. 해선은 핏덩이 같은 황토산 옆에 박힌 듯 서서 구경을 했다. 끌려온 관의 아랫부분이 비스듬히 서 있는 삽자루를 타고 구덩이 속으로 미끄러져 내렸다. 관 위쪽 부분이 아버지의 가슴에 닿았다. 관이 알 수 없는 어떤 무게로 아버지의 몸을 깔아뭉개 버릴 태세였다. 당황한 아버지는 얼굴을 찡그리고, 눌러 대는 관을 버티면서 몸을 모로 틀더니 안간힘을 쓰며 구덩이 밖으로 어렵사리 빠져나왔다. 땀에 젖은 얼굴이 햇살을 되쏘았다. 이마와 콧등에 맺힌 땀방울들이 관 위로 떨어졌다. 아버지는 허리를 굽히고 관 한쪽을 구덩이 밑바닥으로 떨어뜨려 놓고 반대편으로 갔다. 비스듬하게 기대서 있는 삽의 허리에 걸려 있는 관 아래쪽을 한 손으로 들어 올리며 삽을 빼냈다. 관 한쪽을 밑바닥으로 떨어뜨렸다. 관은 모로 비스듬하게 누워 있었다. 아버지는 그것을 바로잡기 위해 가랑이를 크게 벌리고 구덩이 양쪽 시울을 디뎠다. 윗몸을 굽힌 채 삽날을 지렛대 삼아 관의 옆구리를 밀어젖혔다. 젖혀진 틈에 흙을 부었다. 관이 바로 누웠다. 아버지는 밖으로 나와서 담배 한 개비를 태워 물었다. 하늘색 담배 연기가 매봉산 쪽으로 날아갔다. 해선은 옹달샘으로 갔다. 샘 천장의 청록색 이끼에서 풍표롱 하고 물방울들이 떨어지고 있었다. 바가지로 물을 퍼 올리면서 물방울들이 아버지의 땀방울 같다고 생각했다. 물바가지를 들고 아버지에게 갔다. 아버지는 해선을 거들떠보지도 않고 말없이 물바가지를 받아 마셨다. 아버지의 목울대가 위아래로 오르내렸고 꿀꺽꿀꺽 소리가 났다. 아버지는 하아 하고 숨을 토해 내고 삽을 집어 들었다. 새빨간 흙을 긁어다가 관을 덮기 시작했다. 흑암녀가 언젠가는 아버지를 할머니처럼 어디론가 날아가게 할 것이다, 하고 친구가 말했다. 그때 너도 저 아버지가 하듯이 아버지의 관을 혼자서 땀 흘려 가며 파묻을 것이다. 왕거미줄 같은 햇빛이 핏빛 흙더미와 삽질하는 아버지의 머리 위로 쏟아지고 있었다. 눈살을 찌푸리며 그는, 까불지 마 하고 친구를 몰아세웠다.

15

 부엌으로 갔다. 가스레인지 위에 놓여 있는 양은 국솥과 싱크대 옆에 놓여 있는 쑥색의 보온밥통을 확인했다. 국 한 그릇, 밥 한 그릇을 폈다. 국은 문절이 매운탕이었고, 밥은 해놓은 지 오래되어 눌눌하게 변색된 것이었다. 냉장고에서 깍두기를 꺼냈다. 부옇게 부풀어 난 친구가 따라다니면서 일을 거들어 주었다. 밥상 앞에 앉았다. 밥부터 한 숟가락 먹었다. 우적우적 씹으면서, 쓰팔 쩨쩨한 놈, 하고 친구가 투덜거렸다. 새우를 그에게 주었다고 아버지에게 고자질한 새우 차 아저씨가 미웠다. 장차 너는 그런 쩨쩨한 사람이 되지 마라, 하고 친구가 말했다.

 학교에 갈 준비를 하려다가 지네 생각이 났다. 커피병을 집어 들었다. 지네들은 모두 죽은 듯이 자고 있었다.

견고한 유리벽 속에 갇힌 사실을 알아차리고 탈출을 포기했다.

지네한테 얼른 벌레를 잡아다 주고 학교에 가자고, 친구가 말했다. 수로둑을 타고 밤나무숲으로 달려갔다. 키다리가 된 친구가 앞장서서 갈대숲 늘어선 수로를 휘저으며 달려갔다. 밤벌레 잡아다가 주고 학교에 가면 지각할 텐데 어쩌나? 멍청이같이 겁내지 마라, 학교 같은 것 안 가면 되지 뭐, 하고 친구가 비아냥거렸다. 학교 안 가면 아버지한테 맞아 죽어. 왜 바보같이 맞고 사냐, 한 번만 더 때리면 집을 나가 버리자, 서울로 내빼 버리자. 서울 가면 누가 밥 준대? 거지 노릇 하면 된다. 까불지 마. 나는 해군 장군 될 것이다. 함대 사령관 노릇 할 것이다. 그것 못 되면 학섬보다 몇 배 더 큰 상선 선장 될 것이다.

수차들이 멈춰 선 아침의 양식장과 저수지의 수면은 거대한 황금색 물을 들여 놓은 거울이 되어 있었다. 말갛게 세수를 한 하늘이 들어 있고, 매봉산과 밤나무숲과 등나무덩굴과 그의 집이 들어 있었다. 요 자식이 한없이 깊은 속에 저런 세상을 담고 있으면서도 여느 때는 시치미를 떼고 절대로 그런 것을 지니지 않은 체하고 있다. 아버지는 양식장에다 새우만 키우는 것이 아니고 하늘도 키우고 매봉산도 밤나무숲도 팽나무, 등나무도 키운다. 아버지는 진짜 엄청난 부자다.

밤나무숲에는 보라색 그늘이 가득 들어차 있었다. 산도깨비들, 산모기들은 어디로인가 몸을 숨기고 없었고, 대신 낮도깨비들이 숲 그늘 속에서 점잔을 빼고들 있었다. 낮도깨비들은 심술을 부리지 않는다. 오히려 풀섶 속의 알밤들로 하여금 눈을 치뜬 채 그를 쳐다보라고 시킨다. 철쭉 가지 밑에서 알밤 두 개를 줍고 싸리숲에서 세 개를 줍고 다복솔 아래에서 세 개를 주웠다. 호주머니가 뺑뺑해졌을 때, 아차! 하고 부르짖었다. 지각하면 큰일이다. 뛰었다. 벌레 네 개를 잡아 지네들에게 주고 책가방을 짚어졌다. 개오지 연안 모래밭길을 달렸다. 사타구니에서 불알이 제 마음대로 달랑거렸다. 그래도 걱정 없다, 깨지게 만들어지지는 않았으니까, 하고 친구가 말했다.

 기왕 지각했는데 조급하게 뛰어갈 것이 무어냐 하며 천천한 걸음으로 개오지 연안 모래밭길을 가는데, 물새 같은 꼬마배 한 척이 부우 소리를 내며 하얗게 물보라를 일으키고 물너울을 헤치며 달려가고 있었다. 정박해 있을 때는, 꽁무니 표면에 붙어 있는 엔진을 위로 치켜 올리고 있다가 달려갈 때는 그것을 수면으로 내리고 달리곤 하는 배는 박 서장의 것이었다. 회진 파출소장을 하다가 퇴직한 털보 남자를 사람들은 박 서장이라고 불렀다. 기분 좋게 해주자며. 그 배는 아버지가 어디에서 구해 가지고 와 며칠 동안 타다가 빌려 준 것이었다. 한데 박 서장은 그 배를 완전히 자기 것인 양 타고 다니곤 했다. 아버지에게 돌려주려 하지 않았고 아버지는 돌려받으려 하지 않았다. 아버지는 박 서장에게 쩔쩔맸다. 박 서장이 양식장 앞에 배를 대면 새우를 한 봉지씩 안겨 주곤 했다.

박 서장은 짝귀의 큰아버지였다. 작은각시하고 함께 연도 포구에서 살았다. 짝귀의 말은, 해선의 아버지가 무슨 큰 죄를 지었는데, 자기 큰아버지가 회진 파출소장을 할 때 그 죄를 덮어 준 것이라고 했다. 꼬마배는 그 대가라는 것이었다.

개코의 말은 전혀 달랐다. 박 서장이 강제로 빼앗은 거라고 했다. 박 서장은 아버지의 약점 하나를 알고 있는데, 그것을 폭로하지 않겠다는 조건으로 그런 거라는 것이었다.

박 서장은 가끔 학섬에 올라앉아 낚시질을 하기도 하고, 밤나무숲 앞의 갯바위에 배를 대놓고 낚시질을 하기도 했다. 네가 얼른 커서 박 서장한테서 저 배를 뺏어라, 하고 친구가 말했다. 운전법을 배워서 저것 타고 금산엘 가거라. 이 근처에서는 천관산하고 금산하고가 제일로 큰 산이다. 매봉산 부엉이가 날아갔다면 저 금산으로 갔을 것이다. 거기 가면 그 부엉이를 만날 수 있을 것이다. 그 부엉이가 너를 만나면 덩치 크고 구레나룻 새까만 남자로 둔갑해서 반가이 맞아 줄 것이다.

물보라 149

16

 교문에 들어섰을 때 바야흐로 둘째 시간이 시작되고 있었다. 그의 선생은 여느 때와 전혀 다른 수업을 하려 하고 있었다. 조회대 앞에 3,4학년 학생들과 5,6학년 학생들이 모이고 있었다.
 해선은 당황하지 않고 천천히 걸어가서 아이들 꽁무니에 섰다. 그는 진즉부터, 이날 아침에는 지각을 하게 될 것이고, 교문에 들어서면 둘째 시간이 바야흐로 시작될 것이며, 둘째 시간 수업은 교실 아닌 곳에서 하게 될 것이고, 그리하여 조회대 앞에 학생들이 모이게 될 거라는 것을 예감하고 있었던 듯싶었다. 너는 장차 점쟁이가 될 것이다, 하고 친구가 말했다. 전에 할머니가 비손을 하다가 쓰러졌을 때도 이미 오래전부터 할머니가 그렇게 쓰러지리라는 것을 예감하고 있었고, 새우를 얻으려고 새우 차의 그늘 속에 숨어 있다가 아버지에게 들켰을 때도 이미 오래전부터 그럴 것이라 예감하고 있지 않았느냐. 너도 할머니처럼 굿을 하러 다니게 될 것이다. 그는 눈앞이 어지러워지고 가슴이 우둔거렸다. 친구에게 투덜거렸다. 이 자식아, 까불지 마.

개코가 그를 향해 빈정거렸다.

「야야, 해가 다 져가는 판인디 인제사 오시냐?」

다른 아이들이 그를 향해 이를 허옇게 내놓고 웃어 댔다. 6학년 반장이 말했다.

「우아래 눈썹들이 아직 안 떨어졌다야.」

야, 기죽지 말어! 하고 친구가 말했지만 그는 얼굴이 화끈거렸다. 아이들의 눈길이 얼굴 살갗을 벌레처럼 기어다니며 찔러 댔다. 그 속에는 순영이의 눈길도 섞여 있었다. 안타까워하고 가엾어하는 눈길이었다.

6학년 반장이 앞으로 갓! 하고 구령을 했고, 3학년 아이들부터 교문을 향해 나아갔다. 자연 학습을 하러 가고 있었다. 아이들은 손에 손에 손그물, 호미, 바구니, 투명한 음료수병 따위를 들고 있었다. 빈 필통을 들고 가는 아이들도 있었다. 5, 6학년 선생이 어머니가 위독하다고 육지에 나갔으므로 3, 4학년 선생이 네 개 학년을 모두 맡아 수업하고 있었다.

자연 학습은 바닷가로 나가 굴을 까기도 하고 바지락을 캐기도 하고 고둥이나 게를 잡기도 하고 해초를 뜯기도 하는 것이었다. 자연 학습은 늘 하곤 하는 학습이지만 재미있었다. 딱딱한 의자에 앉아 수학 문제를 풀거나 따분한 설명을 듣거나 하지 않고, 탁 트인 갯벌밭으로 나가서 게나 짱뚱이나 조개나 갯강구하고 노는 것이므로.

교실에서 책과 공책을 앞에 놓고 하는 수업, 선생의 설명을 듣는 일은 누군가가 파놓은 허방을 눈 번히 뜬 채 디디기였다. 무엇에 대하여 한동안 설명하고 난 선생은 알았지? 하고 물었고, 아이들은 당연하다는 듯이 목소리를 합쳐 네에 하고 대답했지만, 그는 대답을 하지 않았다. 대답할 수가 없었다. 그의 알음알이의 발끝은 땅에 닿지 않았고, 그러므로 그의 생각은 늘 안개 속을 헤매면서 비틀거렸다.

목소리 가느다란 담임 선생은 섬과 바다를 잘 모르는 뭍사람이었다. 바지락을 캘 줄도 모르고 굴을 깔 줄도 몰랐다. 군부와 삿갓조개도 모르고, 갯지렁이를 팔 줄도 모르고, 낚시질도 할 줄 몰랐다. 갯강구나 총알고둥이나 소라고둥이나 도둑게에 대해서도 모르고, 김이나 파래나 매생이, 숭어, 농어, 도미, 우럭, 낙지, 문어에 대해서도 몰랐다.

바다에는 잔물결만 일고 있었다. 회청색이었다. 결 고

운 비단을 깔아 놓은 것 같았다. 그 바다에 햇빛이 쏟아지고 있었다. 수면에는 고기의 순은색 비늘들이 파드득거리고 있었다. 아니, 심연 속에 살고 있는 모든 고기들이 수면 위로 올라와서 뛰고 춤추며 놀고들 있었다.

자갈들이 깔려 있는 갯벌둑을 걸어가는데 선생이, 야아 애들아, 우리 물나비 날리자, 하고 말하면서 동글납작한 돌멩이 몇 개를 찾아 들었다. 3, 4학년 아이들은 말할 것도 없고 5, 6학년 아이들까지도 그 말을 알아듣지 못하고 어리둥절해했다. 선생은 멋스러운 놀이를 알지 못하는 섬 아이들의 건조하고 삭막한 정서를 안타까워했다.

「너희들 물나비 한 번도 알 날려 봤냐?」

선생의 묻는 말투에는 혼자만 품고 있는 알음알이로 말미암은 오만이 담겨 있었다. 선생은 가랑이를 넓게 벌리고 윗몸을 낮추면서 수면을 향해 돌멩이를 날렸다. 그것이 수면을 한 땀 한 땀 뜨면서 날아갔다. 모두 세 땀을 뜨고 나서 가라앉았다.

「에이, 그것요!?」

개코가 납작한 돌멩이들을 찾아 들면서, 이것 물수제비 뜨기요, 하고 햇살 조각들이 퍼덕거리는 수면을 향해 돌멩이를 날렸다. 돌멩이가 네 땀을 뜨고 가라앉았다.

「너희들 다 물수제비라고 하니, 이것을?」

선생이 반문했다. 아이들이 입을 모아 네에! 하고 대답했다.

「에헤이! 그것 너무 촌스럽지 않니? 물나비 날린다는 말이 훨씬 멋지지 않아? 안 그래? 왜 이 멋진 놀이에다가 먹는 수제비를 떠올린단 말이냐?」

이어서 선생은 곧 고개를 끄덕거리며 혼잣말처럼 지껄였다.

「하긴 배가 고픈 사람들은 이것을 그렇게 이름해 부를 수도 있었겠다!」

잠시 뒤 선생은 아이들에게 자기를 주목하게 한 다음 말을 꺼냈다.

「이제 우리 주위에는 배고파 있는 사람이 아무도 없지 않니? 너희들이 살고 있는 섬이 이젠 그 어떤 섬보다 더 부자 동네가 되지 않았니? 낚시 관광 안내라든지, 물고기 양식이라든지, 조개잡이로 말미암아……. 그렇기 때문에 우리 이 놀이를 이제는 물나비날리기로 부르자, 어떻니? 물나비날리기라고 하는 게 훨씬 아름답고 멋지지 않니? 모름지기 우리 삶에는 아름다움과 멋스러움이 있어야 한다. 알겠지이? 오늘 집에 돌아가서 일기를 쓰거나 나중에 글짓기를 할 때는 반드시 물나비를 날린다고 쓴다아! 알겠지?」

모든 아이들이 입을 모아 네에 하고 소리쳐 대답했다. 그 대답 소리에 신명이 오른 선생은 납작한 돌멩이 세 개를 한꺼번에 집어 들고 한 개씩 수면으로 날렸다. 두 개는 두 땀을 뜨고 한 개는 세 땀을 떴다.

그때 개코가 불만스럽게 항의했다.

「아녀요. 물나비보다는 물수제비가 훨씬 아름답고 슬프고 예쁜 말인디요? 작년에 가신 김 선생은 가난이 묻어 있는 물수제비란 말이 눈물겹게 아름답다고 했는디요?」

「물론 맞는 말이기는 하지만, 어쩐지 천하지 않니?」

선생의 타이르듯 하는 말에 개코는 수그러들지 않았다.

「그래도 저는 물수제비가 더 좋은디요? 생각만 해도 침이 꿀떡 넘어가는디요?」

선생은 성난 수퇘지처럼 코로 식식 소리를 내며 물수제비를 뜨고 있는 개코를 향해 무어라고 하려다가 그냥 묵새기고 거듭 물나비를 날렸다.

17

 그날 담임 선생이 해선에게만 글짓기 숙제를 내주었다. 환경 보호를 위한 글짓기였다. 집에 돌아오다가 순비기나무들이 지천으로 널려 있는 모래 언덕 위에 앉아 하염없이 바다를 바라보고 있었다.
 바다가 푸르다는 것은 거짓말이다. 바다는 항상 쪽빛이 아니다. 하늘이 쪽빛일 때만 그 하늘빛을 흉내 내느라고 쪽빛이다. 구름이 끼어 있을 때는 연한 회색이 되기도 하고, 바람이 많이 불 때는 잉크색이 되기도 하고, 남보라색이 되기도 하고, 새벽 같은 때는 은회색이 되기도 하고, 바야흐로 해가 떠오를 때는 황금색이 되기도 했다. 달이 둥실 떠오를 때에는 물속에 수천억만 개의 흰색 등불을 밝혀 놓은 것처럼 훤해지기도 했다. 바다는 수시로 얼굴

색을 바꾸곤 했다. 숨을 쉬고 생각을 하고 화를 내고 심술을 부리며 꿈틀거리는, 살아 있는 거대한 어떤 것이었다.

저 바다 어디에 아기 낳고 오줌 누는 구멍이 있을까. 밤이면 바다는 거대한 여자로 변하기도 한다, 하고 친구가 말했다. 그렇다면, 바다의 오줌 누는 구멍은 바닷물과 육지의 물이 합수되어 들랑거리는 수문일까. 핏덩이였던 나는 바닷물과 양식장의 폐수가 만나는 수문 옆의 자갈밭에 누운 채 사지를 버둥거리며 응아응아 하고 울고 있었다고 했다. 할머니가 점을 쳐보니까 바다가 아무 날 아무 시에 거기에 아기를 낳아 놓을 테니 데려다 키우라는 점괘가 나왔다는 것이었다. 그 때에 맞추어 수문으로 갔더니 정말로 네 개의 팔다리를 허우적거리며 울고 있는 쌀아기가 있어 그것을 보듬고 와서 키운 것이라고 했다. 할머니의 이야기가 사실이라면, 바다가 그를 잉태하도록 해준 것은 용궁의 용왕님일 것이다.

그런데 할머니는 너를 키우고 학교에 보내고 있는 양식장 하는 아버지가 네 진짜 아버지라고 하지 않았느냐? 아마 그것은 거짓말일 것이다, 하고 친구가 말했다. 그래, 어른들이 하는 말은 믿을 수 없는 것들뿐이다.

순간 글감이 떠올랐다. 아버지가 이야기한 부엉이들의 부부 싸움 이야기를 쓰자. 몸을 일으키고 새매처럼 두 팔을 벌리고 달렸다.

개오지 연안 어귀에 들어서면서 양식장부터 둘러보았다. 수차들은 모두 죽어 있고 바닥의 갯벌들이 거멓게 드러났다. 오직 저수지에만 물이 가득 담겨 있었다. 집으로 달려갔다. 유리창이 멀뚱하게 그의 모습을 비춰 주었다. 네 아버지 아직 돌아오지 않은 모양이다, 하고 친구가 말했다. 이 자식아, 나는 진즉에 알고 있었어, 하고 퉁명스럽게 말했다. 그랬으면서도 현관문을 열고 들어가 가방을 내던지고 안방과 부엌을 살폈다. 되돌아 나와서 작은방 문도 열어 보고 뒤란도 둘러보았다.

 등나무 앞에 우뚝 선 채 친구에게 말했다. 나는 이미 오래전부터, 오늘 학교에서 돌아와도 아버지가 들어와 있지 않을 거라는 것을 다 알고 있었단 말이야. 그 말을 하는 그의 정수리와 겨드랑이와 등줄기에서 차가운 전율이 일어나고 있었다. 전율이 요의를 일어나게 했다. 그물더미 앞으로 가서 자지를 꺼내 끙, 안간힘을 쓰며 갈겼다. 네 아버지 죽어 버렸으면 좋겠다, 하고 친구가 말했다. 너 아주 나쁜 새끼로구나, 하고 친구를 꾸짖으면서, 한일 자로 갈기고 ㄹ자로 갈기고 ㅇ자로 갈겼다. 친구는 갯솜처럼 주눅 들지 않고 히히히히 웃고, 해선이 가짜 아버지 죽어라, 하고 지껄여 댔다. 그는 친구에게, 콱 밟아 죽여 버릴 텨, 하고 소리쳤다. 친구가 대들었다. 너희 가짜 아버지 안 들어오니까 너 신나지 않으냐. 엉덩이 걷어차는 사람도 없고……. 쓰팔, 들어올 테면 들어오고 안 들어올 테면 안 들어오고 알아서 해라. 그는, 콱 밟아 죽여 버리기 전에 주둥이 닥쳐, 하고 친구에게 말하면서도 진짜로 짓밟아 주려 하지는 않았다.

현관을 향해 돌아서다가 발을 멈추었다. 전혀 낯선 곳에 온 듯싶었다. 이제 보니 집은 예전의 자기 집이 아니었다. 굳게 닫혀 있는 현관문 유리가 멀뚱하게 빛나면서 치자나무와 마당과 그물더미와 그의 모습을 비춰 주었다. 집은 몸을 웅크리면서 접근하는 그를 노려보고 있었다. 집이 두려웠다. 고개를 쳐들어 팽나무를 감고 올라간 등나무 줄기를 쳐다보고 그 가지 사이로 열린 하늘을 보았다. 내가 있는데 무엇을 무서워하느냐, 겁내지 말고 들어가자, 하고 친구가 말했다. 이 새끼야, 누가 무엇을 겁내는데? 하고 친구를 힐난했다. 그렇지만 안으로 들어가기 싫었다. 문득 지네 생각이 났다. 현관문을 열고 들어갔다. 문 뒤에 지네 담긴 커피병이 놓여 있었다. 지네들은 죽은 듯 엎드려 있었다. 캐터필러 같은 양쪽의 발들을 연속 무늬처럼 가지런히 뻗고 있었다. 노란 더듬이는 똬리처럼 말려 있었다. 배고프지? 그는 지네를 향해 말했다.

수로를 타고 밤나무숲으로 달려가면서 양식장 여기저기를 살폈다. 저수지만 물이 빵빵하게 차 있을 뿐, 네 조각으로 나뉘어 있는 양식장들은 거뭇거뭇한 밑바닥을 드러내고들 있었다. 혹시 아버지의 시체가 저수지 수면에 떠올라 있지 않은지 살피라고 친구가 말했다. 너, 이 자식, 우리 아버지가 죽어 있기를 희망하고 있구나? 너, 레이저 총맛 한번 볼래? 너 한번 짓밟혀 볼 텨? 그렇지만 그는 손거울로 햇살을 되쏘아 친구의 몸을 지지고 쑤셔 대지도 않고 짓밟으려 하지도 않았다.

산도깨비와 산모기가 함께 자자고 유혹할지도 모른다 싶어 이리 뛰고 저리 뛰면서 알밤을 주웠다. 호주머니가 가득해지자 집을 향해 뛰었다. 알밤 세 개를 까먹었다. 송곳니 뿌리가 흔들렸다. 그래, 오늘 밤에 자면서 송곳니를 부지런히 흔들어 놓자, 하고 결심했다. 그리고 내일 아침에 뽑아 버리자. 그대로 두면 덧니가 난다. 그 덧니가 멧돼지의 그것처럼 입술 밖으로 나간다. 지네한테 벌레 한 개씩을 넣어 주었다. 그것으로는 지네들의 배가 차지 않으리라 하며 뒤란 옹달샘 주위에서 민달팽이 두 마리를 잡아다가 주었다.

국을 데우기가 싫어서 맨밥만 먹었다. 지은 지 오래되어 눌눌해진 밥알들이, 개숫물 냄새가 나는 듯싶기는 하지만 오래 씹으니 과자처럼 달디달았다.

글짓기 숙제를 하려고 방바닥에 배를 깔고 엎드렸다. 부엉이에 대한 이야기를 쓸 참이었다. 글짓기 숙제를 얼른 하고 나서 송곳니를 흔들자.

그때 아련히 들려오는 파도 소리 사이에 뿌우 하는 소리가 끼어들고 있었다. 펄쩍 뛰어 일어났다. 문을 박차고 마당으로 뛰어나갔다. 등나무 아래로 가서 매봉 쪽으로 귀를 기울였다. 다시 뿌우엉 하는 소리가 들렸다. 그래, 부엉이다! 가슴이 풍선처럼 부풀어 나면서 화끈거렸다. 몸이 가벼워졌다. 두 팔을 벌려 저으면 새처럼 날아오를 것 같았다. 오징어 먹물 같은 어둠이 진을 치고 있는 매봉 아래쪽 숲에서 부엉이는 울고 있었다. 그 울음소리가 정수리에 박하사탕맛을 쏟아 붓고 있었고, 그 환한 기운이 등줄기와 심장과 허파로 번져 갔다. 코가 시큰해졌다. 목구멍이 뻐근해지면서 울음이 넘어왔고 눈에 물이 괴었다. 눈물방울에서 어둠이 굴절되었다. 굴절되어 헝클어진 어둠 타래 속에서 별들이 붉고 노란 색실처럼 풀어졌다. 가슴이 쓰라렸다. 아이고, 내 새끼야! 하고 코맹맹이 소리로 말하며 그의 엉덩이를 토닥거려 주던 할머니가 생각났다. 부엉이 소리를 한없이 듣고 싶어졌다. 부엉이는 한 마리가 아니었다. 부우 하고 매봉 아래쪽에서 울면, 개오지 뒷산마루 쪽에서 뿌우 하고 호응을 했다. 다시 화해를 하자고 조르는 모양이다, 하고 친구가 말했다. 그는 매봉 아래쪽 검은 숲과 개오지 뒷산마루의 검은 숲에서 번갈아 들려오는 소리를 들으며 말뚝처럼 박혀 서 있었다. 부엉이 소리로 말미암아 밤 세상은 색실로 된 술처럼 헝클어진 별빛으로 가득 차버렸다. 해선은 할머니 무덤을 향해 말했다. 할머니, 남편 부엉이하고 아내 부엉이가 함께 살도록 도와주십시오.

「아니, 이 섬 어디에 부엉이가 있니? 이것, 할머니한테서 들은 이야기 쓴 것 아니야?」

그가 써낸 부엉이 부부 이야기를 읽은 선생이 그의 눈을 빤히 들여다보았다.

아니어요, 하며 선생의 두 눈을 마주 바라보았다. 그것은 눈으로 말해 주기였다. 우리 집 뒷산에 정말로 있어요. 어젯밤에도 울었어요.

「정말이야?」

선생이 다짐을 받았다. 해선은 자기 말을 믿어 주지 않는 선생이 원망스러웠고 가슴이 답답해졌다. 입을 굳게 다문 채 고개를 끄덕거리기만 했다.

「내 친구가 수리부엉이에 대해서 잘 아는 사람인데, 그 친구 말을 들으니까, 지금 전국적으로 수리부엉이가 멸종 위기에 있다고 하던데?」

선생은 고개를 갸웃거리며 중얼거렸다.

「휴전선 근방에 몇 마리가 살고 있을 뿐이라던데, 이 외딴 섬에 그 부엉이가 살고 있다니? 만일 여기 그런 부엉이가 살고 있다면 내 친구 놀라겠는데? 아마 확인하려고 당장에 달려올 거야.」

해선은 무서워졌다. 학섬의 천 년 묵은 동백나무를 파간 대처의 도깨비들이 생각났다. 대처의 도깨비들은 선생의 친구를 따라 들어와서 매봉의 부엉이들을 잡아가 버리지 않을까. 그 도깨비들은 레이저 총이나 왕거미줄 같은 그물 덫을 가지고 있을 것이다. 그 도깨비들에 대한 생각 때문에 해선은 풀이 죽었다. 그가 풀 죽은 것을 본 선생이, 너희 집 뒷산에 부엉이가 정말로 산단 말이야? 하고 다시 다짐을 받으려 들었다. 선생의 목소리에서 쇳소리가 느껴졌고, 그것이 싫은 정을 솟아나게 했다.

「정말이어요.」

「내기할 거냐?」

「해도 돼요.」

선생은 해선에게 손가락을 걸자고 했다. 그가 응했다. 선생은 새끼손가락을 건 채 오른손 엄지를 농게의 꽃발처럼 치켜들었다. 그는 엄지손가락을 지네의 머리처럼 치켜들었다. 꽃발과 지네의 집게턱이 입맞춤을 했다.

「오늘 아주 저녁에 함께 가보자. 가서 내 귀로 똑똑히 들어 보고 친구에게 연락을 해야겠다.」

대처 도깨비를 불러들이는 것이 겁났지만, 그래도 선생과 함께 아버지 없는 집으로 간다는 사실이 즐거웠다.

이날 해 저물 녘까지 운동장에서 그네도 타고 미끄럼틀

도 타고 평균대도 타면서 선생이 나오기를 기다렸다. 타오르던 황혼이 꺼지고 땅거미가 내렸다. 운동장 안은 거무스레한 땅거미 담긴 저수지가 되었다. 그 속에 그가 혼자 서 있을 뿐이었다. 아직도 선생은 사무를 보고 있을까. 교무실 앞으로 가보았다. 교무실 안에서는 괘종시계 째각거리는 소리, 가끔 나무판에 돌 놓는 소리가 들려왔다. 두 선생이 바둑을 놓고 있었다. 저 바둑이 다 끝나야 나오실 모양이다. 다시 그네를 탔다. 방광이 부풀어 올라서 나무 보지에다 오줌을 갈겼다. 등 뒤의 허공에서 도깨비가, 너 나무 보지에 오줌 쌌다고 선생한테 일러바친다잉, 하고 말하는 것 같아 재빨리 자지를 감추고 몸을 돌렸다. 일러바칠 테면 얼마든지 일러바쳐 봐라, 하고 친구가 간 큰 소리를 했다. 자지 끝에 달려 있던 오줌 방울이 떨어져 허벅다리 살갗을 적셨다. 쓰팔, 하고 도깨비를 욕하며 시소 앞으로 갔다. 시소의 사북 위로 올라갔다. 사북을 가랑이 밑에 두고, 두 발을 양쪽 가지 위에 올려놓은 다음 이쪽 저쪽으로 기울어지게 몸의 중심을 이동시켰다.

운동장 안이 어둑어둑해지고 서쪽 산마루 위에 나타난 금빛 별 하나가 눈을 뒤룩거리기 시작했을 때에야 선생은 운동장으로 나왔다. 1, 2학년 선생하고 함께. 해선은 교문으로 달려가서 기다렸다. 교문 쪽으로 온 선생이, 아니 너 집에 안 가고 뭐 하니? 하고 물었다. 해선은 어리둥절했다. 선생은 전혀 낯선 사람이 되어 있었다. 해선이 머뭇거리고 있자 선생이 아 참! 하더니, 오늘 너하고 부엉이 소리 들으러 가기로 했었지? 하고 말했다. 해선의 머리를 쓰다듬어 주며 잠시 난처해하다가 1, 2학년 선생을 향해 양해를 구했다.

「아이고, 어쩌지요? 술은 내일 내야겠는데요. 이 아이하고 약속을 해놓고 내가 그만 깜빡 잊었네요.」

1, 2학년 선생이 그의 선생을 향해, 그냥 보내 버리시지, 하고 나서 그를 향해 퉁명스럽게 말했다.

「야, 오늘 느그 선생 바쁜 일 있으시다. 그냥 얼른 가거라.」

두꺼운 벽이 그와 선생들 사이를 가로막았다. 맥이 풀렸다. 어른은 어른들끼리 뜻을 맞춘다. 절망이 땅거미처럼 눈앞에 쏟아졌다. 그의 선생은 1, 2학년 선생이 이끄는 대로 따를 터이다. 쓰팔, 하고 친구가 투덜거렸고 그는 고개를 떨어뜨리며 몸을 돌렸다. 그의 선생이, 혼자 갈 수 있겠니? 하고 물었다. 그 말이 그의 가슴속을 쇠꼬챙이처럼 할퀴었고, 그 아픔이 울음덩이를 솟구쳐 오르게 했다. 그는 개오지 연안 쪽으로 달리기 시작했다. 그의 선생이, 정말 혼자서 갈 수 있겠니? 하고 다시 물었다.

해선은 솟구치는 울음을 혀끝으로 씹으며 주먹을 부르쥐고 뛰었다. 쓰팔 놈들, 개좆같은 놈들, 하고 친구가 소리쳤다. 막돼먹은 소리를 뱉고 있는 친구를 그는 나무라지 않았다. 욕을 퍼부어 주고 있는 친구가 고마웠다. 어헉어헉 울음을 뱉어 내면서 달려가는데, 야 해선아, 같이 가자, 하는 선생의 목소리가 뒤따라왔다. 저것은 네 선생이 아니고 도깨비다, 하고 친구가 말했다. 등줄기에 전율이 일었다. 그는 식식거리며 멈추지 않고 뛰었다. 눈물에 굴절된 땅의 어둠과 하늘의 희미한 빛이 거대한 혼돈의 소용돌이를 만들고 있었다. 돌부리와 허방처럼 팬 땅바닥을 디디고 비틀거렸다. 눈물을 주먹 등으로 훔치고 싶었지만 참았다. 눈물 훔치는 것을 그의 선생이 알아챌까 두려웠다. 눈을 크게 뜨고 눈물을 바람으로 말리기로 했다. 그만한 일로 운다는 것은 자존심 상하는 일이었다. 눈물 때문에 걸음이 느렸으므로 선생이 그를 따라잡았다. 선생의 손이 그의 한쪽 손을 잡았다.

개오지 연안을 거쳐서 아버지의 양식장으로 들어섰다. 서쪽 하늘은 옥색 칠을 해놓은 듯했다.

한데 부엉이가 울지 않았다. 반쪽으로 갈라놓은 듯한 달은 그의 집 지붕 위에 떠 있었다. 이 무렵쯤이면 부엉이의 울음소리가 들려와야 하는 것이었다. 달과 매봉산의 검은 숲을 번갈아 쳐다보았다. 달이 원망스러웠다. 왜 매봉산 부엉이에게 빨리 울라고 시키지 않는단 말인가. 초조해하며 숨을 멈추고 귀를 매봉 쪽과 개오지 뒷산마루

쪽으로 기울였다. 별들은 여느 때보다 더 초롱초롱해졌다. 선생은 매봉산을 향해 선 채 담배 한 개비를 피워 물었다. 해선의 말을 믿고, 학교에서 3킬로쯤이나 떨어진 개오지까지 온 자신을 나무라고 있었다. 닭의 뱃속에 금덩어리가 들어 있다는 열 살 아이의 말을 믿고 배를 갈라보니 피만 나오더란다, 하고 할머니가 말했었다. 선생이 시계를 들여다보았다. 아버지가 돌아오지 않는 게 다행이었다. 아버지가 있었으면 선생이 부엉이 소리를 듣지 못하고 돌아간 다음에, 이 자식아, 너는 먼 그런 쓸데없는 소리를 지껄여 갖고 선생을 골탕 먹이냐 하고 엉덩이를 걷어찰 터인데.

 정말로 부엉이 울음소리를 듣긴 들은 거야? 하고 선생이 물었다. 해선은 그 말을 듣지 못한 체했다. 선생은 쓴 입맛을 쩝쩝 다셨다. 담배 한 개비를 더 빼어 물고 꽁초가 다 된 담뱃불에 대고 빨았다. 들이켠 연기를 후우 하고 뿜어내고 나서 선생은 알았다고 하며 그냥 돌아갈 뜻을 비쳤다. 저놈의 부엉이를 잡아 죽여야 한다, 하고 친구가 투덜거렸다.

「혼자 어떻게 갈래?」

 해선은 조울증이 일어났다. 이날 저녁따라 부엉이는 왜 울지 않는단 말인가. 울분과 슬픔이 목구멍까지 차 올랐다. 주먹처럼 뭉쳐진 그것들이 입으로 넘어왔다. 울음 터지는 것을 억제하기 위해 숨을 멈추었다. 눈물 흘리고 있음을 선생에게 보여 주고 싶지 않아 혀를 깨물면서 매봉산 쪽으로 돌아섰다.

「선생님은 괜찮으니까 울지 말고…… 내일 보자아!」

선생은 해선의 등을 토닥거려 주고 몸을 돌렸다. 조금만 더 기다리면 부엉이가 울 거라는 말을 선생에게 하고 싶었지만 입을 열지도 못했다. 선생을 향해 허리와 머리를 깊이 숙여 주었을 뿐, 안녕히 가시라는 말도 하지 못했다.

등나무 밑에서 서성거리며 이를 악물었다. 부엉이를 잡아 혼내 줄 생각을 했다. 절벽을 타고 오르면 부엉이가 있을 것이다. 매봉 절벽을 어떻게 타고 오를 것인가. 내가 기어 올라간들 날아가지 않고 내 손에 잡혀주기나 할까. 선생의 희끄무레한 뒷모습이 개오지 연안 모래밭길 저쪽의 보얀 달안개 속으로 사라졌다. 앙다문 이빨 때문에 턱과 볼 근육이 뻐근해졌다. 도깨비 같은 니놈 때문이야, 하고 만만한 친구한테 분풀이를 했다. 발아래 있는 친구의 머리통과 가슴과 다리를 짓밟고 또 짓밟았다.

내일 선생을 어떤 얼굴로 대할까. 선생은 있지도 않은 부엉이가 울었다고 글을 쓴 나를 미워할 것이다. 1,2학년 선생한테 부엉이 울음소리 못 듣고 돌아온 이야기를 하고 어처구니없어할 것이다. 1,2학년 선생은 5,6학년 선생과 청부 아저씨에게 그 말을 하고, 청부 아저씨는 아이들에게 말을 퍼뜨릴 것이다. 개코와 짝귀가 골려 댈 것이다. 누구누구는 울지도 않은 부엉이가 울었다고 거짓말을 해 갖고 선생님을 골탕 멕였다네, 하고. 발아래서 짓밟히는 친구가 말했다. 너는 진실을 말했는데, 부엉이가 때맞추어 울어 주지 않았을 뿐이다. 해선은 매봉산을 쳐다보면서 침을 퉤 뱉어 주고 혀를 널름거리고 주먹총을 먹여 댔다. 아나, 좆이나 먹어라. 매봉산 절벽을 타고 올라가 그 자식을 잡아 모가지를 비틀어 죽이리라 했다.

뱃속에서 꼬르륵 소리가 났다. 가슴이 쓰라렸다. 방에 불을 밝혔다. 지네를 거들떠보지도 않았다. 국에 밥을 말아 먹었다. 그러면서도 귀를 매봉 쪽으로 기울였다. 파도 소리와 풍표옹 옹달샘의 노랫소리만 들려왔다. 너 이 자식, 죽어 봐라. 절벽 타고 올라가서 너희 집 다 부숴 버릴 것이다. 너를 못 잡으면 너희 새끼들을 잡아 죽일 것이다. 이번 일요일에 그 일을 결행하기로 단단히 마음을 먹었다.

그때 매봉 쪽에서 무슨 소리가 날아왔다. 뿌우. 아, 부엉이가 울고 있다. 이 자식아, 무얼 하고 있다가 이제야 우는 거야? 저 소리를 선생한테 들려주자, 하고 친구가 소리쳤다.

몸을 일으키자마자 개오지 연안 모래밭길로 뛰어갔다. 달이 서산마루에 걸려 있었다. 친구가 따라붙었다. 두 팔을 칼같이 펴 늘이고 독수리처럼 날듯이 달려갔다. 그의 선생이 살고 있는 관사로 갔다. 숨이 턱까지 차 올랐다. 관사 창문에 불이 환했다. 텔레비전 소리가 들려왔다.

　선생님 어헉어헉, 선생님, 지금 부엉이가, 어헉 울고 있어요, 어헉…… 하면서 그는 받은 침을 삼키고 헐떡거리며 말했다. 목소리에 울음이 섞여 있었다. 관사의 방 안에서는 아무런 반응이 없었다. 벌써 잠을 자는 것일까. 그는 다시 더 큰 소리로 선생을 불렀고 같은 말을 뱉어 냈다.

　문이 벌컥 열리고 선생이 나왔다. 잠옷 바람이었다. 해선은 계속해서 헐떡거리고 있었다.

「선생님 어헉, 지금 부엉이가, 어헉 울고 있어요, 어헉.」
「……정말이야?」

　선생의 얼굴을 쳐다보는 그의 두 눈에 눈물이 괴고 있었다. 울음이 넘어오지 못하게 하기 위해 숨을 멈추고 혀를 아프게 깨물었다.

「부엉이가 울어서 이렇게 뛰어왔냐? 지금 함께 가자고?」
　다가온 선생이 그의 머리를 쓰다듬었다.
「아이고, 우리 해선이!」

　그러나 선생은 해선과 함께 다시 개오지 안쪽의 그의 집까지 가려 하지 않았다. 하늘과 바다보다 더 깊고 짙푸른 해선의 순수에 현기증을 느끼고 있었다. 그것을 부담스러워하고 귀찮아하고 있었다.

「알았다. 다음에 가서 들어보기로 하자. 내가 가서 안 들어 봐도, 그놈이 운 것은 운 것일 테니까.」

해선은 어둠 속에서였지만, 선생의 눈이 말하고 있는 바를 읽을 수 있었다. 텔레비전 소리 흘러나오는 방의 형광등 불빛을 등지고 있는 선생의 눈은 난처해하고 있었다. 해선이 더 졸라 대지 않고 돌아가 주었으면 하고 바라고 있었다.

해선은 순간 새까맣게 날리는 포말을 보았다. 그것이 해선의 가슴속으로 쓰레기 태우는 연기처럼 흘러 들어왔다. 니가 무어라고 졸라 대도 선생은 부엉이 소리를 듣기 위해 가려 하지 않을 것이다, 하고 친구가 소리쳤다. 해선은 몸을 돌리자마자 달리기 시작했다.

「내가 데려다 주리야? 혼자서 안 무섭겄냐?」

선생이 등 뒤에서 소리쳐 물었다. 그것은 어른들이 의례적으로 하는 거짓말임을 해선은 잘 알고 있었다. 그 말을 못 들은 체하고 달렸다. 어차피 세상은 자기 도깨비하고만 함께 살아가는 것이다. 내 도깨비가 다른 도깨비나 귀신을 물리쳐 준다. 어슴푸레한 달안개를 헤치고 헐레벌떡거리고 달려갔다. 매봉산 부엉이가 어째서 아까 선생 왔을 때는 안 울었는지 아냐? 하고 친구가 물었다. 어째서 안 울었는데? 매봉산 부엉이는 선생을 따라다니는 도깨비를 싫어하는 것이여.

18

 폐선을 곁눈질하며 개오지 연안 모래밭길을 달렸다. 숲에서 돌아왔을 폐선의 혼령을 떠올렸다. 오금이 저렸다. 사금굴 앞을 달렸다. 그 속에서 달려나온 도깨비 한 놈이, 부자 방망이 하나 줄게 이리 오너라, 하고 홀리는 듯싶었다. 학섬 앞을 지났다. 학섬 옆에는 새로운 섬이 아직 생기지 않고 있었다. 집에 이르렀다. 매봉 아래 검은 숲 쪽으로 귀부터 기울였다. 숨을 멈추었다. 심장 뛰는 소리가 귀청을 울리고 있을 뿐이었다. 숨을 더 참을 수가 없어 어헉어헉 하고 헐떡거리며 매봉 쪽으로 돌아선 채 두 손을 양쪽의 귓바퀴 뒤에 가져다 댔다. 부엉이가 울고 있었다. 가슴이 벅차올랐다. 부엉이는 우리 편이다, 하고 친구가 소리쳤다. 허기진 듯이 그 울음소리를 귓속에 담았다. 더 들어가려 하지 않는 소리를 우겨넣고 쑤셔 담았다. 억지를 써서 선생을 모시고 올 것을 잘못했다고 아쉬워했다. 쓰팔, 거기까지 갔는데도 따라오지 않다니…… 하고 친구가 선생을 원망했다. 선생은 부엉이가 살고 있다는 사실 자체를 믿지 않고 돌아갔다. 어른들은 그렇게 늘 진실을 비켜 나간다. 스스로 주도면밀하다고 말하곤 하면서도 그렇게 늘 허방을 디디고 비틀거리곤 한다. 슬프고 억울했다. 거친 숨결을 타고 울음이 터져 나오려고 했다. 콧속이 시큰해지고 눈시울이 뜨거워지고 목구멍이 뻣뻣해졌다. 눈물 나오지 않게 하는 법, 울음 그치게 하는 묘방을 쓰기로 했다. 혀를 이 끝에 놓고 깨물면서 눈을 끔벅거리고 서산 머리에 얹혀 있는 달과 별을 쳐다보았다. 커피병 속의 지네를 생각했다. 내 속에도 지네가 들어 있다. 지네 키우는 사람은 울지 않아야 하는 법이야, 하고 친구가 말했다. 그 어떤 것도 두려워하거나 무서워하지 않아야 한다. 나 따라왔으면 부엉이 울음소리 들을 수 있을 터인데……. 쓰팔, 어른들은 손에 쥐여 줘도 모른다.

안방과 부엌에 불이 켜져 있었지만 그의 집은 여느 때보다 더 작아 보였다. 산의 검은 그림자 속에서 집은 몸을 웅크리고 있었다. 아버지는 어디에서 무얼 하느라고 들어오지 않는 걸까. 부엉이 울음소리를 가슴에 보듬고 집 안으로 들어갔다. 집을 오래 비워 두면 도깨비가 들어와 살림살이를 한다던 할머니 말이 떠올랐다. 사방을 둘러 살폈다. 도깨비의 모습은 보이지 않았다. 전등 불빛으로 인해 어슴푸레하게 몸이 부풀어 난 친구가 방바닥과 바람벽에 허리를 걸치고 있었다. 내가 있는 한 도깨비는 쳐들어오지 못한다, 하고 친구가 말했다. 커피병을 집어 들어 전등 불빛에 비춰 보았다. 지네들은 자고 있었다. 병을 옆으로 기울였다가 흔들어 댔다. 지네들이 똬리처럼 말았던 더듬이를 펴서 더듬거리고 샛노란 캐터필러 같은 발들을 스멀스멀 움직거려 댔다. 병의 안쪽 벽을 타고 기어오르려 하면서 머리를 양옆으로 춤을 추듯 저어 댔다. 그 춤을 오래 추려 하지 않았고, 곧 미끄러져 바닥으로 떨어졌다. 몸통과 발들을 멈추었다. 더듬이를 이리저리 움직여 주위의 상황을 감지하려고 하다가 그것마저도 그만두었다. 더듬이를 똬리처럼 말았다. 소라고둥의 나선 방향이었다. 친구가, 그들이 그렇듯 무기력하게 움직이는 까닭을 말해 주었다. 지금 니 손에 벌레 들려 있지 않음을 알아 버린 것이다. 그들을 향해 중얼거렸다. 내일 아침 일찍 일어나서 밤벌레랑 민달팽이랑 많이 잡아다가 줄게.

 전등불을 켜놓고 자면 불빛 좋아하는 흰색 도깨비가 들어와서 함께 자려 한다. 그는 불을 끄고 친구와 같이 이불 속으로 들어갔다. 이불자락을 머리 위까지 덮었다. 친구가 잠 빨리 드는 비법을 쓰자고 했다. 하나에다 둘을 더하면 셋이고요, 셋에다 셋을 더하면 여섯이고요, 여섯에다가 넷을 더하면 열이고요⋯⋯ 하고 합산을 해갔다. 마흔 다섯에 열을 더하면, 하다가 까무룩 했다.

눈뚜껑에 걸쳐진 실거미줄 한 가닥이 바람에 하늘거리는 것 같아 눈을 번쩍 떴다. 창문이 하얬다. 날이 밝아 있었다. 아버지는 돌아오지 않았다. 자리를 박차고 일어나자 간밤 지네와 한 약속이 생각났다. 양식장의 수로둑을 건너갔다. 저수지에만 물이 담겨 있을 뿐, 네 조각인 양식장에는 거무스레한 갯벌이 드러나 있었다. 새우한테 먹이 줄 일이 없어졌으므로 아버지는 마음 놓고 어딘가를 떠돌고 있는 것이다. 쓰팔, 들어올 테면 들어오고 들어오지 않을 테면 얼마든지 들어오지 말라고 해라, 하고 친구가 투덜거렸다. 밤밭으로 달려갔다.

선생하고 눈길을 마주치기 싫어 고개를 떨어뜨리고 있곤 했다. 선생이 눈길을 뻗어 오면 얼른 피해 버렸다. 매정한 사람에게는 매정하게 굴어야 하는 것이라고 친구가 부추겼다. 청소 시간에 의자 밑을 빗자루로 쓰는데 담임 선생이 다가와서, 어젯밤에 너 집에 돌아가니까 그때까지도 부엉이가 울고 있었니? 하고 물었다. 그는 못 들은 체 했다. 어른들 다루는 법은 간단하다. 어른들은 고독에 약하다. 상대가 어떤 일로 인해 삐친 듯싶으면 접근해서 아부 아첨하고 언구럭과 너스레를 떨며 달랜다.

 선생이 다시 같은 말을 물었다. 말없이 고개만 끄덕거려 주었다. 선생은 그의 머리를 쓰다듬어 주며, 그래 차분해지면 부엉이 소리 한번 들으러 가자, 하고 말했다. 그 말을 어떻게 믿는단 말이냐, 하고 친구가 투덜거렸다.

 학교에서 돌아온 해선은 여느 때처럼 알밤을 주워 왔고 지네에게 벌레를 먹인 다음 생것을 씹어 먹었다. 친구하고 함께 이불을 뒤집어쓰고 마음을 독하게 먹은 채 송곳니를 흔들어 댔다. 부지런히 흔들어 근들거리게 한 다음 내일 아침에 뽑아 버리자. 아버지 돌아오기 전에 뽑아 버리자. 덧니가 나면 드라큘라처럼 된다. 멧돼지처럼 된다. 코끼리처럼 된다. 구구법 1단을 외우고 2단을 외우고 3단, 4단, 5단, 6단을 외울 때까지 송곳니를 억세게 흔들었다. 그런 어느 순간에 까무룩 잠이 들었는가 했는데, 양식장 어귀로 새우 차 들어오는 소리가 들렸다. 새우를 다 출하해 버렸는데 웬 차가 들어올까, 하고 소스라쳐 일어났다. 옆자리에서 아버지가 코를 골며 자고 있었다. 코 고는 소리가 새우 차 소리로 들렸던 것이라고 느끼면서, 동시에 스스로가 알몸으로 자고 있음을 알아차렸다. 반사적으로 방바닥과 사타구니부터 더듬어 보았다. 다행히 오줌을 싸지 않았다. 방광이 탱탱하게 부풀어 있었다.

 아버지는 그가 소스라쳐 일어나는 것도 모른 채 코를

골아 댔다. 코 고는 소리는 개오지 연안의 자갈밭 색깔이었다. 방 안에는 아버지가 코로 뿜어 댄 어둠이 가득 들어차 있었다. 오징어는 제 몸을 감추기 위해 먹물을 뿜는다. 세상에 존재하는 모든 것들은 가끔 오징어처럼 제 몸을 감추고 싶어한다. 아버지의 작업복 바지나 점퍼들이 걸려 있는 바람벽과 해선의 옷이 아무렇게나 내던져져 있는 방 구석과 천장들은 검었고, 책보자기만 한 유리창문은 옥색이었다. 창문 밖에 달빛이 흰 거품 어린 물너울처럼 떠다니고 있었다. 달빛과 어둠은 전혀 이질적인 각각의 세계였다. 두 개의 세계가 싸우고 있었다. 그러나 자세히 보면, 싸운다기보다는 서로가 서로를 보듬고 어우러지면서 함께 는실난실해지고 있었다. 방 안의 어둠이 묽어진 것은 바깥의 달빛이 안타깝게 발싸심한 결과였다.

아버지는 자기가 어른으로서 철이 들어 있는 만큼 밝은 세상 쪽에 자리매김해 있다고 생각한다. 그리하여 어둠 속에 들어 있는 아둔한 철부지인 해선과 자기를 차별화시키려고 애쓰곤 한다. 때문에 폭군처럼 군림하려고 든다. 선생도 예외는 아니다. 말만 어린이들의 인격을 존중한다고 할 뿐, 이런저런 술수를 써서 어린아이들을 축구공처럼 다루곤 한다. 발끝으로 밀어 차서 앞으로 굴러가게 하기도 하고, 발 안쪽 면으로 때려서 옆으로 굴러가게 하기도 하고, 공의 밑면을 찍어 차서 공중으로 솟구치면서 회전하게 하기도 한다.

 아버지와 선생은 시간을 잘못 적용하고 있다. 똑같은 시간 속에 어우러져 흘러가고 있으면서도 해선보다 아주 많은 거리를 앞장서서 흘러가고 있는 것으로 착각한다. 그리하여 자기를 뒤따라오지 못하는 해선을 무시한다. 양쪽의 눈높이가 같고, 어떤 경우에는 해선의 것이 더 높은데도 불구하고, 자기들의 눈높이가 훨씬 높다고 착각하고 낮은 곳에 자리해 있다고 여겨지는 해선 앞에서 오만하게 군다.

 어른들은 달빛과 어둠이 한데 어우러지고 섞일 수 있는 거라는 것, 새까만 어둠에 달빛을 가까이 대면 어슴푸레해진다는 원리를 모른다. 대개의 경우에는 어른이 아이보다 더 칙칙한 어둠의 시간 속에 뒤처져 있는데 그것이 그렇다는 사실을 놓치고 산다. 철이라는 것과 나이의 많고 적음만을 앞세운 어른들은 자기가 파놓은 허방(욕심과 오만덩어리) 한 개씩을 앞에 놓고 디디고는 거꾸러지곤 하는 미련스러운 존재들이다.

 코 고는 소리 사이사이에 바다 물결 소리와 뒤란 옹달샘 퐁표옹 하는 노랫소리가 기어 들어왔다. 그 소리들 말고 또 다른 소리 하나가 흘러 들었다. 옥색의 달빛이 내는 소리였다. 머릿속과 가슴을 아릿하게 하는 그 소리를 듣기 위해 귀를 종그렸다.

옥색의 달빛이 내는 소리는 한없이 그윽하고 웅숭깊기 때문에 그 폭과 높이를 가늠할 수 없다. 플라타너스 잎사귀들을 갉아 먹는 흰불나방의 심장 뛰는 소리 같기도 하고, 지네들의 숨 쉬는 소리 같기도 하고, 왕거미가 정교한 마름모꼴 집을 짓기 위하여 꽁무니로 줄을 빼낼 때 나는 소리 같기도 하고, 꽃들에게 제 얼굴을 손거울로 비춰 보여 주었을 때 그 꽃들이 수줍게 웃는 소리 같기도 했다. 잠을 자다가 그 소리가 들려와 눈을 뜨면 달빛이 창밖의 뜨락에서 세상을 핥아 대고 있었다. 치자꽃 향기나 춘란 꽃 향의 파장 같은 것. 허공을 훨훨 날아가면서 할머니가 냈을 그 스적스적 소리 같은 것.

달빛이 세상을 그렇게 핥아 대는 까닭을 그는 알고 있었다. 훨훨 날아가시기 한 해 전의 추석날 밤에 할머니는 중천에 떠오른 달을 쳐다보며 달선녀 이야기를 해주었다. 「염소뿔 같은 저 초승달이 조금씩 커져서 만월이 되는 것은 하늘나라 달선녀 때문이란다. 달은 사실은, 새까만 밤하늘 길을 떠도는 한 개의 둥그런 비닐 자루 같은 투명 물통이다. 아주아주 부지런하고 착한 달선녀가 그 투명 물통에 날마다 하얗게 빛나는 물을 길어다가 붓는단다. 어둠은 한 톨도 없고 빛물만 지천으로 널려 있는 나라에서 빛물 한 동이를 길어서 머리에 이고 머나먼 하늘길을 달려가서 달자루에 부어 놓으면 달은 그 빛물 한 동이를 부은 만큼 커지는 것이제이. 열닷새 동안 열다섯 동이의 빛물을 부으면 달자루는 가득 찬다. 그런디 달선녀가 열닷새 동안 그 일을 하느라고 미뤄 놓은 집안일을 하러 간 사이에 도둑이 드는구나. 항상 물이 없어 쩔쩔매는 사막 별나라 물선녀가 날마다 와서 그 물을 한 동이씩 훔쳐 간단 말이다. 그런께 달은 점차 일 그러지다가 마침내는 빛을 완전히 잃어뿔게 되는 것이제이. 그러면은 이 세상에 달빛이 사라진 것을 알아차린 달선녀는 제 집안일을 서둘러 끝내 놓고는 다시 빛물을 길어 가지고 허위허위 달려가서 달자루에다가 채우기 시작한다. 한결같이 하루도 빠짐없이. 그렇게 해서, 어디 한 군데도 찌그러진 데 없이 둥그런 달을 만들어 놓고 달선녀는 비로소 후유 후 하고 안도의 숨을 쉼스름 또 제 일을 보러 가는구나. 그런디 아이고, 어쩔거나! 이튿날부터 또다시 사막 별나라 물도둑이 와서 물 한 동이씩을 퍼가는구나. 그렇게 물을 길어 나르고 몰래 퍼가 뿔고 하는 숨바꼭질 같은 그 일은 시방까지 몇 천억만 년 동안 계속되어 오고 있다. 앞으로, 나 죽고 없어진 뒤에도 계속해서 그럴 것이다잉.」

이야기를 끝내고 한동안 달을 쳐다보고 있던 할머니는 물었다.

「우리 해선이는 달선녀 같은 사람이 될 테냐, 사막 별나라 물도둑 같은 사람이 될 테냐?」

해선은 물끄러미 달만 쳐다보고 있었다.

말할 것도 없이 달선녀 같은 사람이 되어사제이, 온 세상 천지를 환하게 밝혀 주는, 잉? 하고 말하면서 할머니는 해선의 엉덩이를 토닥거렸다.

이때 해선은 전혀 엉뚱한 생각을 하고 있었다. 자기를 낳은, 물보라가 둔갑해서 된 어머니는 달선녀 같은 여자일 터이고, 굿을 해주고 시루떡과 숭어구이, 농어구이, 삶은 돼지고기, 사과, 배, 귤, 수박 들을 머리에 이고 오곤 하는 할머니는 사막 별나라 도둑선녀 같은 여자일 거라는 생각. 해선은 갈피를 잡을 수 없었다. 장차 그는 달선녀 같은 사람이 되어야 할 것 같기도 하고, 빡빡 늙어서 굿을 못하게 된 할머니를 먹여 살리기 위해서는 사막 별나라의 도둑선녀 같은 사람이 되어야 할 것 같기도 했다.

19

 아버지의 그물더미에 오줌을 갈겼다. 밤나무숲 위에 얹혀 있는 달이 그의 벌거벗은 알몸을 엿보고 있었다. 오줌 빠져나가는 요도에서 표르릉 끼르릉 풀벌레 울음소리가 나고, 그 소리 때문에 전율이 일어났다. 체머리 흔들듯이 고개를 저으며 진저리를 치고 돌아서서 현관문을 향해 달려갔다. 문고리를 돌리려다가 멈칫했다. 작은방 쪽에서 무슨 기척인가가 파동 쳤다. 부스럭거리는 소리였다. 쥐가 들어갔을까. 쥐는 아니었다. 으으 하고 앓는 소리도 함께 들려오고 있었다. 아, 산도깨비가 들어가 놀고 있다, 하고 친구가 말했다. 저것들이 건방지게 남의 집 작은방에 들어와 살림살이를 하고 있어? 아버지까지 들어와 자고 있는데 저것들이 함부로 들어가서 까불어? 살금살금 작은방 문 앞으로 가볼까 하다가 섬뜩 무서운 생각이 들어 현관문을 열고 들어가 버렸다. 지금 작은방에는 할머니의 혼령이 들어와 있다. 아니, 할머니 혼령의 탈을 쓴 마귀할멈일 것이다.

이불을 뒤집어썼다. 작은방 쪽으로 귀가 달려갔다. 그쪽에서 무슨 소리가 계속 들려왔다. 혹시 아버지가 짐승 한 마리를 가지고 와서 저 방에 넣어 놓았을까. 어떤 짐승인데 으으 어어 어버 하는 소리를 낸단 말인가. 귀신이나 도깨비가 사람의 소리를 흉내 내는지도 모른다. 그냥 자자, 하고 친구가 말했다. 다시 까무룩 잠이 들었는가 했는데, 그는 어느 사이엔가 개코와 번갈아서 놀이터 옆의 나무 보지에다가 오줌을 갈겼다. 오줌이 나오지 않아 힘을 끙 쓰면서 갈겼다. 치치치치…… 하는 소리에 놀라 눈을 떴다. 그는 반사적으로 방바닥부터 더듬었다. 아이고, 이를 어쩌나. 오줌이 괴어 있었다. 다행히 아버지는 옆에 있지 않았다. 몸을 일으키면서 이불자락을 들어 젖혔다. 이불 한쪽 자락이 검게 젖어 있었다. 아버지가 알기 전에 얼른 조처할 수밖에 없었다. 젖은 부분이 속으로 들어가게 둘둘 말아서 윗목 구석으로 밀어 놓고 걸레를 가져다가 닦았다. 가능하면 빨리 밥을 먹고 학교로 튀는 수밖에 없다고 친구가 말했다.

방광이 부풀어 있었지만 밖으로 나가지 않고 부엌으로

달려가 보았다. 그가 하는 수작을 아버지가 보았는지 어쨌는지 살피기 위해서였다.

압력 밥솥이 바야흐로 증기를 뿜기 시작했고, 아버지는 말없이 무를 도마 위에 놓고 썰고 있었다. 그의 오줌 싼 껌새를 채지는 못한 것이었다. 발소리를 죽이면서 몸을 돌리는데 아버지가 그를 돌아보지도 않은 채 근엄하면서도 무뚝뚝하게 말했다.

「너 작은방 문 앞에 가까이 가지 마라이. 절대로이! 잉? 거기 백여시 한 마리 들어 있다이. 가까이 가면은 니 간을 쏙 빼묵는다잉? 알겄냐?」

그는 정수리에 무엇인가가 떨어지는 듯싶어 멍해졌고, 아버지를 멀거니 쳐다보고만 있었다. 아버지의 뒷모습을 쳐다보는 눈길을 타고 왕거미줄 같은 그물 자락들이 날아 들어와 싹터 나오는 생각들을 포박하고 있었다. 간밤에 작은방에서 들려오던 그 소리가 바로 백여시의 소리였구나. 그 백여시를 아버지는 어디에서 잡아 왔을까. 그것은 어떻게 생겼을까. 간밤에 오줌 누러 나갔을 때 작은방 문 앞으로 살금살금 가서 들여다볼 것을 그랬다, 하고 친구가 안타까워했다.

아버지가 다시 한 번, 알겄냐? 잉? 하고 다짐을 받으려 들었다. 오줌을 누러 가는 체하고 그는 밖으로 뛰어나갔다. 대관절 무슨 백여시가 들어 있다는 것일까. 머릿속에,

노랑물 들인 머리를 길게 따 늘이고 까치저고리에 분홍치마를 차려 입고 분을 하얗게 바르고 입술을 빨갛게 칠한 예쁜 처녀 모습이 떠올랐다. 외딴 산길에서 서당에 다니는 미남 총각을 홀렸다는 백여시가 둔갑하여 된 처녀. 사람을 어지럽게 해서 쓰러뜨리고 간을 빼먹는다는 꼬리가 아홉 개나 달린 백여시.

그물더미에 오줌을 갈기면서 작은방 문을 돌아보았다. 문고리에 걸려 있는 손바닥만 한 샛노란 자물통이 아침 햇살을 받아 반짝 빛났다. 작은방 문 앞으로 다가가서 안을 들여다보고 싶어 환장할 것 같았다. 방광에 아직 오줌이 남아 있었지만 서둘러 오줌 줄을 잘랐다.

옷을 입고 책가방을 챙겨 놓고 부엌으로 갔다. 이불에다가 오줌 싼 날 아침에는 가능하면 빨리 밥을 먹고 학교로 튀어야 한다. 아버지는 싱크대 위의 도마를 내려다보며 칼질을 하고 있었다. 도마 위에는 검붉은 돼지고기 한 덩이가 놓여 있었다. 압력 밥솥의 증기 뿜는 소리가 약해져 있었다. 아버지는 예전의 아버지가 아니었다. 머리를 짧게 깎은 채였고, 선홍색 삼각 팬티와 소매 없는 연둣빛 러닝셔츠를 입고 있었다. 얼굴과 굵은 팔과 다리 살갗은 희고 투명했다. 그 살갗에 털들이 드문드문 나 있었다. 며칠 전에 집을 나간 아버지는 죽거나 어딘가로 사라지고, 대신 쥐나 고양이나 호랑이가 아버지로 둔갑하여 나타난 듯싶었다.

하긴 예전의 아버지도 보통의 사람이 아니었다. 날마다 모습이 바뀌곤 했었다. 시시때때로 모습과 얼굴이 달라지곤 했었다. 마치 바다의 색깔이 녹색이었다가 회색이었다가 남색이었다가 청람색이었다가 남보라색이었다가 하듯이.

「아부지 없어도 학교 잘 다녔지? ……오늘 아침에는 아부지가 고깃국 맛있게 끓여 주께, 많이 묵고 학교 가거라.」

이날 아침 무슨 일을 내려고 아버지가 저렇게 따뜻한 분위기를 만들어 퍼뜨리고 있을까.

고깃국이 끓으려면 한참을 더 있어야 한다. 그때까지 우두커니 앉아 기다리고 있을 수 없었다. 알밤이나 주우러 갔다 오자. 지네에게 벌레를 잡아다가 주면 아버지가 좋아할 것이다. 수로둑을 타고 밤밭으로 달려갔다. 조심해라, 하고 친구가 말했다. 너희 아버지가 이불에 지도 그려 뭉쳐 놓은 것 보면 너 된통 혼날 것이다. 아주 밥을 먹지 말고 학교로 튀어 버려라. 밥 안 먹고 가면 밥 안 먹고 갔다고 더 혼날 텐데? 하고 그가 반발했다.

모래톱에서 재주를 넘는 파도들과 밤나무숲의 음험한 그늘 속으로 몸을 감춘 산도깨비들이 서로 무슨 말들인가를 주고받느라고 쩝쩝 입맛 다시고 웅얼거리고 도란거렸다. 야아, 산도깨비들아, 너희들 아침 해 떠오른 뒤에 나오면 해한테 그을려 죽는 줄 알지? 하고 친구가 숲 그늘을 향해 소리쳤다. 산도깨비들에게 당당한 친구의 존재가 해선은 고맙고 든든했다. 그렇지만 수꿀한 눈으로, 밤나무숲 사이로 보이는 쪽빛 하늘과 그 하늘을 배경으로 떠 있는 검푸른 밤나무 잎사귀들을 둘러 살필 수밖에 없었다. 잎사귀들이 바람에 팔랑거렸다. 그 팔랑거림이 산도깨비들의 말이다. 귀신이나 도깨비나 사람의 몸을 떠난 혼령들은 바람으로써 자기의 의사 표시를 한다고 할머니가 그랬었다.

억새숲 속에 통밤 한 개가 있었다. 쪽밤이 반달이라면 통밤은 온달이다. 철쭉나무들 틈새에 갈색 밤송이 하나가 있었다. 알밤 3형제가 나란히 얼굴을 내밀고 있었다. 그 가운데 두 개가 벌레로 말미암아 뚫려 있었다. 그것들을 호주머니에 넣었다. 지네를 키우고 있는 요즘에는 벌레 들어 있는 것들이 더 반갑다. 싸리숲 속에는 쪽밤 두 개가 나란히 웅크린 채 초롱초롱한 눈으로 그를 쳐다보고 있었다. 그는 청설모처럼 이리 뛰고 저리 뛰면서 알밤을 주웠다. 순식간에 호주머니가 가득 찼다.

호주머니에 든 알밤들이 밖으로 튀어나오지 않도록 한 손으로 시울을 누르면서 수로둑을 달렸다. 그의 가슴은 두근거렸다. 흥분 속에 들어 있었다. 작은방의 백여시와 오늘 아침의 아버지의 변신이 그를 붕붕 뜨게 만들었다. 적어도 세상이 달라져 있었다. 하늘도 바다도 산도 바람도 어제의 그것들보다 색깔이 더 진해져 있고 산뜻해져 있었다.

　아버지는 불가사의였다.
　할머니는 아버지를 얻기 위해 석삼년 동안이나 칠성님에게 치성을 드렸다고 했었다. 매일 꼭두새벽이면 뒤란의 정화수로 멱을 감고 무릎을 꿇고 팽나무 밑에서 비손을 했다는 것이었다. 칠성님은 가장 큰 나무를 타고 강림하므로. 그리고 사흘에 한 번씩 읍내에 다니면서 미륵댕이 절의 미륵부처님한테 3천 배씩을 했다. 지성이면 감천이라고, 오래지 않아 태기가 있었고 배가 운신하기 어려울 정도로 불렀다. 첫아기인 데다 노산이어서 그랬던지 초주검이 되어 몸을 풀었다. 쌍둥이였다. 첫번째 나온 아기는 딸이었는데 사산아였고, 두 번째 나온 아기는 쨍쨍 쇳소리가 나게 울었다. 그 아이가 아버지였다. 먼저 나온 것이 아버지의 액운을 대신 보듬고 갔다. 할머니는 몸을 풀고 나서도 지성스럽게 칠성님께 비손을 했다. 아기로 하여금 평생 강건하고 장수하고 부자로 살고 행복과 영화를 누리고 이름을 세상에 크게 떨치게 해달라고.
　한데 아버지는 초등학교를 졸업하던 해에 집을 나갔다.

이때부터 할머니는 그 아버지가 마음을 다잡고 돌아와서, 할아버지가 남겨 준 3만 평의 간척지를 일구어 농사를 짓고, 장가를 들어 아들딸 낳고 잘 살게 해달라고 빌었다. 그 결과 아버지는 떠나간 지 15년 만에 돌아왔다. 금의환향이었다. 아버지의 넋과 머리와 몸통과 손발과 머리카락과 살비늘 하나하나가 할머니의 정성스러운 비손의 결과물이므로 그것은 당연한 일이었다. 아버지가 그렇게 하려 하지 않아서 그렇지, 만일 하려고 하기만 하면 그를 점지한 신의 힘을 부릴 수 있을 것이었다.

아버지가 날마다 시시때때로 모습과 얼굴을 바꾸곤 하는 것, 한 해에 수십만 마리의 새우를 키워 팔곤 하는 것, 지네를 병 속에 키우고 있는 것이 모두 아버지를 이 세상에 있게 한 신령님의 조화인지 모른다고 해선은 생각했다. 아버지가 키우고 있는 새우들은 여느 양식장의 새우들과 다른 것이었다. 할머니의 비손으로 말미암아 아버지를 점지한 신령님이 그 새우들을 탈 없게 자라도록 돌봐 주고 있는 것이었다.

아버지는 해선이 사는 세계와 전혀 다른 세계 속에서 살고 있다. 여느 때 입을 굳게 다문 채 말을 하지 않는 것은 자기 세계의 문을 열어 놓지 않으려는 것이다. 그 문을 열어 놓으면 자기의 힘과 피를 세상의 득시글거리는 아귀들이 모두 빨아 가버릴 거라고 두려워하고 있다. 아들인

나까지도 그러한 아귀들 중의 하나일 거라고 여기는 것이다. 그리하여 나에게도 그 문을 열어 주지 않으려고 이리 감추고 저리 감춘다. 자기 세계의 문을 닫고 있는 만큼 내 세계의 문도 열어 보려 하지 않는다. 아들의 세계를 보게 되면 그것을 보는 순간에 자기의 세계가 아들의 세계와 합수될 거라고 겁내는 것이다. 그래서, 아버지는 아들에게 소나무 줄기의 겉껍질 같은 꺼끌하고 건조한 등만 보여 주고 있는 것이다.

가스레인지 위에 놓인 냄비 밑에 가스불이 타고 있었다. 고깃국이 끓고 있었다. 아들은 아버지의 옆얼굴을 더 훔쳐보려 하지 않고 상 위에 숟가락과 젓가락들을 놓고 냉장고에서 김치 보시기, 깍두기 보시기를 내놓았다. 그는 아버지의 세계를 전혀 모르는 체하며 살아가고 있었다.

해선은 밤벌레를 잡아서 지네에게 던져 주었다. 밤벌레들은 밤벌레들대로 지네들은 지네들대로 능청을 부리고 있었다. 밤벌레들은 죽을 자리에 떨어진 줄을 알고 탈출할 생각을 하지 않는다. 몸을 똬리처럼 말고 죽은 체하고 있다. 지네들은 깊이 잠든 체하고 있다. 밤벌레들이 자기들의 등가죽에 떨어졌는데도 몸을 꿈틀거리지 않는다. 음흉한 놈들이다. 그가 어딘가를 다녀오면 그들은 어느 사이에 밤벌레들을 잡아먹고 있곤 한다.

아버지는 고깃국 냄비를 밥상 한가운데에 놓고 밥 두

그릇을 담아 가지고 한 그릇을 해선 앞에 놓아 주고 다른 한 그릇을 자기 앞에 놓았다. 그리고 항상 하듯이 눈길을 떨어뜨린 채 숟가락을 들었다. 어떤 경우에도 아버지의 입에서, 밥 묵자 하는 말이 떨어지지 않는다. 해선은 아버지가 그 말 뱉어 주기를 기다리며 능청스럽게 딴 짓을 하고 있기로 했다. 커피병 속을 들여다보았다. 이런 음흉한 놈들, 하고 친구가 소리쳤다. 지네들이 벌레 한 개씩을 입에 물고들 있었다.

아버지는 아들 하는 짓에 아랑곳하지 않고 국물 한 숟가락을 떠 맛보고 나서, 거기에 밥을 말더니 후룩후룩 순식간에 다 떠먹어 버렸다. 깍두기를 한 개 씹어 삼키고 물을 들이켠 다음 자기의 빈 밥그릇과 국그릇과 숟가락과 젓가락을 설거지통 속에 넣었다. 그러고는 전에 하지 않던 짓을 했다. 알루미늄 쟁반을 내놓고는, 그 위에 밥 한 그릇과 고깃국 한 그릇과 깍두기 한 보시기를 놓았다. 숟가락과 젓가락을 놓더니 그것을 들고 밖으로 나갔다.

하아, 하고 그의 친구가 부르짖었다. 작은방의 백여시한테 밥을 가져다 주려고 그런다. 백여시도 밥을 먹는단 말인가. 그 백여시는 여자로 둔갑해 있는 것 아닐까. 아버지를 뒤따라가 보고 싶었다. 그렇지만 참았다. 눈치 없이 뒤따라갔다가는 엉덩이를 걷어차일 터이다. 우선 서둘러 밥을 먹은 다음 작은방 들여다볼 기회를 엿보기로 하자.

아버지가 끓인 새빨간 고깃국을 옆으로 밀어 놓았다. 고 춧가루를 너무 많이 쳤다. 맛보나마나 입 안이 타는 듯 매울 터이다. 아버지가 작은방으로 간 다음 그는 물 한 그릇을 떠다가 밥을 말았다. 할머니가 하던 방식이었다. 할머니는 몸살을 앓은 까닭으로 입맛이 없을 때면 물에다 밥을 말아 억지로 먹곤 했었다. 해선이 앓고 나서 밥넘이 없다고 도리질하면, 이 사람아, 우웩 하고 토하지만 않을 정도면은 억지로라도 한술 넘겨야 한다, 그래사 얼른 차고 일어날 수가 있제잉, 하고 말했었다.

물에 만 밥을 후룩후룩 마셔 버리고 설거지를 했다. 설거지는 언제든지 해선의 차지였다. 작은방의 백여시가 궁금해서 미칠 것 같았다. 그러나 백여시 엿볼 기회를 포착하기 위해 집 안에서 꿈지럭거리며 맴돌 수 없었다. 이불에 그려진 지도가 들통나면 된통 혼날 것이다.

책가방을 들고 마당으로 나갔다. 아버지가 변소에 들어가 있으면 작은방을 엿볼 생각이었다. 그런데 그의 속을 미리 알아챈 아버지가 작은방 문 앞과 현관문 앞 사이에 선 채로 담배 한 개비를 뽑아 물었다. 해선을 작은방 쪽에 얼씬도 하지 못하게 하려는 것이었다. 그는 절망했다.

여느 때 아버지는 아침밥을 먹자마자 변소부터 가는 버릇이 있는데……. 아버지가 저기에 버티고 서 있는 한 섣부른 짓을 할 수 없다. 작은방의 백여시가 궁금해 미칠 것 같았지만 그는 시치미를 떼고 아버지를 향해 고개와 허리를 깊이 숙여 주고 개오지 연안을 향해 몸을 돌렸다.

「학교 가서 쓸데없는 주둥이 놀리지 마라이. 집에 백여시 있다는 소리 하지 마! 알았냐? 잉?」

아버지가 그의 뒤통수를 향해 소리쳐 말했다. 그는 못 들은 체하고 뛰었다. 여차하면 달려와서 물어뜯는 미친개를 피해 달아나듯이.

아버지가 만일 한번 붙잡아 패기 시작하면 며칠 전에 그가 새우 차 아저씨한테 달라고 해서 삶아 먹은 새우의 일까지를 싸잡아서 혼낼 것이다. 저 새끼는 네 아버지가 아님에 틀림없다, 하고 친구가 말했다. 작은방의 백여시를 보지 못했지만 억울해할 것 없다. 오늘 아침에는 이불에 그린 지도가 들통나지 않은 것만 해도 다행이다.

한데, 뒤통수가 갑자기 따끔거렸다. 아버지가 귀신처럼 네 속을 꿰뚫어 버린 듯싶다, 하고 친구가 소리쳤다. 아버지의 뱀눈이 쏘아 댄 레이저 광선 같은 독기가 네 뒤통수로 날아오고 있다.

초여름 어느 날, 양식장 수면에다 오줌을 갈기고 나서 아버지에게 귀딱지 얻어맞은 일이 어제의 일인 양 생생해졌다. 천천히 그에게 다가온 아버지는 그의 뺨을 모질게 후려쳤다. 뺨을 맞는 순간 그는 몸이 공중으로 붕 떠오르는 듯싶었다. 오줌 갈기느라고 꺼낸 자지를 바지 속에 감추지도 못한 채 허공에 떠올랐다가 땅바닥에 거꾸러졌다.
 쓰팔, 양식장의 바닷물도 짜고 내 오줌도 짜지 않은가. 똑같은 짠물이므로 내 오줌을 보태 주려고 한 짓인데 왜 뺨을 때려? 할머니는 돌아가시기 전에 늘 눈이 침침하다면서 그가 아침에 누는 오줌을 받아서 눈을 씻곤 했었다. 동변은 보약이라면서 한 방울도 버리지 않고 마시기도 했다. 그리하여 새우에게 보약이 되라고 갈겨 주었는데.
 양식장에 오줌을 갈기면 안 되는 까닭을 나중에 알았다. 바이러스가 양식장 물에 들어가면 새우가 전멸한다는 것이었다. 그러면 그렇다고 말로 타이를 일이지 뺨을 모질게 치다니, 쓰팔 것……. 이후 아버지 없는 때는, 용용 죽겠지 하며 양식장에다가 침을 뱉기도 하고 오줌을 갈기기도 했다. 아버지 없는 새에 엉덩이를 까고 똥을 싸버리고 싶은 심술기가 동하는 것을 간신히 참아 오고 있었다.
 뒤를 돌아보지 않고 달렸다. 아버지의 레이저 광선 같은 독 기운이 미치지 못하는 곳으로 피신하기 위해 죽을 힘을 다해 뛰었다. 헉헉거리면서 달리는 중에도 친구는 머리를 번개처럼 빠르게 회전시키고 있었다. 나, 너희 아버지가 왜 백여시를 끌고 들어왔는지 안다. 순하게 길들여서 각시로 삼으려는 것이다. 나도 알아, 이 자식아 하고 해선은 친구를 몰아세웠다.
 야아, 해선이네 집에는 백여시 있단다아, 하고 친구가

외쳤다. 그의 가슴에는 뜨거운 공기가 뺑뺑하게 들어찼다. 두 팔을 일자로 벌리고 독수리처럼 날아갔다. 슈 슈우우 하고 입바람을 토해 냈다. 어지러웠다. 눈앞을 스쳐 가는 자잘한 모래알들 때문이었다. 차곡차곡 포개져 있는 크고 작은 모래알들 사이사이에 똬리를 틀고 있는 시끄러움과 고요와 그들의 도깨비들을 건너뛰고 있었다. 모래알들 속에 켜켜이 박혀 있는 시간과 시간의 간극을 주름잡아 가고 있었다. 야아, 우리 집에는 백여시 있다아, 하고 그는 소리쳤다. 모래알들 속의 시끄러움과 고요와 도깨비들이 그의 집 작은방에 백여시 가두어 놓은 일을 오래전에 예감하고 있었다는 듯, 우리 진즉 그럴 줄 다 알고 있었어, 하고 말하고 있었다. 친구가 맞장구를 치듯이, 순영이한테 제일 먼저 백여시가 둔갑한 예쁜 여자가 작은방에 들어 있다는 이야기 해주자, 하고 말했다. 개코와 짝귀와 담임 선생에게도 말해 주자. 글짓기 숙제를 내면 그 백여시 이야기를 써내기로 하자.

그런데 공포감과 조울증이 가슴을 움츠러들게 했다. 그 백여시가 아버지의 간을 빼먹지 않을까. 오늘 학교 파하고 집으로 돌아가면, 마당 한가운데에 쓰러져 눈을 허옇게 뜨고 있는 아버지의 모습을 볼 수 있게 될지도 모른다. 그 백여시는 내 간도 빼먹으려 들 것이다. 너희 아버지는 소가지가 없다, 하고 친구가 말했다. 선생한테 말해서, 백여시가 아버지 간 빼먹는 것을 예방하자.

개오지 연안 모래밭길로 들어서서야 천천한 걸음으로 나아갔다. 파도들의 철썩거리는 시끄러움과, 인고하며 기다리는 모래알들의 고요를 툭툭 걸어찼다. 너희 아버지 죽어 버렸으면 좋겠다, 하고 친구가 소리쳤다. 이 나쁜 자식아, 주둥이 닥쳐! 하고 모래 한 줌을 집어 친구에게 뿌렸다. 친구가 승복하지 않고 앙알거렸다. 너 얼마 전에, 선생은 늘 부모에게 효도하는 사람이 되라고 했지만 그 말을 이해할 수 없다고 그랬지 않니? 그렇지만 그는 친구를 더 혼내 주려 하지 않았다.

세상은 알 수 없는 일로 가득 차 있다고 생각했다. 그래, 그 말이 옳다, 하고 친구가 말했다. 네가 바다의 아들이라는 것, 네 아버지가 너를 낳아 준 진짜 아버지 같지 않고 무뚝뚝하고 쌀쌀맞고, 어떤 때 보면 지네같이 독살스러운 것, 학교에 다니면서 싫은 공부를 하지 않으면 안 되는 것, 개코가 너를 못 잡아먹어서 안달하는 것, 둥근 지구가 한시도 쉬지 않고 서쪽에서 동쪽으로 계속 돌면서 태양 주위를 1년에 한 차례씩 맴도는 것, 밀물이 졌다가 썰물이 졌다가 하는 것……. 알 수 없는 일은 얼마든지 더 있다.

친구가 한술 더 떴다. 세상의 모든 알 수 없는 일들의 발단은 늘 불가사의한 아버지의 존재로부터 시작되곤 한다.

한번은 학교에서 돌아왔을 때 할머니가 등나무덩굴 아래서 유리 가루처럼 투명한 양광을 쬐고 있었다. 팽나무 줄기를 타고 올라간 등나무덩굴의 잎사귀들 표면에서 부서진 빛살은 증기처럼 하늘로 솟구쳐 오르고, 그늘은 잎사귀들 뒷면을 타고 땅으로 미끄러져 내리고 있었다. 서로 교차하는 솟구쳐 오름과 흘러내리는 율동 속에 할머니가 들어 있었다. 할머니는 마당으로 들어서는 그를 끌어안았다. 그도 그 교차하는 율동 속으로 빨려 들어갔고 동시에 어지러움을 느꼈다. 할머니는 얼굴을 그의 볼과 이마에 비비며 말했다.

「아이고, 우리 복둥이, 공부 잘하고 오냐?!」

할머니에게서 비리고 찝찔한 해삼의 내장 냄새가 났다. 자기도 모르는 사이에 할머니의 가슴과 턱을 떠밀었다. 할머니는 놓아주지 않았고, 그의 윗몸을 가슴속에 집어넣어 버릴 듯이 세차게 끌어안았다.

「느그 아부지 양식장 속에 새우가 마통에 물외 크대끼 자라고 있다. 모두 다 우리 해선이 복이다이. 저것 결국은 다 니 것이 될 것이다. 저것을 마련할라고 느그 돌아가신 할아부지가 얼마나 피땀을 흘렸는지 아냐? 우리 해선이는 이 세상에서 제일로 부자가 될 것이다. 공부만 열심히 해라. 그라면은 느그 아부지가 새우 키워 갖고 중학교, 대학교 다 보내 줄 것이다이. 인제는 느그 새어메도 얻어 들이고······.」

아버지는 산그늘이 내리고 있는 양식장 안에서 고무보트를 타고 새우들에게 사료를 주고 있었다.

「쓰발, 놔둬! 나는 저런 것 필요 없어!」

그는 할머니의 귀에 입을 가져다 대고 꽥 소리를 질러 주고 방으로 들어가 버렸다.

「어허이! 장차 착한 사람이 될 재목은 그라면은 못쓰는 법이다이. 이리 와서 내 말 더 들어 봐라.」

할머니는 그날 저녁밥을 먹은 다음 그에게 팔베개를 해 준 채 이야기했다.

20

 거대한 아귀가 입을 찢어지게 벌리고 있는 것 같은 개오지 연안 양쪽 산줄기 끝을 잇대어 간척지를 막은 것은 자유당 때 면장을 지낸 할아버지였다.
 할아버지는 둑막이 흙차 미는 일꾼들을 부리기 위해 빚을 끌어다가 대고, 집과 논을 팔아서 댔다. 그것으로도 부족했다. 둑막이는 다 되었는데 석축할 돈, 수문 만들 돈이 없었다. 석축을 하지 않으면 큰 바람과 해일에 둑이 허물어지고, 수문이 없으면 홍수로 말미암아 둑이 터질 터이었다. 할아버지는 할머니에게 통사정을 했다. 자네가 돈을 좀 구해 보소. 할아버지가 바다를 막으려 하는 것은 오래전에 돌아가신 해선의 증조의 유지 때문이었다. 해선의 증조는 그 연안을 막으려다가 뜻을 이루지 못하고 죽어

갔다. 근동 사람들은 해선의 증조를 미친 사람이라고 했다. 혼자서 그 바다를 어떻게 막는다고 그러시오? 하고 드러내 놓고 빈정거렸다. 증조는 대수롭지 않게, 내가 다 못하면 내 아들이 할 것이고 그 아들이 못하면 손자가 또 할 것 아니오? 하고 말하곤 했다.

할머니는 단골집들을 찾아다니면서 쌀 한두 말씩을 구걸하다시피 얻어 냈다. 지금 도와주면 평생 은혜를 잊지 않고 정성을 다해 치성을 드려 주겠다고. 이웃 관내의 알부자 무당들에게서도 쌀돈을 내어 왔다. 그의 할아버지는 그 돈으로 석축과 수문 공사를 해냈다.

한데 민물이 부족하여 농사를 지을 수 없었다. 피땀으로 일군 그 땅을 묵혀 버리지 않을 수 없었다. 관내 사람들은 할아버지를 안목 없는 미련한 사람이라고 했다. 할아버지는 횟술을 마시고 술병이 나서 고르릉거렸다. 할아버지의 본처는 자식들 5남매를 이끌고 서울로 떠버렸다. 본처는 손맛이 좋아 식당일을 해서 자식들을 모두 대학까지 보냈다고 했다. 그 본처가 떠나가면서 개오지 간척지를 팔아넘기려 했지만 뜻을 이루지 못했다. 할아버지가 이미 그 땅을 할머니 앞으로 등기를 해둔 것이었다.

개오지 연안의 간척지는 갈대만 무성하게 자랐다. 아무도 그 간척지를 돌아보려 하지 않았다. 그렇지만 할머니는 그 간척지가 한눈에 바라다보이는 개오지 연안 동남쪽 산줄기 끝에 토굴 같은 오두막 하나를 지었다. 함께 굿하러 다니는 박수들이 지어 준 것이었다. 남향인 산언덕에 굴을 팠다. 흙이 모두 새빨간 황토였다. 굴 앞에 기둥 셋을 박은 다음 지붕을 얹고 방 하나, 부엌 하나를 만들었다. 간척 사업 한다고 살림 거덜내고 늙어 병들어, 본처와 자식들에게 버림받은 해선의 할아버지와 살았다. 할아버지는 어느 봄비 추적추적 내리는 날 숨을 거두었다. 당골레들이 와서 오두막 뒤란 언덕 위에 그를 묻어 주었다. 이후 그 오두막에서 할머니는 해선의 아버지 하나만을 키우고 가르치며 살아왔다. 한데 해선의 아버지는 당골레인 어머니가 싫다고 집을 나가 버렸다.

그런 해선의 아버지가 돌아와서 예전의 집을 허물어 버리고 시멘트 벽돌집 한 채를 새로이 지었다. 새집 지을 때 할머니는 간섭을 많이 했다. 자기가 쓸 작은방을 마당에서 드나들 수 있게 해달라고. 아들과 며느리가 깨 쏟아지게 사는 것을 곁눈질하고 방해하지 않으려는 생각에서였다.

해선의 아버지는 불도저를 들여다가 갯벌을 파내고 저수지와 수로를 만들고 새우 양식장을 조성했다.

「느그 아부지, 하늘이 점지한 효자다. 앞으로 두고 봐라. 이 세상에서 제일 큰 부자가 될 것이다. 느그 아부지 사주에, 평생토록 황금띠를 허리에 두르고 산다고 나와 있다이.」

할머니는 아버지를 낳을 때 꾼 태몽 이야기를 했다. 바닷가 모래밭에서 넋건지기 굿을 하고 있는데 고래 한 마리가 천천히 헤엄쳐 오더니 눈 깜짝할 사이에 할머니의 치마 속으로 들어가 버렸다는 것이었다.

「꼭 그 태몽대로 되어 간다. 고래는 새우를 잡아먹고 사는 짐승 아니냐, 잉?」

21

 학교에 간 해선은 하루 내내 백여시 생각만 했다. 요즘 세상에도 백여시가 있을까. 백여시가 둔갑한 여자들은, 어떤 남자든지 자기를 한번 바라보기만 하면 단박에 어질병이 들어 버리도록 예쁘고 곱게 생겼다고, 할머니가 그랬었다.
 백여시에 대한 생각 때문인지, 순영이가 보고 싶었다. 둘째 시간이 끝났을 때 5,6학년 교실 문 앞으로 가서 안을 엿보았다. 순영이는 5,6학년 선생의 딸인 예솔이하고 묵찌빠를 하고 있었다. 순영이도 혹시 백여시가 둔갑해서 된 아이 아닐까. 순영이의 두 손바닥이 솔이의 주먹을 먹어 버렸다. 순간 순영이의 입이 크게 찢어졌다. 얼굴 전체가 함박꽃처럼 하얘졌다. 그녀의 두 손바닥이 내 주먹을 먹어 버렸으면 얼마나 좋을까. 내 몸뚱이 모두를 삼켜 버린다면 얼마나 좋을까. 순영이 가슴속으로 폭 들어가서 산다면……. 숨이 가빠지고 가슴이 두근거렸다. 순영이는 머리에 노랑물을 들인 데다 곱슬곱슬하게 파마를 한 머리를 뒤통수에 묶고, 나비 모양의 흰 리본이 달린 이슬방울 같은 유리핀을 찔렀다. 역광으로 비쳐 보이는 순영이의 귓바퀴는 전에 없이 하얬다. 가슴 벽이 경련처럼 굳어지고 있었고, 무엇으로인가 친친 동여매는 듯한 답답함이 느껴졌다. 까르르 웃을 때 순영이의 눈은 먹물을 찍어 그은 듯한 한일 자가 되었다. 순영이가 너를 반하게 만든 것도, 백여시가 둔갑한 예쁜 처녀인 때문이다, 하고 친구가 말했다. 이 자식아, 말도 아닌 소리 마라, 하고 친구를 몰아세웠다.

셋째 시간 시작종이 울렸으므로 그는 그의 교실로 들어갔다. 아버지는 마법사처럼 백여시에게 주술을 걸어 착한 사람으로 길들여서 각시를 삼으려고 그럴까. 마법의 주술이 제대로 걸리면 다시 백여시로 되돌아가지 않을까. 그러나 만일 새어머니 노릇을 하던 그 여자가 어느 날 문득 주술이 풀리면 백여시가 되어 아버지의 간과 나의 간을 빼먹게 되지 않을까.

22

 집으로 돌아오는 해선의 머릿속에는 앳되고 곱다랗고 아름다운 한 여자의 모습이 그려지고 있었다. 얼굴은 순영이의 그것인데 몸은 하얗게 소복을 한 할머니였다. 흰 치맛자락 밑에 털 부숭부숭한 꼬리가 나와 있었다.
 현실 세계와 상상의 세계에서 보고 듣고 만난 모든 것들은 얼마쯤의 시간이 지나면 의식의 밑바닥에 한 개씩의 생각 앙금으로 가라앉아 있곤 했다. 그것은 수시로 원래의 생각을 재생해 냈다. 그에게는 그것들을 현실 세계 속에서 경험한 것인지 상상 속에서 만난 것인지 명확하게 구분해 내는 장치가 아직 제대로 형성되어 있지 않았다. 그의 감각이 그것을, 현실에서든지 상상에서든지 일단 감지하고 나면 이 세상 속에서 존재하는 것으로 믿게 되는 것이었다. 그는 헤아릴 수 없는 여러 차원을 넘나들며 살고 있었고, 그러므로 여느 사람보다 더 많이 기뻐하고 즐거워하고 슬퍼하고 아파하고 괴로워하고 두려워하며 살고 있었다.

개오지 연안은 귀청이 얼얼할 정도로 시끄러워져 있었다. 바른쪽 언덕 위의 해송들은 새청맞은 소리를 내며 고개를 저어 댔다. 먼 바다에서 달려온 파도들은 거대한 상어 떼들처럼 모래톱을 물어뜯고 있었고, 모래톱날에 썰리면서 허옇게 거품을 토했고, 그것이 물보라가 되어 날아갔다. 그 귀살쩍은 모래밭길은 신화가 살고 있는 원시의 세상 한복판처럼 아득하고 멀게 느껴졌다. 가슴이 우둔거리는 것을 다잡지 못한 채 종종걸음을 쳤다. 벌거벗은 채 내놓은, 거대한 살아 있는 것의 맨살 궁둥이 같은 산굽이의 사금굴은 이날따라 검은 입을 더 크게 벌리고 있었다. 그 앞을 지나는데 사금굴 속으로 들어간 파도 소리들이 미친개들처럼 서로 티격태격 치고 받고 물어뜯고 앙알거리고 있었다. 사금굴의 사방 벽에는 개고사리 잎사귀들이 구레나룻처럼 돋아 있었고, 간헐적으로 물 한 방울씩 떨어뜨리곤 하는 천장에는 푸르뎅뎅한 이끼가 돋아 있었다. 늙은 바다 도깨비들의 수염이 꼭 그렇게 생겼을 것이라고 그는 생각했다. 목이 밭았다. 친구가 거기 들어가서 물 한 모금을 마시자고 했지만, 목마름을 참고 그냥 굴 앞을 지나쳤다. 개고사리와 이끼들 사이에 능청스러운 바다 도깨비들이 은신해 있을 터이다. 그 못된 자식들은 아이들의 발을 돌부리 같은 것으로 슬쩍 걸어 넘어뜨리기도 하고, 잘 구르는 돌멩이 하나를 발밑에 놓아 미끄러지게 하고는 소리내지 않고 낄낄거리기도 한다. 폐선도 그냥 지나쳤다. 발걸음을 재촉했다. 하필 그가 외딴 곳에 있을 때 바다 도깨비가 백여시를 불러올지도 모른다. 바다 도깨비와 백여시는 한패다.

물새 같은 흰 배 한 척이 달려왔다. 연도 포구 쪽에서 오는 배다. 박 서장이 타고 있을 것이다. 그 배는 까치파도 일어나 있는 청람색의 해수면을 하얗게 까뒤집으며 밤나무숲 앞의 연안으로 사라져 버렸다.

개오지 연안의 허공에는 흰 구름이 바쁘게 달려가고 있었다. 흰 구름을 타고 날아온 백여시가 모래밭으로 내려와 길을 막아설 것 같은 두려움에 사로잡혔다. 그의 집 작은방에 갇혀 있다가 밥을 주려고 들어온 아버지의 간을 뽑아 먹은 다음, 아들인 그의 간까지 빼먹으려고 올 것 같았다. 이 바보야, 겁내지 마라, 하고 친구가 말했다. 집에 이를 때까지 내내 딴생각을 하기로 했다. 무슨 딴생각을 하며 갈까 하고 생각 상자를 뒹굴리는데 이빨 생각이 튀어나왔다. 그렇다. 송곳니를 빼야 한다. 그는 왼손을 입속으로 집어넣어 왼쪽 아래 송곳니를 잡고 흔들었다. 생니처럼 굳어 있었다. 그사이에 계속 흔들었으면 하마 빠졌을지도 모르는데……. 송곳니의 잇몸을 더듬어 보았다. 잇몸이 거북스럽게 부어 있었다. 덧니가 나오려고 그런다. 그는 사력을 다해 송곳니를 흔들어 댔다. 아버지가 송곳니 흔들고 있는 기미를 알면 나를 붙잡아 앉히고 엄지손가락으로 눌러 빼려 들 것이다. 아버지에게 당하지 않으려면 은밀하게 끊임없이 부지런히 흔들어서 빼야 한다. 차라리 빼지 말고 놔둬 버리자, 수컷 멧돼지나 드라큘라같이 송곳니 네 개가 허옇게 튀어나오도록, 하고 친구가 말했다. 까불지 마, 하고 친구를 향해 모래를 걷어차면서 송곳니를 흔들어 댔다.

이날 바람은 갑자기 거세어지는가 하면 미친 듯이 회오리치기도 했다. 연안 언덕의 해송과 억새풀과 띠풀들은 뽑혀 허공으로 날아가지 않으려고 사력을 다해 버티고 있었다. 그 바람 때문에 바다는 성나 있었다. 흰 누엣결을 파도 머리끝에 올려놓음으로써 바다는 성나 있음을 드러내고 있었다. 가끔씩 파도의 흰 누엣결 거죽 한 부분이 떨어져 모래밭으로 날아갔다. 흰 포말 속에는 혼령들이 들어 있다. 포말의 혼령들 가운데 어떤 것은 밤안개와 달빛이나 별빛을 쐬면 사람으로 변한다. 베어 먹고 싶도록 예쁜 여자로. 그 여자가 부엉이를 만나면 사랑을 하고 아기를 낳는다. 작은방 백여시가 사실은 바로 그 포말이 변한 여자인지 모른다, 너를 낳아 준 여자 말이야, 하고 친구가 어떤 확신인가를 가지고 단언했다.

이 자식아, 너 지금 나를 백여시가 둔갑한 여자가 낳은 자식으로 몰아붙이고 있는 거야? 나는 저 물너울의 포말 속에서 나왔단 말이야. 오늘 아침에 이슬방울이 그것을 말해 주지 않더냐?

그건 그렇다, 하고 친구가 마지못해 고개를 끄덕거렸다.

이날 아침 학교에 가는데, 잎과 줄기가 젊어서부터 새빨간 개여뀌풀의 수수알 같은 꽃에 맺혀 있는 이슬에는 하늘도 흘러가는 구름도 산도 해도 출렁거리는 바다 물너울도 검은 책가방 짊어진 그의 얼굴도 담겨 있었다. 할머니와 아버지와 부엉이 울음소리까지도 다 담겨 있었다. 그것은 또 하나의 세계였다. 거기에는 길이 있었다. 길은 숲 속으로 이어졌고, 숲 속 저쪽에 매봉이 있었다. 매봉에 부엉이가 살고 있었다. 그는 부엉이가 되어 하늘로 날아갔다. 두루미처럼 날개를 저으면서 천천히 바다 위로, 산 위로, 별나라로. 바닷물 속으로도 들어갔다. 물고기들처럼 헤엄을 쳤다. 산호초와 미역과 다시마와 김과 파래와 청각들 사이를 가마우지처럼 헤엄쳐 갔다. 그러다가 수면으로 솟구쳐 오르면서 학섬에 부딪쳐 물보라가 되었다. 심청이가 그랬듯 한 송이의 연꽃 봉오리가 되었다. 그 연꽃 봉오리에서 사람인 그로 되돌아왔다.

학교 운동장에 들어서자마자 북편 언덕 밑의 연못으로 가보았다. 연꽃들은 오래전에 졌다. 잎사귀들도 시들어서 갈색으로 변했고 대들도 꺾어졌다. 여러 개의 콧구멍들이 숭숭 뚫린 연밥들이 하늘을 쳐다보고 있었다. 미련한 것, 하고 친구가 빈정거렸다. 천상개비(天上開鼻)인 주제에 하늘에 떠다니는 흰 구름하고 사랑을 하겠다고? 뻔뻔스럽고 데면데면하다. 제 주제 모르고 벌거벗고 다니는 미친년.

 비단잉어에게 밥을 뿌려 주러 온 청부 아저씨가 말했었다.

「연못 속에 사는 저 천상개비 처녀는 비가 올 때 제일로 괴로울 것이다잉. 빗물이 다 콧속으로 흘러 들어가니께. 그 괴로움을 덜어 주려면은, 저 좁은 구멍 속에 괴는 빗물을 품어 내는 쪼그마한 바가지가 하나 개발되면 좋을 텐디잉······. 아그들아, 저 밉상인 처녀가 쪼그마한 바가지로 콧속에 괴곤 하는 물을 품어 내는 모습을 한번 상상해 봐라이, 키키키······.」

23

 바다가 성나 있음을 알아차린 구름장들은 그 바다 위에서 유유자적하고 있으려 하지 않았다. 서둘러 동남쪽으로 내달렸다.
 저 바람과, 물너울에게 흰 물보라를 일으키게 하고 그 물보라 속에서 아이 하나가 태어나도록 한 바람하고는 어떻게 다를까. 그 아이를 낳은 물너울은 지금도 개오지 연안의 학섬 주위를 떠나지 않은 채 계속 맴돌고 있을까. 그 물너울과 바람은 왜 다시 사람으로 변하지 않을까. 할머니의 이야기 속에 어떤 음모가 도사리고 있다.
 학섬 앞에 이르렀다. 바람은 바다의 얼굴을 진한 잉크빛으로 변하게 하고 있었고, 까치파도들은 머리털들이 더욱 희어졌다. 상어 떼처럼 달려왔다가 모래톱에 쏵싹쏵싹 썰리곤 하는 파도들은 이차돈 스님이 그랬듯이 흰 피를 토해 냈다. 파도는 쭈뼛뿌뼛한 이빨들을 가지고 있지만 모래톱을 이기지는 못한다. 파도들은 만만한 학섬을 못 잡아먹어서 안달이 나 있었다. 거듭 달려온 파도들이 그 학섬을 물어뜯고 있었다.

그의 몸속에 바다가 들어와 있었다. 질펀한 물너울이 들어와서 출렁거리고 있었다. 너, 지금 당장에 바닷물 속으로 들어가 버려라, 하고 친구가 말했다. 그 속에 들어가면 한 자락의 물너울이 되어 버릴 것이다. 아버지하고 둘이서만 재미없게 사느니 일찌감치 물속으로 들어가 버려라. 거기에 들어가면, 몸뚱이는 떠올라 버리고 혼령만 물에 녹아 출렁출렁 떠다닐 것이고 파도 되어 철썩거리면서 재주를 넘기도 하고 학섬을 물어뜯기도 할 것이다.

까불지 마, 이 자식아, 하고 그가 발끈해서 친구에게 소리쳐 말했다. 내가 왜 물속으로 들어가? 물속으로 들어가 버리면, 알밤 주워 먹을 수 있냐? 달랑게 잡고 물수제비 뜨고 놀 수 있냐? 물에 빠진 순영이 운동화 건져 주는 깨소금맛 볼 수 있냐? 장차 순영이한테 장가가고 순영이 같은 딸 낳고 나 같은 아들 낳고 살아갈 수 있냐?

순영이의 반짝거리는 눈망울이 떠올랐다. 노랑물을 들인 데다 곱슬곱슬하게 파마를 한 머리에 이슬방울을 몇 배로 확대해 놓은 것 같은 유리핀을 꽂고 무릎과 종아리가 하얗게 드러나는 짧은 치마를 입은 순영이의 얼굴은 백합 꽃송이처럼 예뻤다. 내가 지금 물너울이 되어 버리면 순영이를 만날 수 없을 것 아니냐, 하고 친구를 몰아붙였다. 그가 학교에 다니는 재미와 즐거움은 순영이 때문이었다.

순영이는 크레파스가 두 갑이나 있다면서 그에게 한 갑을 주었다. 아이들 몰래 과자와 껌도 주었다. 그도 아이들 몰래 순영이에게 알밤 한 줌을 주었다. 한번은 아버지가 다라이에 담아 놓은 산 새우를 훔쳐다가 순영이의 집에 가져다가 주었다. 순영이네 어머니는 눈가에 주름이 가득 잡히도록 실눈을 뜬 채, 아이고오! 이렇게 많이 주드냐? 우리는 아무것도 못 주겠는디 어쩐다냐? 하면서 플라스틱 그릇에 김치를 담아 주었다. 홀아비 살림살이에서는 김치가 무엇보다 귀할 것이라고 하며. 그러나 그는 그 김치를 모래밭에 파묻어 버리고 그릇을 풀섶 속에 숨겨 두었다가 되돌려 주었다. 아버지가, 김치를 누가 무슨 까닭으로 주더냐고 물으면 대답할 말이 없을 듯싶었다.

작은방에 가두어 둔 백여시가 궁금해서 미칠 지경이지만 그는 모래밭에서 친구하고 놀았다. 아버지하고 대면할 일이 겁났다. 지도를 그려서 뭉뚱그려 놓은 이불을 아버지가 들춰 보았다면 어찌할 것인가. 갑자기 시르죽은 채 파도에 물어뜯기는 학섬을 바라보며 우두커니 서 있다가 놀이 하나를 생각해 냈다.

선생이 가르쳐 준 브라질 땅콩 쌓기 놀이. 그것은, 마른 모래로 산을 쌓아 올리기였다. 그 놀이에 빠져 들면서 송곳니 흔드는 것을 까마득히 잊어버렸다.

모래는 항상 그렇듯이 살아 있었다. 몸이 자잘한 나름으로는 상상할 수 없을 정도로 의뭉스럽고 능청스러웠다. 두 손바닥을 대어 붙여 오그리고 가는 모래를 담으면 그것들은 어느 틈엔지 손가락 사이를 간지럽히면서 빠져나갔다. 간지럼 때문에 전율이 일었다. 그 전율을 즐기면서 산을 쌓았다. 이때 거친 것들은 밖으로 굴러 떨어지고 몽근 것은 차곡차곡 쌓였다. 순영이의 나이 수만큼 쌓고 그 끝에다 허순영이라고 썼다. 그 옆에 나란히 그의 나이 수만큼 산을 만들었다. 그가 두 살이 적었으므로 마지막 산 하나를 더 크게 쌓았고 그 앞에 김해선이라고 썼다. 나란한 두 이름을 한데 아우르는 동그라미를 그렸다. 슬픈 생각이 들었다. 이 놀이를 순영이와 함께하면 얼마나 좋을 것인가.

모래를 한 움큼 쥐고 손가락 사이로 흘려보내는 놀이를 했다. 손바닥 안의 모래들은 서로 빨리 빠져나가려고 다투지 않았다. 반드시 순서를 지켜 빠져나갔다. 바깥쪽 것들은 구릉을 만든 채 기다리고 있었고, 손가락 틈새가 있는 곳은 우묵하게 패었다. 모래들은 왜 이렇게 순서를 잘 지킬까.

그의 선생은 장구 모양의 모래시계 하나를 만들어 교실 왼쪽 구석의 책상 한가운데에 놓아두고 살았다. 한쪽의 모래가 다 빠져나가면 수업을 끝냈다. 다음 시간에는 그것을 거꾸로 뒤집어 놓고 수업을 시작했다. 나도 모래시계를 만들어야겠다. 두 개의 음료수병을 구하면 된다. 한쪽에 모래를 담은 다음 두 개의 주둥이를 대어 붙여 놓으면 된다. 모래시계 두 개를 만들어 한 개를 순영이에게 주자.

물떼새들이 눈에 들어왔다. 그것들하고 술래잡기를 하기로 했다. 물떼새 한 마리를 잡자. 새장을 만들어 키우는 것이다. 니 솜씨로 물떼새를 잡는다고? 어림도 없다, 하고 친구가 빈정거렸다. 그는 무참했고 곧 심술이 동했다. 시억거리면서 손거울을 꺼냈다. 자기를 무참하게 한 친구를 혼내 주기로 했다. 손거울로 햇빛을 되받아 친구의 얼굴과 몸통을 지지직 지져 주었다. 잘난 체하고 까불면 죽어, 알아? 사람은 친구를 보면 그 사람을 알 수 있다고 할머니가 그랬었다. 늘 따라다니는 이 자식을, 섣부르게 까불지 못하도록 잘 다스려야 한다.

비낀 햇살이 연안 언덕 위의 해송숲 사이로 날아드는가

싶더니 금방 산그늘이 모래밭을 먹어 가고 있었다. 산그늘은 이빨을 가지고 있다. 산그늘이 모래밭 씹어 먹는 소리가 들렸다. 흰불나방들이 플라타너스 잎사귀 갉아먹는 소리 같았다. 사우 사우룩 사우 사우룩. 산그늘이 학섬을 먹으면 해가 양식장의 밤나무숲 너머로 모습을 감출 것이다. 그러면 하늘에 불이 날 것이다. 그 주황빛 불이 꺼지면 비린내가 난다.

  개코하고 싸울 때마다 코피가 흘렀다. 개코는 상대의 기를 죽여 놓으려 할 때면 늘 턱을 상대 눈앞에 바싹 들이밀고, 이 새끼는 어른을 도통 몰라봐? 하면서, 피해 돌아서는 상대의 엉덩이를 무릎으로 치올려 걷었다. 3, 4학년을 통틀어서 개코한테 어깃장을 놓곤 하는 아이는 없었다. 짝귀까지도 개코 앞에서는 꼬리를 내리고 아부 아첨하며 언구럭을 떨곤 했다. 그렇지만 해선은 절대로 개코한테 공매를 맞지 않았다. 개코가 세 번 때리면 적어도 한 번은 맞때리곤 했다. 주먹으로 치면 주먹으로 치고 발길로 차면 발길로 차주었다. 힘이 달려 밑으로 들어가면 가슴팍이나 어깨를 깨물어 버렸다. 개코는, 아이고 이 새끼가 가슴 물어뜯는다, 하고 소리치며 그의 콧잔등을 쳤다. 그러면 어김없이 코피가 터졌다. 코피가 터지면 그것을 입으로 빨아서 개코 얼굴을 향해 푸우 하고 뿜어 주었다. 개코는 그 피보라를 무서워하였다. 이 무지막지한 마귀

새끼, 피 뿜는 것 좀 봐라, 하고 달아났다. 마귀는 연도 교회 첨탑 위에 걸터앉아 세상을 내려다보고 있곤 한다고 했다.

하늘도 누구에게인가 두들겨 맞고 터진 코피를 빨아들여 뿜고 있는 것 아닐까. 대관절 누구에게 얻어터지고 피보라를 뿜는 것일까. 쓰팔 자식, 하늘에도 개코 같은 자식이 있다. 만만한 친구의 배를 꽉 밟아 버리면서 언젠가는 개코를 짓밟아 주어야 한다고 이를 악물었다. 빨리 어른이 되어야 한다. 개코가 한 살씩 먹을 때 나는 세 살씩 네 살씩 한꺼번에 먹어 버린다면, 금방 문제가 해결될 터인데.

24

 아버지의 양식장 어귀로 들어서는 그의 가슴 한복판에 조바심이 일었다. 요도에 일어난 시디신 기운이 사타구니와 등줄기로 번져 갔다. 살갗에 오소소 소름이 돋았다. 집 안에 무슨 일인가가 일어나고 있을 듯싶었다. 백여시에게 간을 빼앗기고 눈을 허옇게 뒤집어 뜬 채 마당에 쓰러져 있는 아버지의 모습이 그려졌다. 야아, 가짜 아버지가 죽다니, 정말 신나는 일이다, 하고 친구가 말했다. 까불지 말어, 하고 친구를 나무랐다. 백여시는 어디론가 사라졌다가 한밤중에 나타나서 잠자고 있는 네 간을 또 내먹으려 할 것 아니냐, 하고 친구가 볼멘소리를 했다. 그의 머리에 불길한 예감이 끼어들었다. 백여시가 우리 집 작은방에 들어 있는 것을 안 사람들이 떼로 몰려와서 아버지를 죽도록 두들겨 패놓고 백여시를 몽둥이로 때려 쫓아 버리지 않았을까. 그 과정에서 사람들이 괭이나 곡괭이로 집을 무너뜨리지 않았을까. 백여시를 싫어한 산신령이 갑자기 매봉 한 자락을 무너뜨려 집을 덮어 버리지 않았을까. 그가 아버지의 양식장 안으로 들어서면 양식장과 집은 온데간데없고 시뻘건 황토만 널려 있을 듯싶었다. 드넓은 거친 황토 벌판 위에 혼자 서 있는 한 소년의 모습이 눈에 보였다. 그렇게 된다면 나는 어디로 가야 할까. 개오지 연안의 학섬을 싸고돌면서 출렁거리는 물너울에게 가야 한다. 물너울 한 자락이 되든지 또 하나의 학섬이 되든지 해야 한다. 나도 사실은 전생에 물속에 숨어 있는 하나의 섬이었을까. 아니, 한 마리 지네였을까. 밤에 방 안으로 들어가 주인의 발가락이나 손가락을 물고 독을 주입하고는 그 주인에게 잡혀 죽은 지네.

그의 머릿속에는 실제로 물방울이 되어 있는 자기 모습, 지네가 되어 캐터필러 같은 발들을 차르륵거리며 기어다니다가 사람의 손가락 발가락을 물고 독을 주입하고 밟혀 죽는 자기 모습, 구름이 되어 날아다니는 자기 모습들이 하나씩 그려졌다.

집으로 들어서던 해선은 뒤통수를 한 대 얻어맞은 듯 멍해졌다. 창고 기둥과 팽나무 사이에 쳐진 빨랫줄에 이

불이 널려 있었다. 아침에 그가 둘둘 말아 놓은 이불이었다. 그 이불에는 얼룩 지도가 선명하게 그려져 있었다.

지금 아버지의 눈에 띄어서는 안 된다, 하고 친구가 말했다. 아버지의 헌 그물더미 뒤에 몸을 숨기고 집 안의 동정을 살폈다. 아버지는 어디 있을까.

작은방 앞마당과 댓돌 주변은 전과 전혀 다른 모습이 되어 있었다. 꾸미지 않은 그물 뭉치와 사료 푸대들과 비닐 자루와 초콜릿 빛깔의 다라이와 옷 보자기들이 쌓여 있었다. 작은방에서 꺼내 놓은 것들이었다. 그것들 때문인지, 뒤란 언덕의 해송숲과 팽나무를 타고 올라간 등나무덩굴과 그것들을 배경으로 몸을 웅크리고 있는 그의 집이 낯설어 보였다. 벽돌로 쌓아 올리고 슬레이트 지붕을 얹은 직사각형의 집은 여느 때와 달리 쌀쌀맞은 냉갈령을 뿜고 있었다. 현관문 유리와 작은방의 유리창문이 술에 취해 있는 아버지처럼 그를 노려보고 있었다. 그것은 토끼눈처럼 빨갰고 멀룽거렸다. 황혼이 타오르고 있었고, 그 붉은빛 너울이 양식장과 그의 집 주위를 적시고 있었다. 집 안에 어떤 현저한 변화가 생겨 있었다. 작은방의 백여시로 말미암은 것이다, 하고 친구가 말했다.

그는 까치발로 서서 작은방의 나왕문과 그 문 상층부에 달려 있는 손수건만 한 젖빛 유리와 그 문 앞의 댓돌을 살폈다. 댓돌 위에 먼지 보얗게 앉은 아버지의 구두가 놓여 있었다. 아, 그렇다. 아버지는 지금 작은방 안에서 백여시와 함께 있다. 백여시를 길들여서 각시로 삼으려고 그런다. 백여시를 어떻게 길들인단 말이냐. 발소리를 죽이면서 다가갔다.

안방 유리창문 앞을 지나다가 그는 소스라쳐 놀랐다. 그 유리창문에 어디에서인가 본 듯한 한 소년의 초췌한 얼굴과 상체가 비쳤다. 그 소년이 그를 불안스러운 눈으로 마주 바라보았다. 가슴이 아리고 항문과 불알이 시디시어지면서 오그라들었다. 등줄기에 찬물이 흐르고 온몸에 소름이 돋았다. 문득 오줌이 마려웠다. 병이다, 하고 친구가 말했다. 조급해지면서 우울해지거나 공포감에 사로잡히면 오줌이 마려워지곤 하는 병.

얼른 오줌을 갈기고 엿보자. 안 돼, 참자, 하고 친구가 반발했다. 오줌을 갈기고 있는 사이에 작은방에서 어떤 중대한 일인가가 일어나 버릴 것이다. 콩콩 뛰는 가슴을 진정시키고 숨을 죽이며 작은방 문 앞으로 다가갔다. 안에서 무슨 소리가 들려왔다. 사각사각 종이를 자르는 듯한 소리, 빗자루로 쓸거나 문지르는 소리가 연거푸 들렸다. 자물통은 풀려 있었다. 문틈이 손가락 두 개쯤 들어갈 만하게 벌어져 있었다.

문틈에다 눈을 댔다. 방 안이 어두웠다. 백여시가 어떤 모습을 하고 있고, 아버지는 그 옆에서 무얼 하고 있는지

분간할 수 없었다. 그 안에서 쿠릿한 소주 썩은 냄새가 새어 나왔다. 쉿, 조심해, 네 아버지 취해 있다, 하고 친구가 말했다. 취한 아버지는 대관절 백여시와 무얼 하고 있을까. 한쪽 눈을 감고 한쪽 눈을 화광만 하게 벌려 뜨고 안을 살폈다. 아버지는 벽지에다 풀을 묻혀서 바람벽과 문설주 사이를 바르고 있었다. 방바닥에는 신문지가 깔려 있고, 한쪽에 풀 담긴 냄비가 놓여 있었다. 이미 오래전부터 해온 작업인 듯 그것은 마무리 단계에 이르러 있었다. 백여시의 모습은 보이지 않았다. 안쪽 구석에 담요를 뒤집어쓰고 있는 두두룩한 무엇인가가 있었다. 백여시를 담요로 덮어 놓았다, 하고 친구가 속삭였다. 가슴이 쿵쾅거렸다. 긴장 때문에 목이 밭았고, 기침이 나오려고 했다. 밭은 침을 꿀꺽 삼켰다. 그 꿀꺽 소리를 들었는지 아버지가, 너 이 자식! 하고 근엄하게 말했다. 그는 깜짝 놀라 댓돌 옆의 땅바닥으로 주저앉았다. 그 바람에 댓돌에 놓여 있던 아버지의 구두 한 짝이 마당으로 떨어졌다.

「아부지가 여기 들여다보지 말라고 했는디? 잉? 그리고 이 자식아, 오줌을 쌌으면은 쌌다고 아부지한테 말을 해야지이. 그래야 아부지가 이불을 밖에 내다가 널든가 어쩌든가 하지잉. 그렇게 둘둘 말아 뭉쳐 놓으면 오늘 밤에 무얼 덮고 잘 것이냐? 잉? 그 벌은 조끔 있다가 낭중에 받기로 하고잉 얼른 안방에 들어가서 밥

묵고 공부나 해라. 알겄냐? 잉?」

반사적으로 몸을 일으키고 뒷걸음을 쳤다. 그물더미에다가 오줌을 갈겼다. 아버지는 지도 그려진 이불을 내다 널면서 어떤 벌을 주려고 계획해 놓았을까. 쓰팔, 주먹으로 때리든지 발길로 걷어차든지 꼴리는 대로 해라, 하고 친구가 투덜거렸다.

배가 고팠다. 안방에 가방을 내던지고 부엌으로 달려가려다가 응접실 문 옆을 살폈다. 커피병에 들어 있는 지네의 안부를 살피고 벌레를 잡아 주려는 것이었다. 한데 응접실 문 옆에 놓여 있어야 할 커피병이 보이지 않았다. 혹시 내가 부엌이나 안방에 두지 않았을까. 부엌과 안방 여기저기를 둘러보았지만 그게 없었다. 응접실 문 앞에 우뚝 섰다. 내가 오늘 아침에 분명히 여기 놔두었는데? 아버지가 그것들에게 민달팽이를 잡아다 주려고 작은방으로 가지고 갔을까. 그 순간 친구가 하아 하고 부르짖었다. 지네를 백여시한테 먹이려고 가져간 것이다. 그래, 하고 그가 맞장구를 쳤다. 백여시는 밥은 별로 좋아하지 않고 닭고기, 돼지고기나 벌레 같은 것만 좋아하는 모양이다.

부엌으로 가다가, 하아 그렇다, 하고 탄성을 질렀다. 아버지는 진즉부터 백여시를 잡아다가 키우려는 계획을 세우고 지네를 커피병에 넣어 키워 온 것이다.

부엌으로 간 그는 작은방 쪽으로 귀를 기울였다. 작은

방과 부엌은 바람벽 하나를 사이에 두고 있었다. 응접실로 나와서 작은방으로 통하는 나왕문에다 귀를 댔다. 종이 베어 붙이는 소리 외에는 들려오지 않았다. 문틀에서 문짝을 향해 박힌 못대가리를 흘긋 보았다. 할머니가 돌아가신 뒤로 아버지는 작은방을 오직 마당에서만 드나들게 만들어 놓았다.

부엌으로 가서 보온밥통을 열었다. 밥 한 그릇을 퍼다가 식탁에 놓았다. 맨밥 한 숟가락을 떠서 입에 넣었다. 허기를 빨리 해결하는 방법을 알고 있었다. 사발에다가 물을 떠왔다. 물에 밥을 말아서 후룩후룩 넘겼다. 물에 만 밥을 넘기는데도 자꾸 얹히려고 했다. 흥분해 있는 까닭이었다. 아버지와 백여시에게 얽히고설켜 있는 가시덤불 같은 불가사의가 그를 달뜨게 하고 있었다. 문득 바람벽에 걸려 있는 낡은 액자를 쳐다보았다. 액자의 유리가 멀뚱하게 형광등 불빛을 되쏘았다. 되쏘는 빛살 안쪽에서 검은 글자들이 눈을 말똥거렸다.

> 삶이 그대를 속일지라도 슬퍼하거나 노하지 말라
> 실의의 날엔 마음을 가다듬고 자신을 믿으라
> 이제 곧 기쁨이 올지니
> 마음은 내일에 사는 것
> 오늘이 비참하다 해도

모든 것은 한순간에 지나가 버린다 그리고
지나간 것은 그리워지는 것이다.
— 뿌쉬낀

다 알 수 있겠는데 '뿌쉬낀'이란 말을 알 수 없다. '부숴 깨버린다'는 말을 멋지게 쓴다고 비비 꼬아서 '뿌쉬어깬' 이라고 쓴 것이다. 너희 아버지를 불가사의하게 하는 것 이 바로 저 말이다, 하고 친구가 동의했다.

백여시 잡아 가두어 키우는 사건도 그러하지만, 애초부 터 그의 아버지는 도저히 속내를 짐작할 수 없는 어른이 었다. 연도 분교의 역사를 쏙 꿰고 있는 청부 아저씨가 그 의 아버지에 대하여 이렇게 말했었다.

「느그 아부지는 어렸을 적에 뼉다귀 세고 어깃장 잘 놓 기로 아주 이름난 사람이었다이. 학교에 막 부임한 선 생들은 다 골탕을 한 번씩 묵었느니라. 첫 시간에 말이 여, 손을 번쩍 들고는 일어나서 말이여, 선생님, '미개' 가 뭣입니까, 하고 질문을 던진다잉. 순진한 선생들은, '땅이 아직 개발 안 된 상태'를 말한다든지 '꽃이 아직 안 핀 것'을 말한다든지 '문명 문화가 아직 발달되지 않 은 상태'를 말한다든지…… 이런단 말이여잉. 그라면은 느그 아부지가 틀렸다고 고개를 회회 젓어 뿜스롬, 그 것이 아닌디요? 하는 것이여. 그럼 새로 막 부임한 선생들이 어쨌겄냐? 순진한 선생들은 얼굴이 빨개지는 것이제잉. 그라면은 느그 아부지가 이런단 말이다. 헤헤헤, 선생님 지가 가르쳐 드릴까요? 개미를 거꾸로 붙인 말이어요. 그라면은 사람 좋은 선생은 그냥 허허허허 웃어 버리고 말제만은잉, 성질 고약한 선생은잉, 너이 새끼 이리 나와! 그래 갖고는 코가 납작해지도록 두들겨 패놓제잉. 그럼 또 얻어터지고 돌아갑스롬은 느그 아부지가 어쩐지 아냐? 만만한 변소 문짝을 발로 차서 '뿌숴 깨뿔고' 가는 것이여. 그래 갖고는 이튿날 학교 와 갖고는 진짜로 된통 혼나고…….」

아, 그래서 아버지는 '뿌쉬낀'이란 말을 걸어 놓고 사는 것이로구나, 하고 친구가 말했다.

아버지는 술을 마시지 않으면 고개를 깊이 떨어뜨린 채 일만 한다. 천천히 걷고 느리게 손을 놀린다. 그물을 끌어낼 때도 경운기 앞으로 걸어갈 때도, 세월아 좀먹어라 하고 여유롭게 일을 한다. 오랜만에 한 번씩 내뱉는 말들은 무뚝뚝하다. 그것들은 대개 토막난 말들이다. 밥 묵자. 입 다물어. 코 씻어. 자자. 죽어 볼래? 학교 파하면 싸게 와서 낚시질해라이. 도미, 문절이, 깔따구, 되는 대로 잡어. 새우 삶아 처묵을라고 하지 마, 아까워서 그런 것 아니다.

한데 술을 마시기만 하면 빨갛게 핏발 선 눈으로 독기

를 쏘아 날리고 입으로 푸하푸하 쿠릿한 냄새와 욕설을 뿜어낸다. 그러면서, 아버지 노릇을 한답시고 그에게 이상야릇한 이야기를 들려주곤 한다. 그 이야기를 들을 때면 막대기로 우벼 대는 것처럼 귀청이 시리다. 꼭뒤와 창자와 간과 눈과 이빨들도 아리고 저리다. 듣기 싫어! 하고 꽥 소리를 질러 버리고 싶지만 참지 않을 수 없다. 봄부터 가을까지 새우를 키우는 동안에는 양식장과 집에 오래 붙어 있곤 하지만, 일단 새우 출하가 끝나고 나면, 문득 온다 간다는 말 한마디도 없이 어디론가 가버렸다가 사나흘쯤 대엿새쯤 뒤에 돌아오곤 한다.

학교 아이들은 해선을 상대하면서 자꾸 그의 뒤에 있는 아버지의 존재에 대해서 말하곤 한다. 아버지는 그림자나 옷에 달려 있는 상표처럼 그에게 붙어 다니고 있다. 느그 집 술보 물고자, 느그 진짜 아부지 아니란다, 진짜 아부지는 사람이 아니락 하드라. 매봉 밑에 사는 부엉이가 느그 아부지란다……. 이것은 개코가 씨부렁거리는 말이다. 짝귀는 덩달아, 중중 깨깨중 아라리 방게중, 하고 놀린다. 그때마다 그는 사력을 다해서 그들을 향해 개처럼 짖어 대곤 한다.

「쓰팔 놈들아, 느그 아부지가 매봉산 부엉이고 땡땡이 중인께 우리 아부지도 그런지 아냐? 우리 아부지도 왼손잡이고 나도 왼손잡이란 말이여.」

쓰팔, 아버지가 그냥 아버지면 되는 것이지, 그 아버지를 아이들이 가짜라고 말하면 어떻고 진짜라고 말하면 어떻단 말이냐, 하고 스스로에게 다짐을 주었다. 거기에 대하여 친구가 반기를 들었다. 네 아버지는 진짜 아버지가 아니고 진짜 아버지의 등신인지도 모른다. 말하자면 진짜 아버지의 그림자 같은 것. 진짜 아버지는 매봉산 절벽 위에 집을 짓고 사는 수컷 부엉이인데, 그것이 사람 모양새를 해주지 못하니까 등신 하나가 아버지 노릇을 하고 있는 것 아니냐.

잘난 체하지 마, 하고 친구를 나무랐다. 친구는 수그러들지 않고 말했다. 내 말이 틀린가 봐라. 지금 등신인 가짜 아버지는 어느 날 문득 거짓말처럼 가뭇없이 사라져 버리고 진짜 아버지가 안개 속에서 둥두렷이 떠오르는 해같이 나타날 것이다. 그는 친구의 말이 옳을지도 모른다고 생각하면서도, 칵 패 죽여 버리기 전에 주둥아리 닥쳐, 하고 소리쳤다.

25

 설거지를 하려고 물 말아 먹은 밥그릇을 들고 일어서는데 작은방에서 으어! 으끄허! 어버허! 하는 여자의 신음 같기도 하고 비명 같기도 한 소리가 들려왔다. 해선은 그릇과 숟가락을 설거지통에 털커덕 놓아 버리면서, 백여시 소리다, 하고 부르짖었다. 아버지가 어떻게 길을 들이기에 백여시가 저런 소리를 낼까. 그는 바람처럼 응접실로 갔다. 작은방 문에 귀를 댔다. 소리가 잠잠해졌다. 두 눈으로 직접 보고 싶었다. 현관문 밖으로 나갔다. 발소리를 죽이면서 작은방 문 앞으로 다가갔다. 으어, 으끄어! 어버! 하는 소리가 흘러나왔다. 백여시가 저런 소리를 지를 정도면 아버지가 무슨 작용을 하고 있을 터인데, 아버지의 목소리나 두들겨 패는 소리, 옷자락 스치는 소리, 퉁탕

거리는 소리 같은 것은 일절 들려오지 않았다. 아버지는 지금 어찌하고 있을까. 머리끝이 곤두섰다. 백여시가 아버지의 간을 빼먹으면서 저런 괴성을 지르고 있는지도 모른다.

눈앞이 어지러웠다. 밤나무숲 위의 하늘은 아직도 핏물을 칠해 놓은 듯 붉었다. 저수지도 마당도 그의 집 지붕과 바람벽도 모두 불그죽죽해졌다. 오늘은 왜 저렇게 오랫동안 서쪽 하늘이 불타고 있을까. 백여시가 부리는 마법 때문일까. 댓돌 위로 올라섰다. 문틈으로 안을 엿보았다. 그사이 문틈새가 종이로 발려 있었다. 모퉁이로 돌아갔다. 거기에 유리창이 있었다. 창틀 앞에 다라이를 가져다가 엎어 놓고 올라섰다. 까치발로 서면서 유리창에 눈을 대고 안을 내려다보았다. 유리창 안쪽에는 빛 바랜 하늘색 커튼이 늘어뜨려져 있었다. 다행히 문설주와 커튼 사이가 갈잎만큼 벌어져 있었으므로 그 틈을 이용하여 방 안 한가운데를 대각선으로 내려다볼 수 있었다.

방 안을 엿본 순간 해선은 악 하고 소리칠 뻔했다. 눈앞이 아찔했고 검푸른 어둠 한 자락이 스쳐 지나갔다. 이어 두 눈으로 새하얀 빛살들이 날아들었다. 천장의 형광등 불빛이 방 안을 하얗게 밝히고 있는데, 샛노란 장판 바닥에 하얗게 벌거벗은 여자가 네 활개를 큰대 자로 벌린 채 누워 있었다. 그가 서 있는 곳은 큰대 자의 왼다리 쪽이었다. 여자는 숨을 가쁘게 쉬고 있었다. 검은 어둠 담겨 있는 콧구멍이 벌름거렸고, 가슴과 배가 위아래로 오르내렸다. 창문 쪽으로 고개를 젖힌 채 눈을 감고 있는 여자의 얼굴은 동글납작했고 토실토실하고 희었다.

백여시가 둔갑한 여자다, 하고 친구가 말했다. 저것이 아버지 간을 빼먹은 것은 아닌 모양이다. 지금 아버지가 저것을 각시로 삼기 위해 길들이고 있다. 순간 방 안에서 날아온 흰 빛살로 말미암아 그는 마법에 걸려들었고, 여자의 흰 살갗에 떨어진 한 마리의 벌레가 되어 버렸다. 크기가 어느 정도인 어떠한 벌레가 되었는지, 벌레가 된 스스로도 알 수 없었다.

벌레는 가슴 우둔거리는 현기증에 시달리면서, 노랑물을 들인 지 오래된 데다 파마가 풀려 버린 머리칼 위로 날아가 앉았다. 에푸수수하게 헝클어져 있는 덤불 같은 머리칼에 두 발을 걸치고 잠시 두리번거리다가 그 머리카락들을 헤치고 나아갔다. 하얀 이마 벌판으로 나온 벌레는 운두 밋밋한 콧등 위로 올라갔다. 콧등에 그려진 얼룩 같은 기미와 검정 참깨 같은 주근깨들을 하나하나 밟으면서 볼로 기어 내려갔다. 볼에도 기미와 주근깨들이 있었다. 참새 눈의 검은자위 같은 것들도 서너 개 있었다. 미색의 잔털들이 보송보송한 인중으로 내려간 다음 고개를 돌려 콧구멍 속을 들여다보았다. 그 구멍에서 어둠과 뜨거운 바람이 솟구쳐 나왔다. 그 속의 어둠 속으로 빨려 들어갈 것 같아 서둘러 몸을 돌렸다. 살찐 거머리처럼 볼톡한 입술이 눈앞을 막아섰다. 입술은 바랜 잉크빛이었고 생고무로 만든 것처럼 탄력이 있었다. 기다란 목줄을 지나 활등처럼 굽어 있는 어깨를 둘러보고 가슴으로 나아갔다. 누워 있는 까닭으로 펑퍼짐해져 있는 한쪽 젖무덤 위로 올라갔다. 팥고물색의 젖꽃판을 거쳐 약간 붉은 빛이 도는 젖꼭지 한복판으로 올라섰다. 다른 쪽 젖무덤으로 건너가서 조금 전에 탐색한 젖무덤을 돌아보았다. 이제 보니 젖꽃판과 꼭지에는 팥알만 한 돌기들이 있었다. 갈비뼈들로 말미암아 어슴푸레한 골이 패어 있는 옆구리를 굽어보며 훌쭉한 뱃살 한복판을 지나다가 사화산의 분화구처럼 오목하게 팬 구덩이를 들여다보았다. 배꼽이었다. 그 구덩이 가장자리에는 검은 그늘과 코딱지 같은 때 한 점이 끼어 있었다. 그 아래쪽으로 한 뼘쯤 나아가자 노랑물을 들여 볶아 놓은 듯 곱슬곱슬한 숲이 앞을 막아섰다. 그 숲을 헤치고 나아갔다. 숲 속에 절벽이 있었다. 절벽에 이르자마자 미끄러져 내려갔고 오래지 않아 팥죽색의 계곡에 이르렀다. 계곡 바닥에 음습한 늪이 있었다. 그 늪을 둘러보면서, 개코 짝귀와 더불어 말미잘 탐색한 일, 나무 보지에 오줌 갈긴 일을 떠올렸다. 음험하게 팬 동굴 위쪽에 새조개의 부리 하나가 볼록하게 나와 있었다. 전체적으로 볼

때, 그 동굴이 꽃술 치장을 요란스럽게 한 어른 말미잘을 닮아 있음을 알아챈 벌레는 진저리를 치며 몸을 돌리다가 눈앞에 펼쳐지는 하얗고 풍성한 세상을 만났다. 학교 교무실 진열장 속의 무늬 없는 백자 항아리를 반으로 쪼개놓은 것 같은 그 푹신한 맨살 벌판을 지나 오동통하면서도 부드럽고 기다란 구릉 위로 기어갔다. 바람 빠져 있는 연식 정구공 같은 무릎과 천국으로 건너가는 하얀 다리 같은 정강이와 숭어알 같은 종아리까지를 세세히 만지면서 지나갔다. 종아리에서 발목 쪽으로 기어가던 벌레는 소스라쳐 놀라 몸을 떨었고, 그 순간 걸려 있던 마법으로부터 풀려났다.

그 여자의 발목이 하얀 끈에 묶여 있었다. 그 끈은 아버지가 그물을 꾸밀 때 쓰는 것이었다. 묶인 끈은 바람벽으로 뻗힌 채 팽팽하게 켕겨 있었다. 두 손목도 그렇게 묶여 있었다. 묶인 흰 끈의 매듭 끝에는 비둘기만 한 발이 있었다. 펑퍼짐한 두 젖무덤에서 일자로 뻗어간 양쪽의 팔뚝 끝에는 물떼새만 한 손이 목 졸려 있었다. 여자는 고개를 양옆으로 저으면서 으끄어, 어버허, 어어버허! 하고 부르짖었다.

이 여자 벙어리다, 하고 친구가 말했다. 한데 아버지는 어디엘 갔기에 보이지 않을까. 가랑잎만 한 틈새 이쪽저쪽으로 방 안을 살펴보았지만 아버지의 모습이 눈길에 잡히지 않았다.

 아버지는 참으로 묘하게 백여시를 길들이고 있다, 하고 친구가 말했고, 그는 숨을 멈추었다. 이상스러운 예감이 일었다. 정수리와 등줄기를 훑고 내려온 차가운 전율이 오금을 저리게 하고 항문과 불알과 자지를 시리고 아리게 했다. 온몸이 떨렸다.

 그 여자가 어떤 위험인가를 직감하고 몸부림치고 발버둥치면서 어버허, 으끄흐! 하고 비명을 질렀지만 손발을 붙잡고 있는 흰 끈은 요지부동이었다. 여자가 다시 비명소리를 냈다. 단말마적인 소리였다. 묶여 있는 팔과 다리를 움직여 보려고 발악을 했다. 지네 한 마리가 여자의 배꼽 위에 떨어졌다. 아버지의 칫솔만 한 지네였다. 등껍질 마디들이 기름 먹여 놓은 검정 가죽처럼 번들거리고 발들이 치잣빛이고 머리에 달린 사슴뿔 같은 턱이 주황색인 지네는 공중에서 떨어지면서 곤두박질쳤다가 가까스로 몸을 일으켰다. 당황한 그놈은 물결선을 그리면서 배꼽 쪽으로 기어갔다. 그 여자는 몸을 이리저리 외틀면서 허버, 허버! 하고 비명을 질러 댔다. 지네는 지네대로 여자의 몸부림 때문에 놀라 황급히 기어갔다. 거웃의 숲이 앞을 가리자 머리를 돌려 옆구리 쪽으로 기어갔다.

 그때, 무서워할 것 없다! 하는 아버지의 목소리가 들렸다. 아버지는 부엌 쪽 바람벽에 붙어 서서 방바닥의 여자를 내려다보고 있었다. 커피병을 오른손에 들고 집게를 왼손에 든 채.

「그 자식은 지 몸을 건드리지 않으면은 절대로 안 문다.」

여자의 왼쪽 옆구리를 기어가던 지네는 방바닥으로 내려갔다. 여자는 왼쪽 옆구리를 쳐들면서 어버! 어버허! 하고 소리쳤다. 지네는 바람벽 쪽으로 기어갔다. 여자는 고개를 모로 젖혀 지네가 멀어져 가는 것을 보고는 일단 안도하고 있었다.

그러나 그것으로 끝이 아니었다. 여자의 배꼽과 거웃 사이에 또 한 마리의 지네가 떨어졌다. 해선의 칫솔만 한 지네였다. 여자는 두 발로 방바닥을 디딘 채 엉덩이를 치켜들면서 아랫배를 활등처럼 휘어지게 했다. 뱃살 위에 얹힌 지네를 옆으로 떨어뜨리려고 흔들어 댔다.

뱃살 위에 떨어져, 까만 마디의 등을 여자의 하얀 뱃살에 붙이고 샛노란 발들을 허공으로 치켜든 채 버리적거리다가 가까스로 몸을 바르게 뒤집으려던 지네는, 여자가 자반뒤집기를 하는 씨름 선수처럼 요동치는 바람에 다시 중심을 잃었다. 당황한 데다 어지럽게 휘둘리기까지 한 지네는 고개를 회회 저으면서 샛노란 발들을 절망적으로 허우적거렸다. 여자는 계속 요동을 쳤고, 지네는 어지러움을 무릅쓰고 사력을 다해 몸을 뒤집었다. 지네의 캐터필러 같은 발들이 살갗을 디디자 여자는 발악하듯 몸부림을 쳤다. 지네는 자기를 어지럽게 하는 지역으로부터 탈출하기 위해 황급하게 두 개의 더듬이로 이쪽저쪽을 더듬었다. 한데 당황한 때문인지 어지러움 때문인지 가장 빠른 탈출로인 옆구리 쪽을 선택하지 않고 배꼽을 넘어 펑퍼져 있는 유방과 유방 사이로 나아갔다. 곧바로 나아간다면 필시 턱을 타고 올라와 입술과 콧등을 거쳐서 눈으로 기어오를 터이었다. 그러는 과정에서 입술을 물지도 모르고 콧구멍 속으로 기어 들어갈지도 모르는 것이었다. 자기의 급소를 공격하기 위해 그렇게 기어오른다고 느낀 여자는 발악하듯이 몸통을 흔들어 댔다. 그 바람에 두 개의 젖무덤이 출렁거렸다. 그 출렁거림 때문에 지네는 더욱 당황했다. 두 개의 더듬이로 이쪽저쪽을 가늠해 가면서 어깨 쪽으로 방향을 틀었다.

그 순간 또 한 마리의 지네가 여자의 아랫배 위로 떨어졌다. 여자가 또다시 기겁을 하고 몸부림을 쳤다.

「아, 어버허! 으억!」

해선은 지네가 자신의 알몸 살갗 위로 기어오르기라도 하는 것처럼 꼭뒤와 가슴 한복판과 불알과 요도와 오금이 저렸다. 후두두 몸을 떨었다. 이번의 지네는 거웃을 향해 기어가고 있었다. 거웃을 타고 넘은 지네는 필시 사타구니 사이 계곡으로 들어갈 것이라고 친구가 소리쳤다. 그러면 거기 있는 말미잘 속으로 기어 들어갈지도 모르고,

거기 있는 도도록한 새조개의 부리를 물어 버릴지도 모른다고 몸을 떨었다. 친구는 음험한 놈이었다. 필시 지네가 그렇게 하기를 희망하고 있음에 틀림없었다.

여자의 얼굴이 새파래졌다. 여자는 어버헉! 하고 부르짖으면서 아랫배와 엉덩이와 허벅다리와 무릎과 두 다리를 뒤틀기도 하고 몸부림치기도 하고 발버둥치기도 했다. 그 격렬한 파동에 놀란 지네가 잠시 멈칫하면서 두 개의 더듬이로 이쪽저쪽을 더듬어 보다가 거웃 쪽을 버리고 오른쪽 엉덩이 쪽으로 돌아섰다. 그랬다가 방바닥으로 굴러떨어졌다. 그때 다시 아버지의 납덩이처럼 차갑고 무거운 목소리가 들렸다.

「인제 니년은 살았다 할 것이 없어져 뿌렀느니라.」

여자는 몸부림을 치며 어호 어버어! 어흐흐흐 하고 비명을 지르며 울어 댔다. 그 울음소리가 쇠갈고리 같은 것이 되어 해선의 가슴 한가운데를 그어 대고 있었다. 여자의 몸에서 그의 몸으로 수천 개의 쇠심줄 같은 것이 뻗어왔다. 여자의 떨림이 그를 떨게 하고 있었다. 그도 여자처럼 울었다. 혀를 깨물며 울지 않으려고 해도 울음은 거침없이 흘러나왔다. 네 아부지 나쁜 사람이다, 하고 친구가 소리쳤다.

「관셈보살님이 공주님같이 키워 준께 요것이 은혜를 원수로 갚을라고 해?」

아버지의 비아냥거리는 말과 함께 여자의 하얀 뱃살 위로 지네 두 마리가 동시에 떨어졌다. 여자는 으아! 하면서 옆구리와 엉덩이를 모로 틀었다. 여자의 얼굴이 잿빛으로 변하더니 발버둥이 멈추었다. 바들바들 떨고 있기만 했다.

「요년! 이 백여시년!」

 해선은 마침내 으앙으앙 하고 울어 버렸다. 방 안에서 아버지의 목소리가 들려왔다.

「너 이 새끼, 너도 이 백여시하고 같이 죽고 싶어서 왔냐? 쫓아 나가면 매가지를 꽉 밟아 죽여 버린다이!?」

 방 안에서 박해를 당하고 있는 그 여자가 어쩌면 짙푸른 바다의 파도들이 일으킨 물보라가 둔갑한 백여시인지도 모른다 싶었다. 저 여자가 너를 낳아 준 어머니일지도 모른다, 하고 친구가 말했다. 웃기지 말라고, 그는 반발했다. 할머니가 물너울이 내 어머니라고 했는데, 어느 날 어느 시에 수문 거리에 가면 쌀아기 하나가 울고 있을 거라는 신령님의 현몽대로 달려가 보니 내가 거기서 울고 있었다고 했는데……. 저 여자가 어떻게 내 어머니란 말인가. 그러면서도 해선은 몸을 떨었다. 눈앞에 검푸른 어둠자락이 거듭 맴돌아 흘렀고, 울음이 어디론가 달아나 버렸다.

 그 여자가 네 어머니든지 아니든지 일단 누구에게인가

도움을 청하자, 하고 친구가 말했다. 누군가를 불러오지 않으면 아버지가 필시 그 여자를 죽여 놓을 거다. 청부 아저씨를 불러오자. 개오지 연안 쪽으로 달려갔다. 아버지는 청부 아저씨를 무서워하지 않는다. 담임 선생을 불러와야 한다. 담임 선생이 달려온다면 아버지가 저 잔인한 짓을 계속하지 못할 것이다.

어슴푸레한 달안개 속에 잠겨 있는 모래밭길로 들어섰다. 왜 그렇게 굼벵이같이 굼뜨게 가고 있느냐고, 더 빨리 달려라, 하고 친구가 재촉했다. 두 주먹을 그러쥐고 뛰었다.

관사의 방문 앞으로 뛰어갔다. 숨을 헐떡거리면서, 종이처럼 퍼석거리는 목에 밭은 침을 울구어 넘겼다. 방에는 형광등이 켜져 있었고, 텔레비전 소리가 흘러나왔다. 브라운관의 명멸하는 빛살들이 젖빛 유리창에 푸르고 붉고 노란 얼룩 무늬들을 투영시키고 있었다. 버석거리는 목줄을 황새처럼 길게 빼 늘이고 밭은 침을 삼키면서 선생님! 하고 불렀다. 더 큰 목소리로 두 번이나 불렀을 때에야 선생이, 엉? 누구냐? 하고 문을 열고 나왔다. 해선인 것을 알아차린 선생은, 지금 부엉이가 울고 있냐? 하고 물었다. 그는 고개를 살래살래 저었다. 선생은 허리를 굽히고 그와 눈높이를 맞추며 그럼? 하고, 텔레비전 브라운관의 오색 물살 무늬를 두 눈동자로 되받아 쏘고 있는

물보라

그의 두 눈을 들여다보았다.

「아버지 아직도 안 들어오셨구나! 혼자 있기 무서워서 달려왔구나? 잉?」

그는 다시 고개를 저었다. 그의 집에서 일어난 일을 설명하려는데 울음이 먼저 나왔다. 눈물이 앞을 가렸지만 주먹으로 훔치지 않았다. 혀를 아프게 깨물면서, 아버지가 어떤 여자 한 사람을 데리고 들어왔는데, 지금 발가벗겨 놓고 지네로 하여금 물어뜯어 죽이게 하고 있다고, 얼른 가서 살려 달라고 말했다.

「어떤 여자라니?」

백여시가 둔갑한 여자라는 말을 하고 싶었지만 그 말이 나오지 않아 고개를 젓기만 했다. 선생은 잠시 망설이다가 안으로 들어가더니 운동복으로 갈아입고 나왔다.

「가자!」

그가 앞장서서 달렸고 선생은 여남은 걸음쯤 뒤처진 채 경중경중 따라왔다.

만월이 아직 덜 된 달이 바다 위에 떠 있었다. 산과 들은 보얀 달안개에 덮여 있었다. 바다의 수면은 은빛 등불을 수천만 개 밝혀 놓은 것처럼 하얬다. 모래톱으로 밀려온 파도는 은색의 달빛 방울들을 구슬치기하듯이 뒹굴리면서 재주를 넘곤 했다.

「그 여자 혹시 너의 어머니 아니냐?」

뒤따르는 선생이 물었다.

우리 어머니는 사람이 아니고 바다 물너울이라고 할머니가 그랬어요, 하고 말하려다가 말았다.

「네가 물너울 아들이라는 것은 동화 속 이야기고.」

선생은 이 아이에게 잘못 걸렸다고 생각하고 있었다. 맺고 끊어야 할 데서 과감하게 그렇게 하지 못하는 스스로의 잔정 많음과 오사바사함을 꾸짖고 있었다. 부부 싸움은 부부 이외의 어떠한 사람도 끼어들어 해결하려 들면 안 되는 법인데.

해선은 그러한 선생의 속마음을 읽고 있었다. 발밑에 누워 가는 친구가, 만일 중도에서 선생의 마음이 변해서 돌아가 버리면 큰일이라고, 먼저 얼른 무슨 수를 쓰라고 그에게 귀띔했다. 그러나 그는 아무런 말도 뱉어 내지 못했다.

세상의 일은 천천히 부드럽게 진행되는 것만이 아니었다. 눈 깜짝할 사이에 급전되기도 하는 것이었다. 집에는 예상하지 못했던 일이 일어나 있었다. 안방에만 형광등이 환하게 켜져 있을 뿐 작은방에는 불이 꺼져 있었다. 해선은 가슴이 우둔거려 견딜 수 없었다. 아버지와 백여시가 둔갑한 그 여자는 어떻게 되었을까.

해선은 말없이 선생에게 작은방 문을 손가락질해 주었

다. 선생은 작은방 문 앞으로 다가서려 하지 않고 마당 가장자리의 그물더미 옆에 우두망찰 서 있기만 했다. 허공을 향해 고개를 쳐들었다. 내가 이 아이한테 또 한 번 당하고 있구나.

 해선은 선생의 속을 읽었다. 금덩이를 삼켰다는 철부지의 말을 듣고 배를 갈라 보니 피만 나왔다는 할머니의 말을 떠올렸다. 지금 이 방 안에 백여시가 둔갑한 여자가 들어 있어요, 하고 말하고 싶은데 말보다 울음이 먼저 넘어왔다.

 선생은 작은방을 등진 채 턱을 바다 쪽의 하늘로 쳐들었다. 거기 달이 둥실 떠 있었다. 창백한 달이었다. 선생은 무거운 침울을 한숨으로 내뿜으며 몸을 돌렸다. 해선은 선생의 앞을 막아섰다. 선생은 말없이 고개를 저어 주고 해선의 옆을 스쳐 개오지 연안 쪽으로 걸어가 버렸다. 해선은 선생의 뒤를 따라갔다. 기껏 왔다가 작은방 문을 한 번도 열어 보지 않고 그냥 가버리면 어찌할 것인가.

 개오지 연안 모래밭길에 이르러 해선은 발을 멈추었다. 선생은 뒤도 돌아보지 않고 총총 걸어가면서, 아무 소리 말고 얼른 들어가 잠이나 자거라, 너의 아버지 어머니 지금 불 꺼버리고 정답게 주무시고 있지 않니? 하고 말했다.

 그것은 억장이 무너지게 하는 말이었다. 해선은 길바닥에 주저앉았다. 원망과 절망 어린 목소리로 선생니임! 하고 불렀다. 선생은 뒤돌아보지 않고 달안개 속으로 멀어져 갔다.

그때 등 뒤에서, 아니 이새끼, 너 지금 먼 짓거리를 하고 댕기냐, 잉? 하는 아버지의 목소리가 들려왔다. 아버지는 선생이 달안개 속으로 사라지기를 기다리고 있다가, 아이코오! 이 새끼, 멍충이 같은 짓거리하고 있는 것 그냥, 참말로 환장하겠네이, 하며 해선에게 달려들었다. 붙잡아 패 죽일 태세였다.

해선은 머릿속에 번갯불이 번쩍했다. 재빨리 몸을 일으켰다. 학교 쪽으로 뒷걸음질을 쳤다.

「누구한테든지 작은방 백여시 이약 하지 말라고 신신당부를 한께!」

아버지가 그에게 다가서면서 손목을 훔쳐 잡으려고 했다. 붙잡히면 맞아 죽는다, 하고 친구가 소리쳤다. 그는 학교 쪽으로 달아났다.

「이 새끼, 어디로 내빼냐!? ……너 안 잡아묵을 텐께, 얼른 집으로 들어가서 잠이나 자!」

아버지는 발을 멈추고 무뚝뚝하게 말했다. 그는 이미 백 미터쯤이나 달아나 있었다. 만일 더 쫓아갈 기미를 보이면 그가 더 멀리 달아날 터이므로, 아버지는 몸을 돌리고 집을 향해 걸어갔다. 그는 섬쩍지근하여 얼른 아버지를 따라가지 않고 그 자리에 계속 서 있었다. 친구가, 저

몸짓은 너를 힘들이지 않고 붙잡기 위한 수작이다, 하고 말했다. 그는 천천히 백 미터쯤의 거리를 유지한 채 아버지 뒤를 따라갔다. 그새에도 작은방의 여자에 대한 궁금증이 그를 환장하게 했다. 그 여자는 지네에게 물려 죽었을까. 지네에게 물리면 새파랗게 독이 오른 채 퉁퉁 부어 죽는다고 했는데.

26

 자다가 오줌통이 터질 것 같아서 깨어 보니 혼자서 자고 있었고, 발가벗은 채였다. 잘 때는 옷을 입고 잤는데 누군가가 벗겨 놓았다. 아버지가 그랬을 터이다. 아버지는 지금 어디에 있을까. 작은방에서 백여시가 둔갑한 여자와 함께 자고 있을까. 백여시를 순한 각시로 길들였을까. 아버지는 겁이 없다. 아버지가 걸어 놓은 마법이 풀려 다시 백여시로 되돌아가 잠든 사이에 간을 빼먹으면 어찌하려고 그런단 말인가.

 밖으로 뛰어나가 그물더미에 오줌을 갈겼다. 찬바람이 살갗을 에워쌌다. 거듭 진저리를 치면서 아랫배에다 안간힘을 썼다. 오줌이 끼르르르 하고 꽃뱀의 울음소리를 내며 요도를 빠져나갔다. 정수리와 가슴과 등줄기와 항문 주위가 양철 긁는 소리를 냈고 살갗에 전율이 일어났다. 전율 때문인지, 이날 밤의 달빛 소리가 여느 날 밤의 그것하고 다르게 느껴졌다. 벌레가 잎사귀 갉아먹는 듯싶은 달빛 소리에 여자의 신음 같기도 하고 짐승의 낑낑거림 같기도 한 소리가 섞여 있었다. 시디신 쾌감이 전신을 흔들었다. 그 쾌감을 즐기면서 장차 순영이에게 장가를 갈 것이라는 생각을 했다.

그 순간 마당 안 어디에 자기 아닌 누구인가가 또 있다는 생각이 들었다. 도깨비일 것이다. 아니다. 도깨비에게서는 찬바람이 날아오지만 사람에게서는 훈훈한 바람이 날아온다. 그의 등 뒤에서 오줌 누는 것을 보고 있는 그것은 사람일 터이다. 어디에서인가 사람 움직거리는 소리가 들려왔고, 그 사람의 냄새가 번져 왔다. 머리끝이 곤두섰다. 달빛을 머리에 인 채 사방을 두리번거렸다. 흰 달빛을 받아 번쩍거리는 등나무덩굴, 하얀 등불들을 밝힌 듯한 저수지 수면, 서리 내린 듯한 물 빠져 버린 양식장의 밑바닥, 달안개를 덮어쓴 밤나무숲과 매봉산 기슭을 둘러 살폈다. 사람인 듯싶은 것은 보이지 않았다. 작은방에서 아버지의 코 고는 소리가 들려오고, 개오지 연안 쪽에서 해조음이 들려올 뿐이었다. 아버지는 백여시를 길들여 각시로 삼았음에 틀림없다. 작은방의 일이 궁금해서 견딜 수 없었다. 작은방 모퉁이로 돌아갔다. 창문 앞으로 다가갔다. 전날 놓아둔 다라이 위에 올라서서 유리창에 눈을 대고 방 안을 엿보았다. 달빛이 커튼 사이로 스며들고 있었으므로 이불을 덮고 자고 있는 두 사람의 모습이 어렴풋하게 보였다. 아버지가 백여시가 둔갑한 여자를 끌어안은 채 자고 있었다. 저렇게 끌어안고 있을 때 백여시가 아버지의 간을 빼먹으면 어찌할까.

그는 추위와 두려움을 견딜 수 없었다. 백여시한테 간이 뽑히고 죽든지 어쩌든지 알아서 해라. 몸을 돌렸다. 덜덜 떨면서 현관문을 열고 안으로 들어섰다. 발가벗은 알몸 여기저기가 허전해 옷을 입고 누웠다. 잠이 올 것 같지 않았다. 작은방의 코 고는 소리 갈피갈피에 아스라한 파도 소리가 끼어들었다. 그 소리에 달빛 소리가 섞여 있었다. 눈을 힘주어 감고 잠을 청했다. 어느 사이엔지 그는 개코와 짝귀랑 갯벌밭에 있었다. 두 걸음 떨어진 곳에서 셋이 나란히 선 채 말미잘에다 오줌 갈겨 넣기 내기를 했다. 개코와 짝귀의 오줌은 말미잘 입에 떨어지는데 그의 오줌은 중간에서 떨어졌다. 그들에게 지면 안 된다고 친구가 소리쳤으므로 그는 끙 하고 안간힘을 쓰며 오줌을 갈겼다. 그러다가 소스라쳐 놀라 눈을 떴다. 자지 끝을 움켜잡으면서 모두걸음으로 일어났지만 때는 이미 늦어 있었다. 옷과 이불이 다 젖었다. 날은 하얗게 밝아 있었다. 창문은 옥색 물에 젖어 있었고 방구석에는 잿빛 어둠이 남아 있었다. 밖에 수상스러운 기척이 있었다. 아버지한테 들킬 때 들킬지라도 젖은 이불을 둘둘 말아 구석으로 밀어놓기로 했다. 젖은 옷을 벗어서 세탁기 속에 던져 넣은 다음 농 속에서 다른 바지를 꺼내 입고 밖으로 나갔다.

작은방 문과 현관문 사이에 두 사람이 마주 서 있었다. 하나는 아버지고 다른 하나는 처음 보는 남자였다. 그 남자는 얼굴이 깡말랐지만 몸은 오동통했다.

「니가 죽든지 내가 죽든지 오늘 아주 결판을 내뿔자.」

아버지가 독기 어린 목소리로 말했다. 마주 선 남자는 고개를 깊이 떨어뜨리고만 있었다. 아버지는 그 남자가 자기에게 겁먹고 있다 생각하고, 겁나면은 그냥 돌아가뿔! 하고 거만스럽게 말했다. 사실은 아버지도 떨고 있었다.

둘은 키가 비슷했다. 아버지 쪽은 호리호리하고 남자 쪽은 튼실해 보였다. 구릿빛인 아버지의 이마와 눈자위와 입가에는 주름살이 많은데, 창백한 남자 얼굴에는 주름살이 없었다.

무엇 때문에 싸우려 하는 것일까. 싸우면 어느 쪽이 이길까. 해선은 아버지가 어린 시절에 새로 온 선생들을 골탕 먹이곤 했었다는 청부 아저씨의 말을 떠올렸다.

「너, 내가 누군지 모르지?」

아버지는 상대에게 위협을 줌으로써 싸우지 않고 간단

히 퇴치시키려고 들었다.

「내가 여기서 새우나 키워 먹고 살고 있은께 시퍼 봤다 가는 너 파짐치 되아 뿐다잉.」

남자는 얼굴을 일그러뜨리고 눈살을 찌푸렸다. 그때 작은방 문이 열렸다. 여자가 얼굴을 내밀고 두 남자의 동태를 살폈다. 해선은 가슴이 쿵쾅거렸다. 백여시가 둔갑한 여자다, 하고 친구가 말했다. 여자의 눈매는 약간 부석부석했지만 눈알은 동편에서 날아오는 금빛의 아침 빛살을 받아 반짝 빛났다. 그 눈빛과 표정이 겁을 먹고 있었다. 그는 곧 그 두 남자가 대거리하려 하는 까닭이 그 여자 때문이라는 것을 알아챘다.

남자가 고개를 들어 문밖으로 얼굴을 내민 여자를 보았다. 아버지가 몸을 돌리고 여자를 향해 소리쳤다.

「안으로 들어가서 꼼짝 말고 있어!」

여자는 댓돌을 디디고 마당으로 내려서면서 아버지를 바라보았다. 여자의 눈빛은 애타게 용서를 청하고 있었다. 해선은 여자의 차림새를 보고 놀랐다. 여자는 진한 치잣빛 바탕에 선홍색 모란꽃 무늬가 있는 담요로 몸을 휘감고 있었다. 옷 지어 입을 줄 모르는 먼 미개의 나라 여자처럼. 담요 자락 밖으로 하얀 두 다리가 나와 있었다. 목과 어깨를 감아 걸친 담요 자락이 흘러내리는 것을 막기 위해 붙잡은 한쪽 손과 팔꿈치도 드러나 있었다.

「아저씨, 이럴 수가 있습니까? 세상에 어떻게 발가벗겨 가지고……. 듣지도 못하고 말하지도 못하는 사람 아닙니까? 겁 많고 순박하기만 한 가시내 아닙니까?」

남자가 슬픈 표정을 지으면서 통사정하듯이 말했다.

「그것은 니놈이 상관할 일이 아니여. 죽이든지 삶아 묵든지 내 맘인께.」

저 여자는 제가 데리고 가서 살아야 합니다, 하고 말하면서 남자는 아버지 앞에 무릎을 꿇고 파리처럼 두 손바닥을 마주 대고 비볐다. 여자가 맨발로 남자 옆으로 다가가면서 어버, 어어! 했다. 아버지가 여자를 작은방 쪽으로 걸어 밀었다. 여자가 떠밀려 가다가 담요 자락을 밟고 넘어졌다. 여자의 아랫도리 알몸이 드러났다. 아버지는 여자의 한쪽 팔을 잡아끌고 작은방 문 앞으로 갔다. 여자는 담요 자락을 놓쳤고 알몸이 되었다. 아버지는 여자를 방 안으로 밀어 넣은 다음 담요를 던져 넣어 주고 문을 꽈당 닫았다. 문밖에 달아 놓은 장석에 자물쇠를 걸어 버렸다. 딸각 소리가 나게 잠그지는 않았지만 안에서는 열 수가 없을 터였다. 여자가 안에서 문을 두들겼지만 아버지는 아랑곳하지 않고 해선을 향해 성난 개처럼 으르렁거렸다.

「이 새끼, 너도 싸게 안으로 들어가 자빠져 있어!」

해선은 뒷걸음쳤다. 현관문 안으로 들어가 문틈으로 밖을 내다보았다.

「저 이렇게 꿇어 앉은 채 아저씨가 두들겨 패는 대로 다 맞을게요. 죽이든지 살리든지 알아서 하십시오. 저는 죽어서라도 저 여자를 데리고 갈 것입니다.」

「말도 안 되는 소리 하지 말고 얼른 일어나거라. 오늘 너하고 나하고 가운데 하나는 죽어야 쓴다. 여기서 곤란하면은 저기 모래밭으로 가서 결판을 내자.」

이윽고, 남자가 어려운 결정을 내렸다.

좋습니다, 저기 조용한 데 가서 맞아 죽어 드리겠습니다, 하며 앞장서서 개오지 연안으로 갔다. 남자는 한쪽 다리를 심하게 절름거렸다. 오른쪽 발을 땅에 디딜 때엔 엉덩이가 오른쪽으로 뒤틀리면서 뒤쪽으로 한 차례씩 크게 흔들렸다. 해선은 머리끝이 곤두섰다. 아버지보다 더 젊다 할지라도, 저 몸으로 뚝심과 어깃장이 센 아버지를 어떻게 이길 것인가. 아버지는 절름거리면서 앞에 가는 남자의 뒷모습을 한동안 바라보다가 뒤따라갔다. 아버지가 오늘 아침 저 남자를 죽일지도 모른다. 해선은 가슴이 우둔거리고 다리에 힘이 풀렸다. 멀찍이 떨어져서 그들의 뒤를 따라갔다.

그때 작은방 안에서 여자가 문을 두들겼다. 어버, 어어! 하고 소리치면서. 저 여자보고 싸움을 말리라고 풀어 주자, 하고 친구가 말했다. 달려가서 작은방 문의 자물쇠를 풀어 던져 버리고 개오지 연안을 향해 뛰었다.

27

 누군가가 은색 바다 수면에다 주황색 물감을 엎질러 휘젓고 있었다. 휘도는 물살 위에 흰 물새들이 어지럽게 선회하고 있었다. 전어 떼나 멸치 떼가 나타난 것이다. 물새들은 전투기처럼 자맥질을 하여 먹이 사냥을 했다. 잡은 것을 학섬으로 가지고 가서 찢어 먹는 새도 있었다. 학섬 너머 저 멀리 소록도와 금산이 있었다. 그 위의 하늘에는 거대한 북어 서너 두름이 차곡차곡 쌓여 있었고, 그 사이사이에는 선홍색의 공단이 깔려 있었다.

 그 하늘을 배경으로 수런거리는 바다를 옆에 둔 채 아버지와 남자는 마주 섰다. 아버지는 주먹을 부르쥐었다. 남자는 아까 마당에서 했던 것처럼 다시 무릎을 꿇고 앉아 고개를 깊이 숙이고 두 손바닥을 마주 대고 비비며 통사정하듯이 말했다. 그 말이 파도와 바람결 갈피갈피에 실려 그에게로 날아왔다.

「이렇게 빕니다. 염치 좋게 용서해 달라는 것은 아닙니다. 아저씨 처분대로 하십시오. 저를 죽이든지 살리든지……. 죽여 주면 죽여 주는 대로 살려 주면 살려 주는 대로 기다렸다가 저 여자를 데리고 떠날 겁니다. 어차피 우리 두 사람은 떨어질래야 떨어질 수가 없습니다. 저 사람은 나 아니면 못 삽니다.」

「이 나쁜 사기꾼놈! 니놈이 지금 나보고 죽여도 좋다고 함스롬 모가지를 빼 늘이고 있은께 먼저 하나 묻자이. 너 멀쩡하던 사대삭신이 언제 어쩌다가 그렇게 불쌍하게 돼뿌렀냐?」

「자동차 사고를 당했습니다. 저 불쌍한 것 멕여 살리려고 그 옷 벗어 던지고 헌털뱅이 화물차 한 대를 사갖고 끌고 다니면서 채소 장사를 하다가 브레키가 안 들어서. 사실은 나 그 사고 났을 때 이미 죽어 버린 놈이오.」

「이 자식, 니가 그렇게 슬픈 표정을 지음스롬 무릎 꿇고 빈다고 내가 용서해 주고 저년을 내줄 줄 아냐? 괜히 건방 떨고 허세 부리지 말고, 주먹 쥐고 일어나서 덤벼라. 우리 이 일은 말로 해결할 게 아니다. 니놈이 덤벼야 내가 패 죽여 주지잉. 죽여 줍소서 하고 무릎 꿇고 엎어져 있는디 내가 사람이나 쳐죽이는 살인마가 아닌디 어떻게 패 죽인다냐?」

「아저씨, 인제 사실을 말씀드릴랍니다. 우리가 아저씨를 배신한 것은 할머니 때문입니다. 할머니께서 달아나라고 제 손에 여비까지 잡혀 주셨어요.」

「사기꾼놈아, 죽고 없는 사람한테 뒤집어씌우지 말어!」

아버지가 버럭 소리를 질렀다. 그리고 뒤를 돌아다보았다. 아버지의 눈길이, 몸을 숨긴 채 자기 하는 짓을 엿보는 해선에게 날아왔다. 그 남자의 눈길도 해선에게 날아왔다. 해선은 침 맞은 지네처럼 온몸에 맥이 풀렸다.

「이 새끼 너는 멋 한다고 기어 나왔냐? 싸게 들어가! 쫓아가서 패죽이기 전에 얼른!」

만일 집으로 들어가지 않으면 쫓아와 혼내 주겠다는 몸짓을 해보였다. 해선이 그 말을 못 들은 체하고 서 있기만 하자, 아버지가 모래 한 줌을 집어 해선에게 뿌렸다. 모래가 해선에게까지 날아오지는 않았지만, 해선은 몸을 돌려 네댓 걸음 집 쪽으로 달아나는 체하다가 멈추어 섰다. 아버지는 해선이 지켜보고 있는 한 결판을 낼 수 없다고 생각되는지 해선을 향해 쫓아왔다. 해선은 꽁지가 빠지도록 도망쳤다. 양식장 어귀에 들어서서 발을 멈추고 뒤를 돌아보았다. 아버지는 해선을 계속해서 쫓았다. 해선은 하릴없이 집으로 들어갔다. 아버지는 해선을 향해, 다시 또 오면 너 오늘 아침에 죽는 줄 알어라. 알었냐? 다시 오면 정말로 너 죽이고 말 것이다, 잉? 알어? 하고 거듭 단단히 다짐을 주고 나서 남자가 무릎을 꿇고 있는 모래밭으로 되돌아갔다.

해선은 아버지가 개오지 모래밭으로 사라져 버린 뒤까지 그 자리에 서 있었다. 아버지는 한번 한다면 기어이 하는 사람이다. 그렇지만 좀이 쑤셔 견딜 수 없었다. 그 남자 패 죽이는 데엘 가볼까, 그냥 여기 서 있을까. 가보자, 하고 친구가 말했다. 살금살금 가서 어디다 몸을 숨긴 채 엿보기로 하자. 그때 백여시가 둔갑한 여자가 마당을 걸어나오고 있었다. 아까처럼 선홍색 꽃무늬 그려진 치자색 담요를 걸친 채였다. 옷은 어찌하고 저 담요를 걸치고 다닐까. 아버지가 옷을 어디에 감추어 버린 것이다. 아까 여자가 넘어졌을 때, 털 부숭부숭한 백여시의 꼬리가 드러났을까. 여자가 다가오기를 기다리고 서 있다가, 담요 자락 밑으로 꼬리가 나와 있는지 어쩌는지 확인하자, 하고 친구가 말했고, 그는 발을 모으고 서 있었다. 가슴이 쿵쾅거렸다.

여자가 빠른 걸음으로 달려왔다. 그는 몸을 떨면서 자세를 낮춘 채 여자의 아랫도리를 살폈다. 꼬리가 보이지 않았다. 여자가 부리는 마법 때문에 네 눈에는 꼬리가 보이지 않는다, 하고 친구가 말했다. 여자보다 앞장서서 개오지 모래밭 쪽으로 달려갔다. 어버, 어어, 하고 여자가 그에게 손짓을 했다. 여자가 너를 홀리려고 그런다, 빨리 뛰어라, 하고 친구가 말했다. 도망치듯 달렸다.

  개오지 모래밭이 한눈에 드러났고, 마주 서 있는 아버지와 남자가 보였다. 그는 얼른 ㄴ자로 꼬부라진 해송들이 늘어서 있는 언덕 밑에 몸을 바싹 대어 붙이면서 아버지와 남자의 동태를 살폈다. 한데 담요 걸친 여자가 그의 옆으로 다가왔다. 여자에게서 어디선가 맡은 적이 있는 냄새가 날아왔다. 1, 2학년 때 여선생에게서 날아오던 냄새였다. 젖 냄새 같기도 하고 샴푸 냄새 같기도 하고 로션이나 비누 냄새 같기도 했다. 바로 이 냄새로 사람들을 홀리는 것이다, 가까이 있으면 안 된다, 얼른 피해라, 하고 친구가 소리쳤다. 그러나 피할 곳이 없었다. 모래밭 쪽에는 아버지와 그 남자가 있고 집 쪽에는 그 여자가 있었다. 아버지 쪽으로 가자니 아버지가 쫓아와 붙잡을 것이고, 여자 쪽으로 가자니 간을 빼먹을 터이다. 그는 산언덕을 향해 선 채 바다 쪽으로 뒷걸음질을 쳤다. 여자가 그를 붙잡겠다는 듯 다가왔다. 몸을 돌려 도망치려다가 발을 헛디뎌 넘어졌다. 허겁지겁 일어서려 하는데 여자가 그의 팔 하나를 붙잡았다. 뿌리치려고 했지만 여자가 그를 품에 안아 버렸다. 그는 여자가 걸친 담요 속으로 들어갔다. 여자의 알몸이 그를 끌어안았다. 그의 얼굴은 그 여자의 두 젖무덤과 목줄 사이로 들어갔다. 여자의 눈물에 젖은 턱과 볼과 젖 냄새 같은 체취 어린 젖무덤이 그의 몸과 모든 느낌들을 순간적으로 무력화시키고 있었다. 바야흐로 백여시가 공격하고 있는 것이라고 생각하며 그는 잽싸게 여자의 엉덩이 뒤에 털 부숭부숭한 꼬리가 있지 않은지, 여자의 손 하나가 그의 가슴속으로 파고 들어와 간을 뽑아 가지 않는지 살폈다. 여자의 발목 근처 어딘가에 꼬리가 흔들거리고 있는 듯싶어 피하려는데 몸이 말을 듣지 않았다. 여자의 두 손이 그의 등과 목덜미를 꼼짝 못하게 부둥켜안고 있었다. 숨이 막혔다. 친구가, 왜 반항하지 않고 가만 있느냐고, 정신 차리고 힘껏 뿌리치고 달아나라고 소리쳤다. 그는 꾀를 냈다. 땅바닥 쪽으로 주저앉으면서 몸을 외틀고 옆으로 빠져나갔다. 여자의 담요 밖으로 빠져나오는 순간 집 쪽으로 몸을 돌렸다. 아버지가 그를 향해 쫓아오고 있었다. 달아나려던 그는 여자에게 다시 붙잡혔다. 여자는 다시 그를 끌어안아 버렸다. 그 여자를 아버지가 걷어 밀었다. 그는 여자와 함께 모래밭에 쓰러져 뒹굴었다. 아버지는 미친 듯이 여자와 그를 발로 걷어찼다. 여자는 아버지의 발길이 그의 몸에 닿지 않도록 알몸으로 그를 감싸 가려 주었다. 아버지는 그 여자의 엉덩이와 옆구리를 걷어찼다. 남자가 절름거리며 달려와서 아버지의 아랫도리를 끌어안았다. 아버지는 남자의 손을 뿌리쳤다. 자기의 한쪽 다리를 붙들고 있는 남자를 두들겨 패기 시작했다. 남자의 코에서 피가 흘렀다. 여자가 그를 놓아두고 아버지에게로 덤벼들었다. 아버지의 다른 가랑이 하나를 붙잡았다. 담요는 모래밭에 떨어졌고, 여자는 알몸인 채로 아버지를 공격하고 있었다.

「이런 죽일 연놈들!」

아버지는 절망적으로 소리치며 몸부림치고 발버둥쳤다. 한쪽 다리가 부실한 남자와 알몸인 여자를 주먹으로 후려치기도 하고 발로 걷어차기도 했다. 남자의 입술이 짓이겨지고 입과 코와 볼과 눈이 온통 피범벅이 되었다. 그것을 본 여자가 알몸 젖가슴으로 남자의 얼굴을 끌어안았다. 그리고 아버지를 향해 어버 어어! 어버허! 하고 절규했다. 아버지는 남자의 얼굴이 여자의 알몸에 가려지자 노출된 여자의 배와 옆구리를 걷어찼다.

느그 아버지 나쁜 사람이다! 하고 친구가 말했다. 해선은 아버지에게 달려갔다. 발길질하는 아버지의 가랑이 하나를 보듬어 버렸다.

아니? 이런 죽일 새끼 조끔 보소이!? 하고 아버지는 기막혀하면서 해선을 뿌리쳤다. 해선이 아버지의 가랑이를 놓치고 모래밭에 넘어졌다. 아버지는 한쪽 발을 높이 치켜들었다. 해선의 얼굴을 짓밟아 버릴 태세였다. 해선은 순간 아버지를 노려보았다. 그때 해선의 속에 들어 있는 지네 한 마리가 꿈틀하며 뿔 같은 턱을 치켜들고 있었고 그 독기가 눈으로 몰려들었다. 그 눈빛을 본 아버지가 몸에 맥을 풀어 버리면서 진저리를 쳤다. 해선의 옆구리 옆의 모래를, 허방을 디디듯이 밟아 버리고 바다 쪽으로 몸을 돌렸다. 비틀거리며 걸어갔다. 아버지는 마치 무슨 독에 쏘인 사람처럼 맥이 풀려 있었다.

허허어! 이런 쥑일 새끼! 하고 탄식하면서 맥없이 모래밭에 주저앉더니 주먹으로 모래밭을 찍고 또 찍었다. 아아! 어어어! 하고 울부짖었다. 뒤로 발딱 드러누우면서 뒹굴었다. 어어허! 어흐으! 하고 짐승처럼 울부짖었다. 그때 알몸인 여자와 피투성이가 된 남자는 서로를 끌어안은 채 울어 대고 있었다. 해선은 모래밭에 구겨져 있는 담요 자락을 끌어다가 여자의 알몸을 덮어 주었다. 여자가 한 팔로 해선을 끌어다가 남자와 함께 안아 버렸다. 담요 속에서 세 사람은 한 덩이가 되었다. 여자는 더욱 격렬하게 어버! 어버허! 소리를 내고 있었고, 남자는 으흑으흑 하고 울어 댔다.

그도 울고 싶었다. 그러나 울음이 나와 주지 않았다. 세상이 온통 의혹으로 가득 차버렸다. 이 여자와 남자는 나에게 무엇일까. 그들의 울음소리 저쪽에 억분을 주체하지 못한 아버지의 통곡과 파도 소리가 있었다. 그는 여자와 남자를 뿌리치고 담요 밖으로 나왔다. 한동안, 서로를 끌어안은 채 울어 대는 남자와 여자를 가리고 있는 꽃무늬 담요와 통곡하며 몸부림치는 아버지를 번갈아 보고 있었다. 학섬을 바라보았다. 섬의 엉설에 부딪친 파도가 하얀 물보라를 일으키고 있었다. 그 섬 꼭대기에 물새 한 마리가 앉아 그를 마주 보고 있었다.

학교에 가면서 생각해 보자, 하고 친구가 말했다. 그는 집으로 뛰어갔다. 슬프고 외로울 때는 밥을 배가 불룩하게 먹어 버리면 좋아진다고 하던 할머니의 말을 떠올렸다. 그릇 하나를 들고 보온밥통을 열었다. 주걱으로 밥을 퍼 담았다. 물에 말았다. 목구멍 너머로 후룩후룩 넘겼다.

가방을 들고 나서려다가 지네는 어찌 되었을까, 하고 생각했다. 벌레를 잡아다 주고 가자, 하고 친구가 말했다. 작은방으로 들어갔다. 지네들은 모두 아버지의 커피병 속에 들어 있었다. 커피병을 손에 들고 수로둑을 달렸다. 알밤들은 철쭉숲, 싸리숲, 띠풀섶 속에서 초롱초롱 눈을 빛내고 있었다. 벌레 들어 있다 싶은 것들을 이빨로 깨물어 껍질을 벗겼다. 그때 송곳니 뿌리가 아릿했다. 송곳니는 이따가 흔들어 빼자. 지네들에게 벌레 한 개씩이 돌아가도록 잡아넣어 주고 병을 집어 들었다. 수로둑을 타고 달렸다. 커피병을 현관문 안에 넣어 놓고 집을 나섰다. 아직도 아버지와 꽃무늬 담요 뒤집어쓴 두 사람은 개오지 모래밭에 그대로 있었다. 너희들 알아서 해라, 너희들 알아서 해라, 하고 소리치면서 그는 모래밭길을 달려 학교로 갔다.

28

 놀이터 나무 보지 옆의 긴 의자에 앉아 있었다. 음습한 어둠이 들어 있는 나무 보지에서 지린내가 날아왔지만, 그는 적어도 하루 한 차례씩은 그 긴 의자를 찾아가곤 했다. 아버지에게 매를 맞은 이튿날, 개코와 짝귀한테 엉덩이를 차이고 났을 때, 순영이와 대면하지 못하여 쓸쓸하고 우울했을 때 그곳에 오래 앉아 뛰노는 아이들을 바라보고 있곤 했다.

 땅에 널려 있는 낙엽들을 내려다보면서 오른쪽 호주머니에 든 손거울의 미끄러운 표면을 만지작거렸다. 얼마 전부터 잎사귀들이 황갈색으로 변해서 떨어지고 있었다. 어떤 잎사귀는 붉은 꽃, 노란 꽃처럼 예뻤다. 노랑, 빨강, 갈색의 반점들이 박여 있는 것들도 있었다. 손거울을 꺼내 들고 쪼그려 앉았다. 곱게 화장을 한 낙엽 앞에 거울을 대주었다. 제 얼굴이 얼마나 예쁜지 보라는 것이었다. 거울에 비친 낙엽을 그도 들여다보았다. 거울 속에 들어 있는 낙엽은 수줍어하고 있었다. 손거울 속에 거무스레한 잔가지들과 반짝 하는 하늘이 들어와 있었다. 손거울을 호주머니에 넣고 하늘을 쳐다보았다. 나뭇가지에 남아 있는 잎사귀들은 몇 되지 않았다.

슬펐고, 그 슬픔 때문에 몸이 나른했다. 쉬는 시간이면 달려와서 타곤 하던 시소와 그네를 이날은 한 번도 타지 않았다. 자기 가랑이를 붙잡은 그를 밀어붙이고 오른쪽 발을 들어 꽉 짓밟아 버리려 했다가 옆의 모래만 힘껏 밟아 주고는 바다를 향해 주저앉아 모래를 치며 울부짖고, 그래도 울분이 풀리지 않아 벌레처럼 뒹굴며 절규하던 아버지의 모습이 머릿속을 떠나지 않고 있었다. 벙어리 여자와 다리 절름거리던 남자의 피범벅된 얼굴도 함께 떠올랐다. 그들 모두가 가엾었다. 슬퍼 견딜 수 없었다. 실컷 울어 버렸으면 좋겠다 싶었다. 그러나 울음이 넘어올 기미가 보이기만 하면 미리 혀를 아프게 깨물어 그것을 방지했다.

바보 멍청이같이 앉아만 있으니까 슬퍼지지, 하고 친구가 말했다. 그네를 타자. 나는 슬픈 일이 생기면 산으로 들로 돌아다니면서 나물을 캐거나 썰물 진 갯벌밭으로 나가 조개를 잡으면서 목청껏 노래를 부르고, 신당에서 절하고 비손을 하고 나무아미타불 관세음보살 하고 염불을 한다, 너도 뭔 슬픈 일이 생기면은 노래 부르고 염불하고 공부해라, 하고 할머니가 말하지 않더냐?

그네를 타러 갔다. 그넷줄을 두 손으로 잡은 채 앞으로 세 걸음 걸어 나갔다가 재빨리 엉덩이를 그네판에 걸치며 올라앉았다. 그의 몸을 실은 그네가 뒤쪽으로 물러나면서 흔들렸다. 뒤로 물러나기가 끝날 무렵에 맞추어 두 다리를 앞으로 뻗어서 흔들거림의 폭을 앞쪽으로 조금 키웠다. 앞으로 나아가기가 멈출 무렵에 두 다리를 뒤쪽으로 뻗어서 뒤로 나아가는 폭을 넓혔다.

중력은, 그네를 앞으로 나아간 만큼 뒤로 물러가게 하고 뒤로 물러간 만큼 앞으로 나아가게 하면서 멈추어 서게 하려 한다. 그네는 음흉하지만 우둔한 데가 있다. 한사코 수직으로 서 있으려 한다. 밑으로 밑으로 흘러가는 물처럼. 그 음흉함과 우둔함을 즐긴다. 앞뒤로의 흔들림이 끝나는 시기에 맞추어 그네판 밑으로 늘어뜨린 다리를 반동적으로 앞뒤로 저어 대면 얼마든지 즐길 수 있다. 반동은 보이지 않는 힘을 만든다. 그림자처럼. 그 힘이 작용한 만큼 실체는 따라다닌다. 그와 그림자와의 관계가 그러하다. 새우 양식장 하는 아버지와 그의 관계도 그러할 터이다. 둘 중 어느 쪽이 그림자이고 어느 쪽이 실체일까.

그네타기는 항상 다시 제자리로 되돌아왔다가 반대쪽으로 나아가곤 하는 동어 반복이면서도 결코 동어 반복만은 아닌 어떤 것이다. 그것은 보이지 않는 그림자하고 놀기, 그것 즐기기이다. 양쪽에서 끌어당기는 변형력[應力] 같은, 길항 작용 같은 힘의 출렁거림, 결국 모든 것을 제자리로 되돌려 놓으려 하는 우둔한 중력 희롱하기, 도깨비의 장난 즐기기이다. 친구가 아무리 아는 체하고 까불어도 그 친구는 결국 그의 의지를 신장시키고 확장시키는 존재일 뿐 그를 뛰어넘지는 못한다. 친구는 그와 더불어 사는 것을 즐기고, 그는 그 친구와 시시비비 말다툼하는 것을 즐긴다.

벙어리 여자가 사실은 네 어머니일 것이다, 하고 친구가 말했다. 까불지 말어, 하고 소리치면서 그네판 밑으로 늘어뜨린 두 발을 힘껏 저었다. 나를 낳은 어머니는 바다라고 할머니가 그랬어. 물너울이 만든 물보라가 내 어머니란 말이야.

아니야, 네 할머니가 거짓말을 한 거야, 벙어리 여자를 데리러 온 남자는 네 진짜 아버지일 것이다, 하고 친구가 말했다.

세상이 알 수 없어졌고 무서워졌고 슬퍼졌다. 자기의 존재가 땅에 떨어져 뒹구는 황갈색의 벚나무 잎사귀보다 더 하잘것없어졌다. 아니야, 하고 그는 친구에게 소리쳤다. 말도 안 되는 소리 마라, 우리 아버지는 부엉이라고 할머니가 그랬어.

매봉산에 사는 부엉이가 네 아버지란 말을 곧이듣고 있냐? 그럼 매봉산으로 들어가서 부엉이보고 아부지라고 부르면서 살아라, 하고 친구가 비아냥거렸다. 이 자식아, 그 부엉이는 보통 부엉이하고 달라. 그 부엉이는 사람을 낳게 해주는 혼령 부엉이야. 지금은 저 먼 데 금산으로 날아가서 살고 있을 거야.

그럼 금산으로 가서 그 부엉이 아버지하고 살아라, 하고 친구가 말했다. 그래, 그리로 갈 거다, 하고 그는 소리쳤다. 거기에 가면 혼령 부엉이가 둔갑한 우리 진짜 아부지가 있다. 체구 건장하고 구레나룻 검실검실하고 코가 덩실하고 입술이 두툼하고 눈이 부리부리한 미남 아버지. 앞으로 두고 봐라. 새우 키우고 사는 아버지가 죽으면 할머니 옆에 묻어 주고, 금산 미남 아버지를 모셔 와서 살 것이다. 나도 어른이 되면 그 미남자처럼 구레나룻이 나고 코가 덩실하고 입술 두툼해지고 건장해질 것이다.

그는 금산에 그의 미남 아버지가 있다고 친구에게 말한 스스로가 대견스러웠다. 자기가 어떻게 그러한 생각을 하게 되었는지 알 수 없었다. 그림자 친구 아닌 어떤 무엇인가가 등 뒤 어디인가에 존재하면서 자기에게 그러한 기발

한 생각을 하게 하는 듯싶었다. 그 등 뒤에 있는 알 수 없는 존재는 할머니의 혼령인지도 모르고 할머니가 신당에다 모시던 신령님인지도 모르고 부처님이나 하느님인지도 모른다고 그는 생각했다. 순간 정수리와 등줄기와 겨드랑이에 전율이 일었다. 이날 이 시간에 그러한 신통스러운 생각을 하게 될 것이라고 미리 작정되어 있었던 것 같은 예감이 전율로 일어나고 있었다.

신당이 그대로 있으면 너도 절을 하고 비손을 할 터인데, 하고 친구가 말했다. 그래, 아버지는 나쁜 사람이다, 하고 그가 동의했다. 할머니를 뒤란 언덕 위의 핏빛 황토에 묻고 난 이튿날 학교에 갔다 오자, 아버지는 신당 안에 있는 것들을 모두 끄집어내어 불태우고 있었다. 꽃, 신상, 병풍, 제기, 술, 제상……. 신당을 그대로 두었다면 백여시가 둔갑한 여자가 얼씬도 할 수 없을 터인데, 그게 지금은 헛간으로 변해 있었다.

교무실의 창문이 좌르르 열리더니 그의 선생이 상체를 내밀었다. 선생의 머리 위에 까만 종이 디룽거렸다. 선생들은 이제 그 종을 사용하지 않는다. 선생은 마이크를 입에 대고 말했다. 선생의 말은, 학교 지붕 머리에 앉아 있는 확성기에서 증폭되고 있었다. 부드럽고 따스한 선생의 가느다란 목소리는, 김해선 어린이이! 하고 말하고 있었다.

해선의 온몸에 오소소 소름이 돋았다. 정수리와 겨드랑

이에서 동시에 일어난 가는 철삿줄 같은 소름이 오싹 온몸으로 번져 갔다. 이날 이 시간에 그의 선생이 그를 교무실로 불러들여 어떤 무서운 소식인가를 전해 주기로 오래 전부터 작정되어 있었던 듯싶은 예감이 눈앞을 어지럽게 하고 있었다. 아버지가 양식장의 저수지에 빠져 죽었다는 전화 연락이 왔을까. 그럼 범인은 그 남자와 백여시가 둔갑한 여자일 것이다.

「김해선 어린이느은, 지금 곧 교무실로 달려옵니다아!」

놀이터 주위의 아이들이 일제히 해선을 바라보았다. 해선은 얼굴이 빨개졌다. 온몸에 맥이 풀렸다. 고개를 숙인 채 어깨를 늘어뜨리고 운동장을 건너갔다. 운동장 바닥에 깔린 모래알들이 머금고 있는 광석 알맹이들이 시샘하듯 반짝거렸다. 푸르스름한 색깔로, 흰 색깔로, 혹은 금색깔로.

「아이고, 해선이 어쩔래? 느그 아부지 고주망태 돼갖고 물에 빠져 죽어 뿌렸는갑다.」

개코가 공을 몰고 가면서 해선의 뒤통수를 향해 말했다. 짝귀가 공을 빼앗으려고 쫓아가며 맞장구를 쳤다.

「너 뚜들겨 펠 사람 없어졌은께 시원하게 잘돼 뿌렀다!」

저것들한테 기죽을 것 없다, 칵 패 죽여 버리기 전에 주둥이들 닥치라고 악을 써라, 하고 친구가 말했다. 그들을 향해 욕지거리를 퍼부어 대고 싶은 충동이 일었지만, 그냥 발을 옮겨 디디기만 했다. 어떤 긴박한 일인가가 교무실에서 그를 기다리고 있을 듯싶었고, 그는 오금이 저렸다. 항문과 불알 사이의 요도에서 일어난 시디신 기운이 방광과 심장으로 번져 갔다. 오줌이 마려웠다. 변소로 달려가 오줌을 누고 들어갈까 하다가 참기로 했다.

교무실의 문을 열고 들어서자 선생이 그에게 말했다.
「아버지가 전화를 했다. 너를 광주 서석으로 전학 가게 해주라고……. 너 그것 알고 학교에 왔냐?」
고개를 숙인 채 아무런 대답도 하지 않았다. 그는 이날 이 일이 일어날 거라는 것을 벌써 다 예감하고 있었다.
1, 2학년 선생이 혼잣말처럼 중얼거렸다.
「아따, 김 사장 돈 많이 벌어 갖고 광주다가 집 한 채를 샀는 모양이구나.」
「아니, 그게 아니고 무슨 일인가가 생긴 모양이네요. 무조건 전학 서류를 떼놓으라고 하더라고요. 광주 서석 학교로. 그러면 진짜 보호자가 가서 서류를 받아 갈 것이라고……. 아마 진짜 아버지가 나타난 모양인데요.」
여기서 청부 아저씨가 끼어들었다.
「김 사장 그 사람이 원래 도깨비 같은 사람이어라우.」
「서류 다 준비해 놓을 테니까 이따가 느그 새아버지보고 와서 가져가라고 그래라. 내가 당부도 좀 해야 하겠고……. 어차피 연도 선창에서 배를 타고 가야 할 거니까. 알겠니?」

선생은 멍해져 있는 그의 머리를 쓰다듬었다.

「우리 해선이, 나한테 부엉이 소리 들려주려고 애도 많이 쓰고 그랬는데……. 섭섭해서 어쩌냐?」

「잘됐지 뭐. 진짜 아버지가 데려다가 키우겠다고 나섰다면……. 만날 술만 마시고 개 패듯 두들겨 패기만 하는 계부하고 사는 것보다는 백 번 잘된 것이지, 뭐. 도시로 가서 공부하게 됐으니까.」

5,6학년 선생이 말했다.

「아이고, 부럽다. 해선이! 앞으로 좋은 중학교, 고등학교, 대학교 가서 출세하면은 우리 연도 학교 잊지 마라, 응?」

1,2학년 선생이 말했다.

해선은 눈앞이 어지러웠다. 꿈을 꾸고 있는 것이 아닐까. 오줌이 금방 터져 나올 것 같았다. 자지 뿌리에 힘을 주었다. 그 힘이 엉뚱하게 불안감과 조울증으로 말미암아 헐거워진 방광 쪽으로 잘못 흘러가고 있었다. 방광에서 새어 나온 오줌이 자지 끝에서 잘금잘금 떨어졌다. 눈알에 눈물이 어리고 있었다. 눈물을 소멸시키기 위해 이를 악물고 눈을 크게 떴다. 한데 그의 의지력을 무시한 채 자지 끝에서 떨어지는 오줌 방울들이 그를 절망하게 했고, 절망이 눈앞을 캄캄하게 만들었다. 당황이 어헉어헉 울음을 토해 내게 했다. 바보같이 왜 우느냐고 친구가 말했고, 그는 혀를 깨물면서 울음을 그치게 하고 오줌을 멈추게 하려고 안간힘을 썼다. 부들부들 떨면서 변소를 향해 걸음을 빨리했다. 복도 끝에 이르렀을 때 온몸에 맥이 풀려 버렸다. 오줌을 멎게 하려고 모질게 쓰던 안간힘이 어디론가 가뭇없이 사라져 버렸다. 바짓가랑이와 발이 젖고 있었다. 그는 변소 쪽으로 난 문밖으로 세 걸음째 내디디고는 쪼그려 앉은 채 온몸의 맥을 풀어 버리고 울었다.

선생님, 해선이 지 옷에다가 오줌 싸버렸어요, 하고 누군가가 소리쳤고, 그의 선생이 달려왔다.

「에끼, 이놈아, 전학 가는 것이 그렇게도 싫고 서러우냐? 진짜 아버지가 데려간다는데? ……아이고, 오줌까지 싸버리고오! 안데르센보다 훨씬 훌륭한 동화 작가 될 놈이? 조오련보다 훨씬 더 유명한 수영 선수 될 놈이? 아이고, 창피하네이, 한 살 더 먹으면 똥 싼다더니! 우리 해선이 시계는 거꾸로 돌아가고 있네에? 쯧쯧쯧…….」

선생은 해선을 양호실로 데리고 가서 젖은 옷을 벗기고 체육부 학생의 헌 운동복 아랫도리 하나를 가지고 와서 갈아입혔다. 땅에 끌리는 바짓가랑이 끝을 두 번이나 걷어 올려 주었다.

「학생들 집으로 돌아가기 전에 우리 해선이 작별 인사

를 시켜야겄다야.」

선생은 마이크를 들고 집으로 돌아가는 학생들을 조회대 앞으로 모이게 한 다음 해선을 단상에 세웠다. 해선의 한쪽 어깨를 짚고 서서 학생들에게 말했다.

「동화도 잘 쓰고 헤엄도 잘 치는 우리 김해선 군에게 이번에 아주 기쁜 일이 생겼슴다이. 헤어져서 살아왔던, 진짜로 해선이를 낳아 준 아버지가 이번에 해선 군을 찾으러 왔슴다이. 그래서 우리로서는 서운하고 슬픈 일이지만, 우리들과 작별하지 않을 수 없게 되었어요. 오늘 오후에 배를 타고 떠나가야 하므로, 김해선 군과 여러 동무들은 지금 마지막 대면을 하고 있슴다이. 가는 곳이 광주니까 여러분들 가운데 장차 그리로 진학을 하게 되는 사람은 거기에서 반갑게 만날 수 있을 것임다이.」

말을 마친 담임 선생은 해선에게 작별 인사말을 하라고 마이크를 입에 대주었다.

「간단하게, 공부 잘하고 잘 있거라 하고 인사말도 하고, 다음에 편지를 주고받자는 말도 하고…… 작별 인사말을 한마디해라.」

학생들 속에 개코와 짝귀도 보이고 순영이도 보였다. 노랑물 들인 머리 꽁지 위의 흰색 리본 끝에서 빛나는 햇살이 그의 눈을 시리게 했다. 어지러워졌다. 앞에 있는 얼굴들이 흐려졌다. 눈물이 어리자, 앞의 모든 얼굴들이 굴절되어 일그러졌다. 일그러진 얼굴들이 회전목마처럼 빙글빙글 돌았다. 그는 조회대 위에 더 서 있을 수가 없었다. 두 손으로 얼굴을 가린 채 주저앉으면서 어헉어헉 울었다.

「김해선 군은 지금 여러분들과의 이별이 너무너무 슬픈 모양임다이. 슬픔을 잊고 떠나가서 튼튼하고 씩씩하게 잘 자랄 뿐만 아니라, 공부 잘하고 또 좋은 학교로 진학하여 장차 훌륭한 동화 작가가 되어 이 나라 이 세계에 이바지하기를 기원하는 뜻으로 우리 뜨거운 박수를 쳐 줍시다아.」

담임 선생의 말을 따라 아이들이 박수를 쳐댔다.

29

 개오지 연안 모래밭길 한가운데서 학섬을 바라보며 내내 앉아 있었다. 그 남자와 그 여자가 나를 낳아 준 진짜 아버지 어머니일까. 그들을 따라가서 살아야 할까. 양식장 아버지하고 함께 살아야 할까. 폐선 그늘에다 조약돌들을 팔매질하면서 생각하고, 물떼새들을 쫓으면서 생각하고, 물수제비를 뜨면서 생각하고, 축축한 모래 속에 손 하나를 넣고, 새야 새야 집 지어라 꿩아 꿩아 물 길어라, 하고 토닥거리며 생각하고, 브라질 땅콩 쌓기를 하며 생각했다. 달랑게 구멍에 흰 모래를 부어 넣고 잽싸게 파면서, 그 남자와 그 여자를 따라갈거나 말거나, 하고 친구에게 물어보았다. 친구의 생각도 흔들리고 있었다. 가고 싶으면 가고 양식장 하는 아버지하고 살고 싶으면 살고 너 알아서 해라, 하고 애매하게 말했다. 학섬에게 물어보고, 섬머리에 앉아 있는 갈매기에게 물어보고, 모래톱에 쓸리면서 흰 거품을 토하는 파도들에게 물어보고, 물떼새들에게 물어보았다. 나는 모른다, 내가 그것을 어떻게 알겠냐, 그것은 네가 결정할 일이다, 하고 그들은 말했다.

그 남자하고 그 여자가 내 진짜 아버지 어머니인지 아닌지 어떻게 안단 말이냐? 하고 의문을 제시하자 친구가 덩달아, 그 남자 그 여자가 둘이 다 혹시 백여시가 둔갑한 사람들 아니냐? 하고 맞장구를 쳤다. 저 학섬에서 천 년 묵은 동백나무를 캐간 육지 도깨비 이야기 못 들었냐? 저 섬에 패어 있는 구덩이가 뿜고 있는 어둠 보았지? 지금 백여시들이 나타나서 아버지를 속이고 너를 홀려 끌고 가서 네 간을 뽑아 먹으려고 그러는 것 아니냐?

일단 집으로 가서 그 남자와 여자가 백여시들이 아닌지, 육지에서 온 도깨비들이 아닌지 세세히 살펴보자고 생각했다. 그 생각을 하고 나서도 개오지 연안 모래톱에서 내내 물떼새하고 술래잡기를 하다가 해가 밤나무숲 위에 얹힐 무렵에야 집으로 갔다.

술보 아버지는 양식장의 수로둑에 서 있었다. 불도저가 와서 갯벌을 파 뒤집고 있었다. 진짜 아버지 어머니라는 그들은 지금 어디에 있을까.

「어디서 멋 하고 자빠져 있다가 인제 오냐? 싸게 집으로 가봐라! 느그 아부지 어무니 눈 빠지게 기다리고 있다.」

아버지가 맥 빠진 걸음걸이로 느릿느릿 오는 그를 향해 소리쳤다. 가슴이 철렁했다. 아버지가 정말로 나를 그들에게 내주기로 작정한 모양이다. 아버지가 백여시들에게 홀린 것이다.

주춤주춤 마당 안으로 들어가다가 그물더미 앞에서 발을 멈추었다. 작은방 댓돌 위에 남자와 여자의 신 두 켤레가 나란히 놓여 있었다. 해선이 오는 기척을 알아챈 남자가 방문을 열고 댓돌로 나왔다. 어서 오너라, 내내 기다리고 있었다, 하고 터진 상처 때문에 부어오른 입술을 움직여 말했다.

그는 남자의 말을 듣고도 움직이려 하지 않았다. 저 남자가 네 진짜 아버지라니 실감되지 않는다, 하고 친구가 말했다. 남자가 다가와서 떨떠름해하는 그의 손을 잡아끌었고, 그는 안으로 끌려 들어갔다. 여자는 감색 바지에 잿빛 스웨터를 입고 있었다. 남자가 해선을 여자 앞에 앉혔다. 여자가 해선의 윗몸을 으깨어 버릴 듯이 끌어안았다. 어버! 어어, 어어! 하며 여자는 울었다. 그 울음소리가 그의 가슴 한복판을 아프게 꿰뚫었다. 뚫린 자리에서 사방팔방으로 비대칭의 뜨겁고 아픈 파장이 번져 나갔다. 벌레가 되어 여자의 알몸뚱이 위를 기어다닌 생각이 머릿속에 그려지고 있었다. 이 여자가 네 어머니 맞다, 하고 친구가 말했다. 여자의 품속에서 그는 다시 한 마리의 벌레가 되고 있었다. 가슴속에서 뜨거운 기운이 솟구쳤다. 그것이 울음으로 변했다. 이 여자가 네 어머니가 확실하다, 하고 친구가 다시 말했다. 아니야, 하고 반발하면서도 여자를 뿌리치지 못했다. 울지 않으려고 혀를 깨물었다. 여자는 어버, 어어! 으어, 어버허! 하면서 더욱 격렬하게 울었다. 여자의 얼굴은 눈물범벅이 되었다. 눈물이 해선의 이마와 볼을 적셨다. 남자가 등 뒤에서 그를 끌어안으면서 함께 울었다.

「해선아, 광주로 가서 우리하고 살자. 내가 니 아버지고 이 여자가 너를 낳아 준 어머니다. 저기서 일하는 사람은 너를 키웠을 뿐인 가짜 아버지다. 저 사람도 우리보고 너를 데리고 가서 살라고 했다. 책가방만 들고 우리 따라서 가자. 우리 사는 데는 크고 좋은 학교들이 무지무지 많다. 내가 니 중학교, 고등학교, 대학교 다 보내 주고 맛있는 것 얼마든지 사주고 너 때리지도 않고 정말로 하늘만큼 사랑해 주마.」

밖에 인기척이 있었다. 아버지가 와 있다, 하고 친구가 말했고, 그는 여자와 남자를 뿌리치고 밖으로 나갔다. 댓돌 앞에 서 있는 아버지에게서 소주 냄새가 났다. 두 눈이 토끼눈처럼 충혈되어 있었다. 아버지는, 이 사람들이 느그 진짜 아부지고 어무니다, 하고 그를 향해 차갑게 말하고 나서, 남자와 여자를 향해 퉁명스럽게 말했다.

「내 맘 변하기 전에, 싸게 후딱 떠나 뿌러라이. 나도 얼른 혼자가 되어 뿌러야 헝클어진 마음 다잡고 내 일을 해나갈 수가 있겄다.」

남자가 땅에 닿을 만큼 머리를 숙이며 말했다.

「네, 알았습니다. 감사합니다.」

아버지가 현관문을 열고 들어가더니 검정 비닐가방 하나를 가지고 나왔다. 그것을 남자 손에 잡혀 주었다.

「해선이 옷이랑 내의랑 양말이랑 다 쌌다. 아까 세탁해 갖고 아직 덜 마른 바지도 하나 들어 있다. 동화책, 크레파스, 스케치북까지도……. 나는 소졸해서 넉넉하게 잘 입히지도 잘 멕이지도 못했다마는 인제 느그들이 데리고 가서 잘해 줌스롬 키워라. 느그들 중 어느 편을 타겼는지 모르지만, 새끼는 참말이제 영리하고 똑똑하다이. 잘 키우면은 장차 아마 우리가 예측할 수 없는 아주 큰사람이 될 것이다. 해선아, 느그 아부지 어무니 따라가서 말 잘 듣고 공부 잘해라이. 여기서 나하고 살던 일은 다 잊어뿔고잉? ……그러고, 느그들 감스롬잉, 저기저 관셈보살님 묏등에다가잉, 절이나 한 자리씩 하고 가거라, 잉?」

아버지는 뒤란 언덕의 할머니 무덤을 턱으로 가리켜 주

고는 무엇에 쫓기기라도 하듯 서둘러 몸을 돌려 양식장의 수로둑으로 갔다. 불도저가 수로둑 밑의 갯벌을 파 일구고 있었다. 아버지는 해마다 새우 출하를 마친 다음에 자기만 아는 무슨 약인가를 뿌리고 나서 불도저를 불러다가 그 작업을 시키곤 했다.

해선은 넋이 나간 사람처럼 멍해졌다. 온몸의 맥이 풀렸다. 꿈을 꾸고 있는 듯싶었다.

남자가 여자와 해선의 손을 잡아끌고 뒤란 언덕 위의 할머니 무덤 앞으로 갔다. 노예처럼 이끌려 가는 해선의 머릿속은 하얘져 있었다. 머릿속이 하얘지는 현상에 대하여 그는 잘 알고 있었다. 오래전부터 그의 머릿속은 이 순간에 그렇게 하얘질 거라는 것을 미리감치부터 알고 있었고, 그 미리부터 알고 있음 때문에 그는 무서워졌고 진저리를 쳤다. 누군가가 운명의 길을 앞에 놓아두고, 그 길을 따라가지 않으면 안 된다고 강요했을 때 그는 견딜 수 없었고, 무서워 떨었고, 그 상황으로부터 도망치고 싶어지곤 했다. 그때 그는 머릿속을 하얗게 바래 놓곤 했다.

할머니가 등나무 밑에 박씨를 심었었다. 등나무 줄기를 바락바락 악쓰며 타고 올라간 박덩굴이 달덩이 같은 박세 덩이를 만들어 놓았고, 할머니는 가을철에 그것을 따다가 멍석 위에 놓고, 식칼 끝을 박의 표면에 대고 망치로

칼등을 치고 또 쳤다. 박이 두 쪽으로 갈라지자, 선생이 새로 꺼내 놓은 핸드볼 같은 것 하나가 불거졌다. 그것을 도려내고, 껍질 안쪽의 유백색 무른 속을 숟가락으로 파서 냄비에 넣고 삶은 다음 된장물에 말아 주었다. 밤이면 오줌 잘 싸는 아이들한테 무지하게 좋은 약이란다. 어서 많이 묵어라, 하고 말하면서 엉덩이를 토닥거려 주었다.

할머니의 무덤 앞에 선 해선의 머릿속은 그 박속나물처럼 물렁물렁하고 하얘져 있었다. 남자가 여자와 해선에게 할머니의 무덤을 향해 절을 하자고 턱짓으로 말했다. 셋이 나란히 서서 두 번 절을 했다.

할머니의 무덤에 난 풀들은 황달이 들어 있었다. 등나무 잎사귀들, 팽나무 잎사귀들도 다 눌쩡눌쩡해져 있었다. 실망초, 개망초 가지들은 솜털 같은 씨들을 달고 있었다. 야, 그렇게 절한 다음에는 정말로 이 사람들 따라갈 거야, 하고 친구가 물었다. 눈을 힘주어 감으면서 친구의 말을 묵새겨 버렸다.

남자가 무덤 앞에 엉덩이를 붙이고 앉으며 해선의 손을 끌어당겨 앉혔다. 여자의 손도 당겨 앉혔다. 남자가 쓸쓸한 목소리로 말했다.

「할머니 앞에서 해선이한테 이야기 하나를 해주어야겠다. 그것은 한 스님하고 한 예쁜 처녀가 슬프게 사랑한 이야기다.」

말을 하다 말고 남자는 하늘을 쳐다보았다. 하늘에 흰 구름이 떠가고 있었다. 그도 그 흰 구름을 쳐다보았다. 저기 네 할머니 소복 차림 하고 떠가고 있다, 하고 친구가 말했다.

 매봉산 절벽 위에는 부엉이 한 마리가 살고 있었다. 가을철이면 부엉이가 으스스한 목소리로 울곤 했다. 절벽 밑에 동굴이 하나 있었는데 거기에는 젊은 스님 한 사람이 참선을 하고 있었다. 3년 동안 거기에 살면서 깨달음을 얻겠다고 하며 용맹 정진을 한 것이었다. 바다 건너에 있는 큰 삿갓같이 생긴 금산섬 금산암에서 온 스님이었다. 금산암에서 볼 때 만월이 늘 이 섬의 매봉 앞을 지나가곤 하였고, 초승달이 또한 매봉 앞에 나타나곤 했던 것이다.

 스님은 달을 화두로 삼아 도를 닦았다. 달은 왜 동쪽으로 지는가. 금산사의 은사 스님이 내려 준 화두였는데 그게 쉬 풀리지 않았다. 엄연히 서쪽으로 지곤 하는 달이 왜 동쪽으로 지느냐고 묻는 그 물음은 우문 가운데 우문이었다. 3년이 다 지나면서 스님은 가끔 포행을 하곤 했다. 산을 내려오기도 하고 바닷가를 거닐기도 했다. 어느 날 산나물을 캐는 한 예쁜 처녀를 보았다. 그 여자는 바닷가 양식장에 사는 할머니의 딸이었다. 할머니에게는 아들 하나

딸 하나가 있었다. 나중에 알고 보니, 아들은 할머니가 낳았지만 딸은 어디에서인가 데려다가 키운 자식이었다. 할머니는 무당이었다. 할머니의 아들은 혼자서 새우 양식장을 조성하고 있었다. 양식장을 처음 시작한 아들은 돈이 달렸으므로 힘든 일을 모두 혼자서 하고 있었다. 스님은 가끔 소매와 바짓가랑이를 걷어 올리고 아들의 일을 돕곤 했다. 그러면서 예쁜 딸이 차려다 준 밥을 아들과 함께 먹곤 했다. 할머니는 날마다 굿을 하러 가곤 했다. 스님의 마음이 점차 그 예쁜 딸에게 쏠렸다. 할머니의 딸은 벙어리였고, 얼굴과 마음이 백합처럼 희고 깨끗하고 고왔다. 그 딸은 양식장의 일을 돕느라고 땀을 뻘뻘 흘리는 스님에게 시원한 옹달샘물을 떠다 주기도 하고, 일하느라 망친 스님의 옷을 빨아 주기도 했다. 어느 날 세수를 하기 위해 뒤란 옹달샘 앞으로 가던 스님은 그 집 딸과 얼굴을 마주쳤는데, 갑자기 가슴이 후들거렸고 얼굴이 새빨개졌다. 얼굴이 새빨개진 것은 그 집 딸도 마찬가지였다. 스님은, 아 이거 큰일났구나 생각하고, 세수를 하자마자 서둘러 산으로 올라가 버렸다. 이후부터는 다시 양식장일을 도와주러 산을 내려가지 않고 달을 바라보며 참선만 했다.

어느 날 할머니가 절벽 밑의 동굴로 스님을 찾아왔다. 할머니는 스님 앞에 무릎을 꿇더니 말했다. 백합처럼 고운 자기 딸이 사실은 며느리인데 바다 용왕님의 딸이라는 것이었다. 할머니가 찾아온 것은 한 가지 청이 있어서라고 했다. 자기 며느리로 하여금 아들 하나만 낳게 해달라는 것이었다. 스님은 어떻게 그럴 수 있느냐고 펄쩍 뛰었다. 할머니의 젊고 씩씩한 아들을 두고 어찌 도를 닦는 스님의 몸으로 할머니의 며느리하고 사통할 수 있겠는가. 할머니는 눈물을 흘리면서 자기 아들이 자식을 낳을 수 없는 몸이라고 말했다.

「우리 며느리는 하룻밤 동안 출렁거리는 바닷물이 되고 스님께서는 눈 딱 감고 한 개의 섬이 되어 주면 되는 것입니다요. 예로부터 산에 사는 수리부엉이들은 남자로 둔갑해 가지고 세속 마을의 아기 못 낳는 여자들에게 좋은 일을 하곤 했더랍니다요.」

스님은 고개를 저으며 절대로 안 된다고 말했다. 그러자 할머니는 달선녀 이야기를 해주었다.

「매봉산 스님 전생을 짚어 보니, 스님께서는 달선녀의 넋을 가지고 태어난 관세음보살님이십니다. 그러니까 스님께서는, 저 하늘에 뜬 달자루에 희디흰 빛물을 길어다가 부어 가지고 세상을 비춰 주는 노릇 같은 좋은 일을 하지 않을 수가 없는 팔자입니다요. 스님과 우리 며느리가 하룻밤만 합방을 하면 틀림없이 아들을 낳게 될 것입니다. 우리 집 앞 밤나무숲에는 지네들이 득시글거리는데 그것들은 모두 오래전에 중국에서 불로초를 구하러 왔다가 죽은 동자들의 혼령이 된 것들입니다요. 그것들은 그럴 수 있는 기회만 있으면 태 속으로 들어가 남자 아이가 되려고 기다리고 있습니다요.」
스님은 절대로 안 된다고 도리질을 하면서 잡아떼었다.
한데 어느 늦은 봄날 밤에 다시 찾아온 할머니는 스님에게 엎드려 빌면서 통사정을 했다.
「지금 아들이 신안으로 새우를 분양 받으러 들어가고 없습니다. 이 틈에 제발 좋은 일을 좀 해주십시오. 죽어 저승에 간 사람의 소원도 풀어 주는데 산 사람의 소원을 못 풀어 준다면, 스님께서는 성불할 자격이 없습니다.」
마침내 할머니는, 만일 스님께서 자기 청을 끝내 거절한다면 동굴 밖의 소나무 가지에 목을 매달고 자결하겠다고 떼를 썼다.
스님은 어찌할 수 없이 할머니의 뒤를 따라 산을 내려왔다. 할머니는 며느리와 스님을 합방하게 한 다음 등나무 밑에서 날이 하얗게 밝을 때까지 비손을 했다.
할머니의 소원대로 백합꽃 같은 며느리는 열 달 뒤에 아들을 낳았다. 아들을 낳은 지 석 달쯤 되었을 때 할머니가 동굴로 찾아왔다. 자기 아들이 스님과 며느리가 사통한 것을 알아챘다고 얼른 다른 곳으로 도망치라고 말했다. 만일 도망치지 않으면 아들 손에 죽고 말 거라는 것이었다. 그리고 보자기에 싼 돈뭉치를 내놓으면서, 자기 며느리를 데리고 멀리멀리 가버리라고 했다.

「그 스님이 지금 니 앞에 있는 나다. 그리고 이 여자가 여기 누워 계시는 할머니네 며느리고, 그 며느리가 낳은 아들이 해선이 너다.」

남자는 해선을 끌어안았다. 해선은 하늘을 쳐다보았다. 아까의 흰 구름이 어디론가 사라지고 없었다. 하늘은 바닷물처럼 한없이 짙푸르기만 했다. 이 남자가 이야기한 것은 사실이다, 하고 친구가 말했다. 아니야, 하고 그가 반발했다. 백여시가 나를 홀리고 있다, 나는 바다 아들이라고 할머니가 말했다. 나는 고래 같은 거대한 사람이 될 것이다.

천만에, 할머니가 너를 속인 것이었어, 하고 친구가 말했다. 이 개 같은 자식, 관세음보살 같은 할머니를 거짓말쟁이로 만들려고 하다니, 하고 친구를 몰아세웠다. 바보야, 할머니는 너를 저 물고자 남자의 아들로 삼아 주려고 그랬던 거야, 하고 친구가 말했다. 어헉 하고 그는 울었.

몸을 일으킨 남자는 손등으로 눈물을 훔치는 해선과 벙어리 여자를 데리고 뒤란 옹달샘으로 갔다. 바가지로 물을 가득 뜨면서 말했다.

「약물이다. 이 물 마시면 답답하던 속이 통 뚫린다. 마셔라. 이제 이 집도 마지막이다. 나와 네 어머니가 사실은 이 약물, 할머니가 정화수로 쓰시곤 한 이 물을 마시고 너를 낳았다. 그날 밤 퐁퐁 물 떨어지는 소리가 얼마나 가슴을 아프게 하던지……. 아마 이 물 떨어지는 소리가 해선이를 낳으라고 우리를 들볶았을 것이다.」

해선은 눈물을 흘리면서 남자가 떠주는 물을 들이켰다. 여자는 남자의 말을 알아듣는지 못 알아듣는지, 흰자위가 유달리 많은 눈을 끔벅거리면서 물을 마셨다.

양식장 앞으로 나온 남자는 발을 멈추고 수로둑에 서 있는 아버지의 뒷모습을 바라보았다. 수로둑에 선 아버지는 작업하는 불도저를 내려다보고 있었다. 남자는 여자와 해선을 이끌고 아버지 옆으로 다가갔다. 해선은 계속해서 울고 있었다.

아저씨! 하고 남자가 아버지를 불렀다. 아버지가 못 들은 체했다. 남자가 다시 한 번 불렀지만 아버지는 마찬가지로 돌아보려 하지 않았다.

「저희들 가겠습니다. 저희들을 용서해 주시고, 또 해선이를 데리고 가게 해주시니 뭐라고 감사의 말씀을 드릴 수가 없습니다. 은혜는 절대로 잊지 않겠습니다.」

남자의 말에는 울음이 들어 있었다. 아버지가 끝내 뒤를 돌아보지 않을 것임을 알아차린 남자는, 그럼 안녕히 계십시오, 하고 말하며 아버지의 뒤통수를 향해 절을 했다. 여자와 해선에게도 절을 하라고 시켰다. 해선이 절을 하고 있을 때 아버지는 문득 불도저 운전사를 향해 버럭 소리를 질러 말했다.

「거기를 조끔 더 깊이 파뿔드라고! 잉? 생땅이 뒤집어진다 하게 말이여!」

그 아버지에게서 소주 냄새가 날아왔다. 남자가 아버지 뒤통수를 한동안 바라보고 있다가 몸을 돌렸다. 여자와 해선의 손을 끌었다.

개오지 모래밭길로 들어설 때까지 해선은 양식장 수로 둑 위의 아버지를 돌아보고 또 돌아보곤 했다. 눈물로 말미암아 양식장과 아버지의 모습이 굴절되고 있었다.

만일에 아버지가 한 번만 그를 돌아본다면 남자의 손을 뿌리치고 아버지에게 달려가 버리고 싶었다. 아버지, 나 아버지하고 같이 살래요. 아버지가 술 마시고 두들겨 패도 나 아버지하고 할머니 무덤하고 같이 살랍니다. 이 말을 입속에 머금고 있었다. 뱉어 내지 못한 그 말이 가슴속으로 들어가 뜨거운 물너울이 되고 있었다.

그가 개오지 연안 모래밭길로 들어설 때까지 아버지는 한 번도 그를 돌아봐 주지 않았다. 아버지가 매정스러웠다. 네 아버지 속에는 지네가 들어 있다, 그 지네가 아버지를 독하게 하곤 한다, 하고 친구가 말했다.

그래, 지네다, 하고 그는 소리쳤다. 남자의 손을 뿌리치고 집으로 뛰어갔다. 남자가, 해선아! 하고 소리쳐 부르며 뒤쫓아 왔다. 여자가, 어버 어어! 하고 그를 불렀지만 그는 뒤돌아보지 않고 뛰었다. 작은방으로 들어갔다. 윗목 구석에 커피병이 있었다. 그 속에 지네들이 죽은 듯 엎드려 있었다. 아버지는 여자의 알몸을 고문한 지네를 다시 잡아넣어 놓은 것이었다. 커피병을 손에 들고 뛰었다. 아버지가 서 있는 둑의 동남쪽 건너편 둑을 타고 밤나무숲을 향해 달렸다. 메추라기 새끼 같은 꽃송이들을 쳐든 갈대숲이 바람에 몸을 흔들고 있었고, 개개비들이 갈까르르 하고 울었다. 해는 밤나무숲 너머로 기울어 있었다. 비낀 햇살이 치잣빛으로 변해 있었다. 수로둑의 아버지가 그를 향해, 너 이놈 자식 어디 가!? 하고 소리를 질렀다. 혹시 도망을 치는지도 모른다고 생각한 것이었다. 그러나 그의 손에 커피병이 들려 있는 것을 안 아버지는 더 아랑곳하지 않았다. 남자가 절름거리면서 해선을 뒤쫓아 왔다.

해선은 밤나무숲에 이르렀다. 그의 손길 발길로 말미암아 헤쳐져 있는 철쭉숲 사이, 싸리숲 사이, 억새숲 사이, 띠풀숲 사이에 알밤 한두 개씩이 떨어져 있었다. 지네들을 어디다가 놓아줄까 하고 망설였다. 가랑잎 수북하게 쌓여 있고, 갈색의 밤송이 껍질들이 널려 있는 곳에다 놓아주기로 했다. 거기 놓아주어야 먹이를 쉽게 찾을 수 있을 터였다. 커피병 뚜껑을 열고 거꾸로 들어 털었다. 땅바닥에 지네들이 떨어졌다. 아버지의 칫솔만 한 놈, 그의 칫솔만 한 놈, 순영이가 풀어놓은 시곗줄만 한 놈들은 잠시 어리둥절해서 파들거리다가 황급히 기어갔다. 샛노란 발들을 캐터필러처럼 저어 가며 가죽처럼 번들거리는 등가죽 마디들을 S자로 외틀면서 각자 흩어져 갔다. 그들이 낙엽 속으로 모습을 감췄을 무렵 남자가 숲 속으로 달려와서 그의 손을 잡아끌었다.

개오지 연안 모랫길 어귀로 들어섰다. 수로둑의 아버지는 그들에게 눈길 한 번 주지 않았다. 아버지가 너를 버린 거야, 하고 친구가 말했다. 그렇다면 나도 아버지를 버릴 수밖에 없다, 하고 이를 악물었다. 이제는 끝장이다. 이를 물었다. 오른쪽 아래 송곳니 뿌리가 아렸다. 부지런히 송곳니를 흔들어서 뽑아야 하는데……. 모랫길로 들어서다가 발을 멈추었다. 야야, 달려가서 아버지에게 송곳니를 뽑아 달라고 하자, 하고 친구가 말했다. 싫어, 하고 그는 친구에게 소리쳤다.

매봉산에게 눈인사를 했다. 가슴에서 뜨거운 물너울이 들끓었다. 손거울로 제 얼굴을 비춰 주었던 들국화 옆을 지날 때 그 물너울이 울음으로 변하고 있었다. 사금굴과 학섬 앞을 지나면서 울음을 터뜨렸다. 눈물로 말미암아 모래밭길이 굴절되었다. 눈물이 여느 때 평평하고 보드랍던 모래밭길에 수없이 많은 허방을 만들고 있었으므로 그는 거듭 비틀거렸다. 새야 새야 집 지어라 꿩아 꿩아 물 길어라, 하며 새집 짓던 진 모래밭, 달랑게 잡고 물떼새와 술래놀이하던 모래톱과 폐선 도깨비한테 모래와 자갈을 뿌리고 물수제비를 뜨던 자갈밭을 지나면서, 그는 주먹으로 눈물을 훔치면서 울었다.

30

 텅 비어 있는 운동장을 건너 교무실로 들어갔다. 선생은 없고 청부 아저씨만 있었다. 청부 아저씨는 남자에게, 대관절 무얼 하느라고 이제 왔느냐고 추궁하고, 해선의 선생이 내내 기다리다가 서류를 가지고 나갔노라고, 지금 연도 포구의 소라 횟집에 있을 것이라고 그리로 가보라고 했다. 청부 아저씨가 해선의 머리를 쓰다듬어 주면서, 술보 아버지하고 살던 슬픈 일은 싹 잊어버리고 새 아버지 어머니 따라가서 공부 잘하고 부디 훌륭한 사람이 되라고 말했다. 그렇게 말하는 청부 아저씨가 야비하게 느껴졌다. 새로 온 선생한테 '미개'가 뭐냐고 질문하여 골탕 먹이고는 두들겨 맞곤 했다는 아버지의 해면 같은 어깃장에 대해 이야기했을 때는 의기의 사나이 같았었는데.

「형씨, 당신이 해선이 진짜 생부라면서요? 나 오늘 우리 해선이를 떠나보낸다는 생각을 하면서 술을 그냥 무지막지하게 마셔 버렸소.」

술기로 인하여 얼굴이 복사꽃처럼 붉어진 선생은 남자를 건너다보며 슬프게 웃었다. 남자와 악수를 오랫동안 하면서, 해선이 동화를 아주 잘 쓰고 물개같이 헤엄을 잘 치는, 저보다 큰 아이들에게도 지기 싫어하는, 무한한 가능성을 가지고 있는 아주 똑똑한 아이라는 점을 말해 주었다.

「누구를 닮아 그러는가 했더니 당신을 닮은 모양이구먼 그래. 자세히 보니까 당신 그 형형한 눈빛이 아주 되었네, 히키키키키…….」

선생은 슬프게 엉너리를 치면서, 남자의 손등을 왼손바닥으로 다독거리다가, 이제 공은 당신 손으로 굴러 들어갔소, 잘 가르쳐 보시오, 하고 말 매듭을 지었다. 해선의 머리를 쓰다듬어 주고 잘 가라고 말했다.

해선은 선생을 향해 절을 하고 돌아섰다. 눈물이 앞을 가렸다. 그 눈물이 만들고 있는 허방을 디디며 몇 걸음 걸어갔을 때 선생이, 아 참 해선아, 잠깐! 조끔 더 할 이야기가 있다, 하고 그에게로 다가왔다. 그의 앞에 쪼그려 앉더니 두 손으로 볼을 감쌌다. 눈동자를 그윽이 들여다보며, 요즘도 손거울 가지고 다니냐? 하고 물었다. 그가 호주머니 속의 손거울 바닥을 만지작거리며 고개를 끄덕거렸다.
「너 이제는 그 손거울 필요 없다. 마음씨가 진짜로 아름답고 고운 사람의 눈동자는 그 손거울 노릇까지도 하는 법이거든. 어떤 예쁜 꽃한테 제 얼굴이 얼마나 고운지 비춰 주고 싶으면, 네 두 눈으로 그 꽃을 가까이서 오래오래 들여다보아 주면 되는 거야. 그러면 꽃은 네 눈동자에 비친 제 모습을 보게 되니까. 아니, 진짜로 영리한 꽃은 그렇게 오래 들여다보아 주지 않아도 자기의 예쁘고 아름다운 얼굴을 금방 비춰 본다. 꽃은 자기를 정말로 사랑해 주는 사람의 마음속 거울에 비친 제 모습을 읽어 버린단다. 사람들은 꽃에서 향기를 맡지 않니? 그런데 세상의 꽃들만 향기를 가지고 있는 게 아니란다. 그 꽃을 사랑해 주는 사람의 마음에서도 향기가 나는 거야. 자기가 향기를 뿜을 줄 아는 것들은 다른 것들이 뿜는 향기를 맡을 줄도 안다. 꽃은 어떤 사람이 자기를 꺾으려고 다가오면 무서워서 발발 떤다. 그런데 꽃들은 제 아름다운 얼굴을 손거울로 비춰 주려고 다가오는 해선이를 얼마나 반가워하겠니? 이 세상 천지는 우리 해선이 같은 아이의 마음 색깔로 색칠되어야 하고, 또 세상 구석구석에는 해선이 같은 아이의 마음 향기가 깊이 깊이 배어 들어가야 한다.」
가슴이 뜨거워졌다. 눈물을 더 이상 보여 주고 싶지 않아 고개를 숙였다.

「지금 너는 고개를 숙였지? 나를 바라보고 있지 않지? 그렇지만 네 마음 거울에 비친 내 모습을 나는 지금 보고 있다. 꽃도 그럴 거야. 자, 이제 나 말 다했다. 얼른 가거라.」

선생은 그를 힘껏 끌어안고 뒤통수를 쓰다듬어 주고 나서 돌려세운 다음 등을 부두 쪽으로 밀어 주었다. 해선의 노예 문서 같은 전학 서류 봉투를 받아 든 남자는 선생에게 고맙습니다를 연발하면서 고개와 허리를 깊이 숙여 주고 또 숙여 주었다. 여자도 덩달아 눈물을 훔치면서 그렇게 했다. 얼굴이 진달래처럼 붉어진 선생은 그들에게 손을 저어 주고 횟집으로 들어갔다.

철선이 부르릉거리고 있었고, 낚시질 왔다가 돌아가는 승용차 두 대와 택배 하러 다니는 봉고차 한 대와 생선 싣고 나가는 트럭 한 대가 차례로 철선으로 기어 들어가고 있었다. 학섬만 한 철선이었다.

남자가 선표 석 장을 끊어 왔다. 여자와 해선의 손을 잡아끌고 배에 올랐다. 계단을 타고 2층 객실로 갔다. 해선은 팔려 가는 노예처럼 이끌려 가고 있었다. 5,6학년 학생들이 수학여행 떠나던 날의 기억이 새로워졌다. 바람에 순영이의 모자가 날아가 물로 떨어지고, 개코와 짝귀가 그것을 건지려다가 실패하고, 그가 물로 뛰어들어 그것을 건져다 주었을 때 눈물을 훔치면서 어색해하고 부끄러워하던 순영이의 얼굴이 그려졌다. 수학여행 다녀온 순영이가 준 초콜릿맛이 입 안에 남아 있었다.

너, 이 사람들 따라가고 싶지 않구나? 그런데 왜 싫다는 말 한마디도 못하고 바보같이 질질 끌려가고 있냐? 무엇 때문이냐? 하고 친구가 따졌다. 나도 모르겠다, 나도 모르겠다, 하며 그는 고개를 저었다. 이 멍청아, 너는 바다 물보라 자식이라고 네 할머니가 그랬지 않으냐? 아버지는 부엉이라고 했지 않으냐? 하고 친구가 비아냥거렸다. 이 자식아, 언제는 저 남자와 여자가 내 진짜 아버지 어머니라고 우겨 놓고 이제 와서는 또 무어라고 주둥이를 놀리는 거냐? 하고 친구를 몰아세웠다. 글쎄, 나도 모르겠다, 네 일이니까 너 알아서 해라, 하고 친구가 맥없이 중얼거렸다.

해선은 혀를 아프게 물었다. 선생에게 써낸 동화가 떠올랐다. 술 취한 아버지가 들려주고 또 들려준 것을 자기가 상상한 것인 양 써낸 동화. 장차 자라서 해군 장군이 되든지 마도로스가 될 거라고 다짐한 물보라 아들의 얼굴이 떠올랐다.

이 남자와 여자는 백여시가 둔갑한 사람들이 틀림없다, 진짜 아버지 어머니인 체하고 양식장 하는 아버지를 속이고 지금 너를 홀려 내가지고 끌고 가는데, 머지않아서 네 간을 빼먹으려 들 것이다, 빨리 도망쳐라, 하고 친구가 종주먹을 댔다.

친구의 말이 옳을지도 모른다 싶으면서도 그는 판단력을 상실한 바보처럼 멀거니 바다만 내다보고 있었다. 남자가 요구르트 세 병을 사가지고 와서 여자와 해선에게 한 병씩 나누어 주었다. 그것을 받아 든 해선에게 친구가, 그것 먹지 마라, 그것이 네 혼을 빼는 약이다, 하고 말했다. 배 떠나기 전에 얼른 도망쳐. 한번 떠나면 다시 돌아오지 못한다.

여자가 요구르트병 속에 빨대를 찔러 넣어 해선에게 건네주고 대신 해선이 들고 있는 것을 가져갔다. 남자가 해선에게 어서 마시라고 말했다.

「그동안 얼마나 천대를 받았냐?」

남자가 부어서 부자연스러운 입술을 움직여 말하고 등쪽에서 두 팔로 그를 끌어안았다. 그는 이 남자가 정말로 내 진짜 아버지일까, 하고 의심하며 고개를 젖혔다. 속지 마, 하고 친구가 말했다. 새삼스럽게 울음이 터져 나왔다. 그동안 박해받으며 외롭게 살아온 일들이 슬프고, 낯선 남자와 여자에게 이끌려 떠나가고 있는 일이 꿈만 같고, 정든 섬과 담임 선생과 순영이와 개코와 짝귀를 두고 가는 것이 슬프고, 앞으로의 일이 불안하여 울었다. 그보다

물보라 295

그를 더욱 슬프게 하는 것은 예감이었다. 섬을 떠나가는 이 일이 이날 이 시간에 일어날 거라는 예감. 거기에, 이 남자와 이 여자는 백여시가 둔갑해서 된 사람들이라는 친구의 말이 불안과 공포감과 조급증을 일어나게 했다. 울고 있는 그를 여자가 끌어안아 주었다.

배가 부웅 하고 고동을 울렸고 바야흐로 스크루를 회전시켜 부두에 대어 붙였던 머리를 떼어 내고 있었다. 자기도 모르는 사이에 이를 악물었다. 오른쪽 아래 송곳니의 뿌리가 묵지룩했다. 돌아가서 아버지보고 송곳니를 뽑아 달라고 하자, 하고 친구가 말했다. 그때 부두 머리로 여자 아이 하나가 달려오고 있었다. 순영이었다. 노랑물 들인 머리칼들을 뒤통수에 모아 묶고, 거기에 유리구슬 달린 흰 리본 핀을 찌른 순영이. 손에 검은 비닐봉지 하나를 들고 있었다. 순영이를 보는 순간 해선의 가슴은 철렁했다. 세상에서 가장 소중한 것을 잃어버리고 가고 있는 것처럼 가슴이 쌀쌀한 겨울철의 썰물 진 갯벌밭처럼 비워졌다.

배가 뜨고 있는 것을 알아차린 순영이는 우뚝 발을 멈춘 채 아쉬워하며 발을 동동 굴렀다. 2층 난간의 해선을 발견하고 봉지 들고 있지 않은 손을 들어 저었다. 장차 자라서 저 순영이에게 장가를 갈 것이라고 하지 않았느냐, 하고 친구가 추궁했다. 뛰어내려 헤엄쳐 나가거라, 너는 물보라 자식인께 물고기들보다 더 헤엄을 잘 치지 않으냐? 여차하면 내가 도와줄게. 새우 양식장 하는 네 아버지하고 함께 살아라. 그 아버지 죽으면 할머니 옆에 묻어 주고 금산에서 부엉이 혼령이 된 진짜 미남 아버지 모셔다가 살란다고 했지 않으냐? 금산으로 날아간 부엉이는 구레나룻이 새까맣게 난 남자로 둔갑해 있을 거라고, 니가 그랬지 않으냐? 아버지가 왜 돌아왔냐고 성질을 부리면 송곳니 뽑아 달라고 왔다고 그래.

순간 그는 자기를 안고 있는 여자를 뿌리치고 뱃전으로 달려갔다. 어느 누가 말릴 틈도 주지 않고 옷을 벗어 던지고 물로 뛰어들었다. 남자가, 우리 아이 빠졌소오! 하고 소리쳤고, 여자가 어버 어어! 하고 울부짖었고, 선원 하나가 선장실로 달려갔고, 곧 엔진이 멈춰 섰다. 시퍼런 물속으로 가라앉았던 해선은 흰 거품들과 함께 수면 밖으로 솟구쳐 오르자마자 부두를 향해 헤엄쳐 나갔다. 두 팔을 팔랑개비처럼 휘저으며. 부두 끝으로 올라선 해선은 물기 번들거리는 발가벗은 알몸으로 햇살을 되쏘면서 뒤도 돌아보지 않고 줄달음쳤다.

31

 해선은 개오지 연안 아버지의 양식장으로 달려갔다. 수로둑에서 아버지는 소주병을 나발 불듯이 마시고 있었다. 해선은 아버지 옆으로 가서 발을 멈추고 어헉어헉 울어댔다. 아버지는 소스라쳐 뒤를 돌아보았다. 그게 해선임을 알아차리고 혀 굽은 소리로 악을 써대듯 말했다.
「아이고매애! 이런 패 죽일 새끼 조간 보소이! 잉? 허허어! 느그 진짜 아부지 어무니 따라가서 살라고 한께 여긴 뭣 하러 기어왔냐, 잉? 싸게 안 갈래? 안 가? 잉? 나는 느그 아부지 아니여어! 내가 죽어라고 키워 놔봤자 결국에는 뽀르르 느그 아부지 찾아가 뿔 것 아니냐? 나는 그런 미친 짓거리 안 할란다. 어서 핑 가뿌러라이. 잉? 싸게 가뿌러어!」

그 말속에는 기막힌 반가움과 억분과 오기와 슬픔이 들어 있었다.

이 바보야, 송곳니 뽑아 달라고 왔다고 얼른 말해라, 하고 친구가 재촉했다. 그도 그 말을 얼른 뱉어 내야 한다고 생각했다. 그렇지만 가슴과 입술과 혀가 말을 들어주지 않았다. 그의 가슴은 뜨거운 울음덩이를 토해 내고 있을 뿐이었다.

싸게 가란께?! 잉? 이렇게 고함을 질러 대던 아버지는 패죽이기라도 할 듯이 해선에게 다가섰다. 정을 떼는 김에 확실하게 뗄 심산인 것이었다. 그러나 발가벗은 해선의 머리칼이 물에 젖어 있는 것을 보자, 하늘을 향해 허허어 하고 웃었다.

「어메에! 이런 때려 죽일 새끼! 하고 왔는 것 조깐 보소이! 배 탔다가 뛰어내려서 헤엄쳐 나온 모양이네이! 아이고매! 아이고매애! 이런 바보 같은 새끼 조깐 보소이! 허허어 허허어!」

아버지는 해선을 등진 채 두 손으로 얼굴을 가리고 몸부림쳤다. 해선은 두 손바닥으로 눈물을 훔치며 어헉어헉 하고 울었다. 잠시 후 격해진 감정을 가라앉힌 아버지가 해선을 향해 소리쳐 말했다.

「전학 서류 다 띠어서 가지고 갔는디 학교는 어떻게 다 닐라고 되돌아왔냐, 이 바보 멍청아! 잉? 진짜 아부지

안 따라가고 이 술보 가짜 아부지한테 두들겨 맞음스롬 살라고!? 잉?」
불도저 운전사가 아버지를 향해 소리쳐 말했다.
「가기 싫어하는 놈 억지로 떼어 보내면 죄받어! 저도 정들어서 김 사장하고 안 떨어질라고 하구먼 그러네!」
아버지가 해선에게 소리쳐 말했다.
「너 참말로 나하고 살라고 왔냐!? 느그 진짜 아부지보다 이 가짜 아부지가 더 좋냐!? 잉?」
해선은 눈물을 훔치면서 고개를 끄덕거렸다.
「그럼 느그 담임 선생한테 가서 아까 그 남자 안 따라가고 여기서 나하고 살란다고, 다시 연도 학교 다니게 해달라고 해. 느그 선생이 연도 학교 다니게 해줄란다고 하면은 나도 여기서 살라고 하께!」
해선은 몸을 돌려 개오지 연안 모래밭 쪽으로 줄달음질쳤다.
「이 멍청아, 그렇게 발가벗고 가면 어떻게 하냐? 집에는 니 옷이 한 벌도 없는디, 다 싸 줘뿌렀는디 어쩔 것이냐? 이 새끼야, 잠깐 거기 기다려! 아부지 샤쓰 하나라도 위에다가 걸치고 가사제잉!」
아버지는 자기의 러닝셔츠를 벗어 들고 해선을 쫓아갔다. 해선은 아버지가 건네준 셔츠를 걸치기가 바쁘게 학교를 향해 달려갔다. 아버지는 독수리처럼 두 팔을 일자로 벌리고 날듯이 달려가는 해선의 뒷모습을 물끄러미 바라보며 허허 허허어 하고 울음 섞인 헛웃음을 치고 있었다.

32

 아버지가 돌아온 해선을 위해 착수한 첫번째 일은 실내 화장실을 만드는 일이었다. 양식장 바닥을 일구러 온 불도저가 마당 가장자리에 정화조 묻을 자리를 먼저 파놓았고, 인부들은 작은방 옆에 벽돌을 쌓고 있었다. 일요일이었다.
 해선은 밤나무숲으로 갔다. 알밤을 주우러 가는 체하고 있지만 사실은 거기에서 송곳니를 뽑으려는 것이었다. 철선에서 탈출해 온 날 아버지에게 송곳니 이야기를 하지 않은 것은 잘한 일이었다. 한데, 그 송곳니가 만만치 않았다. 뿌리가 너무 깊고 단단하게 박혀 있었다. 그럴지라도 아버지 몰래 흔들어 뽑기로 했다. 최소한 오늘 밤까지는 결판을 내야 한다고 생각했다. 이틀 동안 제대로 흔들어 대지 않은 까닭으로 이놈은 단단하게 굳어져 있었고, 뿌리를 덮고 있는 잇몸에는 덧니의 움이 터나고 있었다. 그것이 자라면 코끼리나 멧돼지나 드라큘라같이 된다, 하고 친구가 빈정거렸다. 홍, 그렇게 되면 더 좋지, 그게 얼마나 무서운 무기인데? 하고 그는 친구에게 볼멘소리를 했다. 그러면서도 그는 왼손 엄지와 집게손가락으로 송곳니의 머리를 단단히 붙잡고 안간힘을 쓰면서 흔들어 댔다. 그놈의 뿌리와 잇몸이 욱신거렸지만 참고 흔들어 댔다. 수로를 쓸며 가는 만만한 친구를 향해, 니놈 탓이다, 하고 욕했다.

박 서장이 밤나무숲 앞에 물새 같은 꼬마 쾌속선을 대 놓고 갯바위에서 낚시질을 하고 있었다. 박 서장에게 배를 태워 달라고 조르자고 친구가 말했다. 안 된다, 송곳니를 흔들어야 한다. 배 타고 가면서 열심히 흔들면 되지 않니? 하고 친구가 꾀었다. 친구의 말을 따르기로 했다.

「아저씨, 연도 포구로 갈 때 배 한번 태워 주시오.」

박 서장이 흘긋 돌아보고, 니가 누구냐? 하고 물었다. 해선은 턱으로 새우 양식장을 가리켜 주었다.

「아아, 니가 바로, 출발하는 철선에서 뛰어내려 발가벗은 채 김 사장한테 되돌아 와뿐 바로 그놈이구나. 잉?」

해선은 박 서장의 두 눈을 빤히 바라보며 개코가 하던 말을 떠올렸다. 박 서장은 우리 아버지의 배를 강제로 빼

앉아 타고 다닌다.

「이 자식, 거기까지 태워 주면 올 때는 어쩌려고?」

「달려서 오면 돼요. 저는 독수리나 제비보다 더 빨리 달릴 수 있거든요.」

박 서장이 낚시질을 마칠 때까지 그는 갯바위 주위를 뱅뱅 돌면서 송곳니를 부지런히 흔들었다.

「죽은 사람 소원도 들어준다는디…… 자, 타거라.」

박 서장은 낚시 장구를 챙기면서 말했다. 해선의 송곳니는 제법 많이 흔들거렸다. 흔들리는 각도가 30도쯤은 될 것 같았다. 해 저물 녘까지 흔들면 45도쯤은 흔들리고 밤까지 흔들면 90도쯤 흔들릴 터이다. 한데 배에 오르면서 송곳니 흔들어 대는 것을 또 깜박 잊어버렸다. 시동 거는 것, 키 트는 것을 잘 배워 놔라, 하고 친구가 말했다. 모든 것을 세세히 보아 두었다. 박 서장 몰래 이 배를 타고 금산엘 가자, 하고 친구가 말했다. 쪽빛 물굽이 꿈틀거리는 아득한 해원 저쪽에 하늘을 떠받친 보랏빛의 거대한 지붕 같은 금산이 버티고 있었다.

박 서장은 장차 자기 배를 훔쳐 타게 될 음험한 도둑을 연습시키고 있는 줄도 모르고 해선을 신나게 해주기 위해 배를 ㄹ자로 몰아 주었다. 배는 하얀 물보라를 일으키면서 개오지 연안을 달려 연도 포구로 가고 있었다.

그의 집 마당에서 새 변소 공사를 감독하고 있는 아버

지는, 박 서장의 작은 쾌속선이 바닷속에 묻혀 있는 하얀 지퍼를 찢어 젖히면서 달려가는 것을 보았다. 아들 해선이 그 배에 타고 있는 것을 발견하고 중얼거렸다.

「아이코오! 저 새끼! 참말이제 못 말린다, 못 말려! 히키키키.」

해선이 언젠가는 그 쾌속선을 타고 금산으로 진짜 미남 아버지를 만나러 가게 될 거라는 깨소금맛 같은 생각과 현기증나는 배의 쾌속으로 말미암아 우둔거리는 가슴을 주체하지 못하고 있을 때, 그의 오른쪽 아래의 송곳니 뿌리에서 나온 덧니의 움은 그의 은밀한 음모처럼 부지런히 자라고 있었다. 그는 문득 생각나서 왼손 엄지와 검지 끝으로 그 송곳니를 잡고 흔들었다. 친구가, 우리 이렇게 하자, 하고 제안했다. 너는 그 송곳니를 오늘 안으로 뽑아버릴 테지만, 나는 구레나룻이 꺼멓게 난 데다 송곳니가 코끼리나 멧돼지나 드라큘라처럼 크게 자라도록 해가지고 다닐 참이다. 아, 정말 정말, 우리 그렇게 하도록 하자, 하고 그가 소리쳤다. 그러한 제안을 한 친구가 고마웠다. 배의 쾌속과 함께 그의 몸은 물보라로 부서져서 청자색의 허공을 훨훨 날고 있었다.

물보라

초판 1쇄 발행일 • 2002년 8월 5일
초판 3쇄 발행일 • 2002년 8월 12일
지은이 • 한승원
펴낸이 • 임성규
펴낸곳 • 문이당

등록 • 1988. 11. 5. 제 1-832호
주소 • 서울시 성북구 동소문동 4가 111번지
전화 • 928-8741~3(영) 927-4991~2(편)
팩스 • 925-5406
ⓒ 한승원, 2002

홈페이지 http://www.munidang.com
전자우편 webmaster@munidang.com

ISBN 89-7456-189-1 03810

값은 표지 뒷면에 표시되어 있습니다.

잘못된 책은 바꾸어 드립니다.
저자와의 협의로 인지는 생략합니다.
이 책의 판권은 지은이와 문이당에 있습니다.
양측의 서면 동의 없는 무단 전재 및 복제를 금합니다.